HEYNE <

Das Buch

Während ich mit den anderen Teilnehmern des Surfkurses auf den Surflehrer warte, gehe ich im Kopf ein letztes Mal meinen Plan durch: Ich muss so viel wie möglich über Phillip Sommer herausfinden. Nur so kann ich am Ende die richtige Strategie ausarbeiten, um ihn von unserem Modernisierungskonzept zu überzeugen.
Ein Mann in einem dunkelblauen Neoprenanzug betritt die Veranda. Er ist gut einen Kopf größer als ich, hat breite Schultern und hohe Wangenknochen, an denen man sich schneiden könnte. Sandblonde Haare kleben ihm nass an der Stirn. Etwas an ihm kommt mir bekannt vor, aber ich kann es nicht zuordnen. Zumindest nicht, bis er die Sonnenbrille abnimmt und uns anlächelt. Mir wird mit einem Schlag eiskalt.

Die Autorin

Karin König hat Journalistik studiert, für mehrere Lokalzeitungen geschrieben und ein Volontariat beim WDR absolviert. Aktuell arbeitet sie als Journalistin für den WDR. Wenn sie mal nicht hinter ihrem Laptop sitzt, hat sie meistens ein Buch vor der Nase. Außerdem engagiert sie sich ehrenamtlich als Rettungsschwimmerin. Den Sommer verbringt sie am liebsten an der Ostsee.

KARIN KÖNIG

Wellensommer

ROMAN

WILHELM HEYNE VERLAG
MÜNCHEN

FSC
www.fsc.org
MIX
Papier | Fördert
gute Waldnutzung
FSC® C014496

Penguin Random House Verlagsgruppe FSC® N001967

Originalausgabe 03/2023

Redaktion: Michelle Stöger
Umschlaggestaltung: t. mutzenbach design, München,
unter Verwendung von © Shutterstock.com
(solarbird, a_shum, Evgenia_art_art,
Anastasia Lembrik, Daria Ustiugova)
Satz: Uhl + Massopust, Aalen
Druck und Bindung: GGP Media GmbH, Pößneck
Printed in Germany
ISBN: 978-3-453-42758-7

www.heyne.de

Für Mama, die mich in der Grundschule
zum ersten Mal mit in die Bücherei genommen hat.
Das hier ist alles deine Schuld.

Kapitel 1

Es ist neun Uhr morgens in Belize City, und ich trinke meine zweite Tasse starken Kaffee. Wir haben die Bohnen zu Beginn unserer Mittelamerika-Kreuzfahrt in El Salvador gekauft, und ihr kräftiges, bitteres Aroma entschädigt mich für den fehlenden Schlaf. Eigentlich beginnt meine Schicht erst jetzt, aber es gab heute Morgen ein Problem im Spa-Bereich der *Evrima*, sodass mich die Kollegin, die dort die frühen Sauna-Aufgüsse macht, um sieben aus dem Bett geklingelt hat. Nicht, dass ich geschlafen hätte. Dazu bin ich viel zu aufgeregt.

Wie sich herausstellte, war unser Vorrat an Fango-Schlamm zur Neige gegangen, weil eine Gruppe von steinreichen Italienerinnen jeden Morgen und jeden Abend eine Stunde zum Entschlacken im Schlamm baden wollte. Zum Glück waren die Damen mit einem Gutschein für eine kostenlose Kosmetikbehandlung im schiffseigenen Luxus-Beauty-Salon wieder zu versöhnen, und ich versprach, mich direkt um unseren Schlammvorrat zu kümmern. Drei E-Mails später klingelte das Telefon, weil eine unserer Guides für die Landgänge sich krankgemeldet hat. Bis ich Ersatz organisiert hatte, bewegten sich die Zeiger der Uhr auf meinem Schreibtisch unaufhaltsam auf neun Uhr zu. Die Umrechnung in meinem Kopf passiert mittlerweile automatisch. Neun Uhr in Belize City bedeutet, es ist sieben Uhr in New York. Dort, wo der Senior Manager des *Ritz-Carlton* heute über mein Schicksal entscheiden wird. Wann kann ich wohl frühestens mit dem Anruf rechnen? Würde er es sofort machen, sobald er im Büro war? Oder hat er so viel zu tun, dass erst am Ende seines Arbeitstags Zeit dafür ist?

Und wie soll ich bitte so lange warten?

»Sandra?« Meine Assistentin Agila steckt ihren Kopf zur Tür herein. »Es gibt da ein Problem.«

»Wenn ich doch nur jedes Mal einen Dollar bekäme, wenn jemand diesen Satz sagt.«

Agila grinst. »Wir wären schon längst Millionärinnen.«

»Du sagst es.« Ich greife nach meinem Diensthandy und stehe auf. »Was ist passiert?«

Anstelle einer Antwort winkt Agila mich durch die Tür und stürmt los. Ich werfe noch schnell einen Blick in den kleinen Taschenspiegel, den ich für Notfälle immer in meiner Schreibtischschublade aufbewahre. Unsere Kunden erwarten Perfektion in allen Bereichen, das schließt auch das Auftreten der Mitarbeitenden ein. Trotz meines hektischen Morgens sitzt meine Frisur. Mit ein paar routinierten Handbewegungen lasse ich zwei abtrünnige schwarze Strähnen wieder in meinem Dutt verschwinden, dann springe ich auf und folge Agila. Ich muss mich beeilen, um mit ihr Schritt zu halten. Die Philippina mag fast doppelt so alt sein wie ich, aber man merkt, dass sie den Großteil ihrer knapp bemessenen Freizeit im Fitnessraum verbringt.

»Es geht um das Bankett heute Abend«, erklärt sie, während sie mich mit unbeirrbarer Zielstrebigkeit durch die Gänge des Unterdecks führt. Auf der anderen Seite der Bullaugen schimmert das karibische Meer in Azurblau, aber ich habe heute kein Auge dafür.

»Das Bankett für Miss Penelopes Geburtstag?«

»Genau.«

Penelope ist die Tochter des amerikanischen Immobilien-Tycoons Mike Severide, der eine halbe Etage nur für seine Familie gebucht hat und seiner Tochter zum sechszehnten Geburtstag eine unvergessliche Party schenken möchte. Mir schwant Böses. »Was ist damit?«

Agila ignoriert meine Frage, biegt scharf rechts ab und öffnet eine unscheinbare Tür neben dem Aufzug für Angestellte.

»Wo gehen wir eigentlich hin?«

»In die Kombüse. Marco hat gesagt, das musst du selbst sehen.«

Der Gang, den sie mich entlangführt, ist schmal und schummrig beleuchtet. Die Wände sind nicht verputzt, und auf dem Boden liegen ein paar einsame Verpackungen und eine Kiste Schrauben. Mein Gehirn knüpft die nötigen Verbindungen und kommt zu dem Schluss, dass wir uns in einem der Gänge befinden, den die Werftarbeiter beim Bau der Luxus-Yacht benutzt haben. Selbst nach einem halben Jahr auf dem Schiff bin ich mir sicher, dass ich diesen Bereich noch nie betreten habe. Nichts deutet daraufhin, dass man auf der anderen Seite der Wand einen großen Flur mit weichem Teppich und prunkvollen Lampen vorfindet, der zu Suiten führt, in denen eine Nacht ein ganzes Monatseinkommen kostet.

Bevor ich Agila weiter befragen kann, kommen wir an einer kleinen Tür an. Durch das Holz höre ich Töpfe klappern und Wasser rauschen. Sie reißt die Tür auf, und Sekunden später betreten wir die große Kombüse der *Evrima,* in der schon das Mittagessen für unsere knapp dreihundert Gäste vorbereitet wird. Das grelle Licht der Leuchtstoffröhren spiegelt sich in den Edelstahlwänden und lässt mich blinzeln.

»*Dios mío*, es ist eine Katastrophe!«

Ich fahre herum. Ein breitschultriger Mexikaner kommt auf uns zugeeilt, einen großen Topf in der Hand und einen finsteren Ausdruck im Gesicht.

»Marco, was ist denn pass…«

»Señorita Meerbach, sehen Sie sich das an!«

Anstelle einer Antwort hält er mir den Topf unter die Nase, und ich verstehe sofort, was er meint: Fauliger Gestank steigt zu mir auf und frisst sich innerhalb von Sekunden in meine Nasenschleimhaut. Ich springe einen Schritt zurück und atme ein paarmal tief durch, um meinen Würgereiz unter Kontrolle zu bekommen. »Was zur Hölle ist das?«

»Das ist vergammeltes Ziegenfleisch, aus dem ich heute Abend eine klassisch mexikanische Birria zubereiten soll. Ich bin zwar ein Sternekoch, aber das geht nicht, Señorita! Es geht nicht. Erst recht nicht, wenn mir drei Leute fehlen.«

»Es fehlen drei Leute? Wieso das denn?«

»Mikaela, George und Prisha sind krank«, schaltet sich Agila wieder in die Unterhaltung ein, ihr Notizbuch aufgeklappt. »Es geht gerade offenbar die Grippe um.«

Die anderen Mitglieder der Küchencrew haben nach und

nach aufgehört zu arbeiten, um unserem Gespräch zuzuhören. Sie sehen mindestens so verzweifelt aus wie Marco selbst.

»Es ist eine Katastrophe! Mr. Severide wird eine Beschwerde einlegen. Und über mich hat sich noch nie jemand beschwert!«

Ich kann Marcos Verzweiflung verstehen. Denn wenn Mr. Severide etwas zu beanstanden hat, wird das nicht nur ein schlechtes Licht auf ihn werfen, sondern auch auf mich. Und Clarice Biles von der Reederei könnte es sich noch mal überlegen, ob sie mir ein Empfehlungsschreiben ausstellt. Das kann ich im Moment wirklich nicht gebrauchen.

»Mikaela hat angeboten, dass sie trotzdem arbeitet, wenn ihr Fieber bis heute Abend runter ist«, sagt Agila vorsichtig. Ein Dutzend hoffnungsvoller Augenpaare wendet sich mir zu.

Ich atme einmal tief durch und sortiere meine Gedanken. »Kommt nicht infrage. Sie ist krank, sie soll sich erholen. Wir kriegen das hin. Als Erstes setze ich mich mit dem Fleischlieferanten in Verbindung. Das Geld bekommen wir zurück, so viel steht fest. Dann überzeuge ich die Severides davon, dass es ganz viele wunderbare mexikanische Gerichte ohne Fleisch gibt, die sich für die Party ihrer Tochter eignen. Und danach schaue ich in den Dienstplan, ob ich dir heute Abend jemand anderen abstellen kann. Vielleicht können die Kollegen vom Bordcafé aushelfen. Zur Not stelle ich mich selbst in die Küche, und du erklärst mir, was zu tun ist. Okay?«

Marco nickt wie ein Soldat, der gerade seinen Marschbefehl erhalten hat. »*Sí,* Señorita. So machen wir es.« Zur restlichen Küchencrew sagt er: »Ihr habt sie gehört! Also los, an die Arbeit.«

Um uns herum bricht wieder das ganz normale Chaos einer Bordkombüse aus. Ich schieße mit meinem Handy Fotos vom vergammelten Ziegenfleisch und mache mich dann auf den Weg ins Bordcafé. Während ich die Treppen hochsteige, tippe ich bereits eine böse E-Mail an den Fleischlieferanten und scrolle danach durch eine Liste mit vegetarischen Alternativen und Fischgerichten, die ich den Severides vorschlagen könnte. Mr. Severide ist nicht unbedingt ein einfacher Charakter, aber ich bin noch nie vor einer Herausforderung zurückgeschreckt. Genau das ist schließlich die Aufgabe einer Hotelmanagerin: Sicherzustellen, dass alle Passagiere eine unvergessliche Zeit an Bord haben. Und darin bin ich verdammt gut.

So gut, dass ich diese Beförderung einfach bekommen muss.

Als ich auf dem Oberdeck ankomme, schicke ich per WhatsApp Genesungswünsche an das erkrankte Küchenpersonal, dann schlüpfe ich durch den Personaleingang ins Bordcafé. Eine Viertelstunde später ist der Dienstplan so angepasst, dass Marco heute Abend drei Extra-Kräfte aus dem Café zur Seite gestellt bekommt, und sein erster Vorschlag für ein vegetarisches Ersatzmenü ist auf meinem Handy eingegangen. Mit dem befriedigenden Gefühl, schon vor dem dritten Morgenkaffee eine Katastrophe abgewendet zu haben, schlendere ich zurück zu meinem Büro. An Deck ist es noch relativ leer, also nehme ich ausnahmsweise den langen Weg über das Oberdeck. Die meisten unserer Gäste sind nach dem Frühstück noch mal auf ihre Zimmer gegangen oder verbringen den Tag mit einem Landgang in Belize City. Ich nutze die Gelegenheit, um einen Moment an der Reling stehen zu bleiben und den Blick schweifen zu lassen. Wir liegen gut zwei Meilen vor dem Hafen der Stadt, der für ein Kreuzfahrtschiff von der Größe der *Evrima* zu flach ist. Über dem glitzernden Wasser des karibischen Meeres erheben sich Hunderte Häuser mit bunten Fassaden rechts und links des Flusses, der die Stadt in zwei Teile teilt. Die ersten Tenderboote sind bereits unterwegs und bringen Passagiere und Waren vom Hafen zur *Evrima* und zurück. Heißer Wind streicht mir durch die Haare und zerrt an meinem Dutt. Trotz der tropischen Temperaturen müssen alle Angestellten auf dem Schiff immer lange Hosen und hochgeschlossene Oberteile tragen, was in den klimatisierten Innenräumen kein Problem ist. Unter der heißen Sonne der Karibik sieht das schon anders aus. Feine Schweißperlen bilden sich auf meiner Stirn, und mein Hemd beginnt, an meinen Armen zu kleben. Trotzdem bleibe ich noch einen Moment stehen, sauge jedes Detail der Szenerie in mir auf.

In New York wird die Aussicht eine andere sein.

Ich kann es immer noch nicht ganz glauben, dass mein Ziel zum Greifen nah ist. Noch während meines Studiums des Tourismusmanagements in Hamburg hat einer der Dozenten uns Fotos vom *Ritz-Carlton* in New York gezeigt. Die hohe weiße Fassade des Hauses mit direktem Blick über den Central Park. Die livrierten Männer, die vor der imposanten Eingangstür stehen. Die mühelose Eleganz des Interieurs, jedes Detail sorgsam ausgewählt, luxuriös, aber zurückhaltend. »Das New Yorker *Ritz-Carlton* ist eins der bekanntesten Luxushotels der Stadt. Und New York die bekannteste Stadt der Welt«, sagte mein Dozent, und damit war mein Ziel klar: Mit dreißig werde ich in einem solchen Hotel arbeiten. Mit fünfunddreißig werde ich es führen. Und jetzt ist es fast so weit: In zwei Monaten ist mein dreißigster Geburtstag, und der Plan könnte nicht besser aufgehen.

Beschwingt drehe ich mich um und setze meinen Weg fort. Ich betrete gerade das Treppenhaus, als mein Handy klingelt. Mein Herz stolpert. Es ist so weit.

Mit zitternden Händen ziehe ich das Handy aus der Tasche. Das Display zeigt eine unbekannte Handynummer. Vielleicht ruft er ja von seinem privaten Telefon an? Ich atme einmal tief durch, dann nehme ich ab.

»Sandra Meerbach, wie kann ich Ihnen helfen?«

»Sandra«, sagt eine Frauenstimme am anderen Ende. »Ich bin's. Nina.«

Kapitel 2

»Du hast was?«

»Mir den Arm gebrochen.« Die Stimme meiner Schwester klingt gepresst. »Und den Fuß verstaucht und mein Handy zerstört.«

»Wie ist das denn bitte passiert?«

»Ich war mit meiner Klasse im Wald, für den Bio-Unterricht. Ich wollte eben, dass sie das nicht alles nur aus dem Buch lernen, sondern live in der Natur. Und dann war da ein Abhang, und ich hab aufgepasst, dass keines der Kinder stürzt. Dabei bin ich selbst abgerutscht.«

»Scheiße.«

»Das kannst du laut sagen. Deshalb kann ich gerade nicht mehr als zwei Meter laufen und weder einen Topf Nudelwasser abschütten noch Hannahs Haare flechten.«

Im Hintergrund weint ein Mädchen.

»Ist sie das? Geht es ihr gut?«

»Wie man's nimmt. Hey, Schatz, alles ist gut.« Nina entfernt sich vom Hörer. Das Weinen wird etwas leiser. »Alles wird wieder gut. Ich spreche gerade mit Tante Sandra.«

»Sandra?« Meine Nichte klingt mit einem Mal hoffnungsvoll. »Ich will mit Sandra reden!«

»Später, Schatz. Später«, sagt Nina.

»Sandra!«, ruft Hannah. »Hallo, Sandra!«

Es ist Monate her, dass ich das letzte Mal ihre Stimme gehört habe. Bei dem Gedanken sticht etwas in meiner Brust.

»Hallo, Hannah! Geht es dir gut, Süße?«

Nina seufzt kaum hörbar, dann raschelt etwas.

»Hallo!« Hannahs Stimme ist plötzlich so laut, dass ich das Handy von meinem Ohr weghalten muss. »Hallo, Tante Sandra!«

»Hey, Große. Na, ist alles okay?«

»Na ja. Ich weiß nicht so recht«, sagt sie, und mein Herz zieht sich zusammen.

»Was macht deine Mama auch für verrückte Sachen, mh?«

»Ja, voll verrückt«, murmelt Hannah, dann hellt sich ihre Stimme etwas auf. »Sandra, wohnst du ab jetzt echt bei uns?«

Der Satz trifft mich wie ein Eimer Eiswasser mitten ins Gesicht.

»Ähm … was?«

»Darf ich noch mal, Schatz? Danke. Hey, ich bin's wieder.« Das ist Ninas Stimme. »Sorry dafür, sie ist mir offenbar zuvorgekommen.«

»Womit zuvorgekommen?«

Für einen Moment herrscht Schweigen am anderen Ende der Leitung. Beinahe so, als müsste Nina sich dazu zwingen, den nächsten Satz laut auszusprechen. »Mit der Frage, ob du mir helfen kannst. Uns helfen kannst.«

Als wäre damit ein Damm gebrochen, sprudeln die nächsten Worte aus ihr heraus. »Es wäre auch nicht für lange. Höchstens zwei Monate, sagt der Arzt. Dann kannst du sofort wieder gehen, versprochen! Aber ich kann mich kaum bewegen, und allein mit Hannah schaffe ich es nicht, und es wäre mir wirklich eine riesige Hilfe.«

Ich wäge blitzschnell alle Möglichkeiten im Kopf ab. Aber egal wie ich es drehe und wende, ich kann es mir nicht leisten, ausgerechnet jetzt für zwei Monate nach Altensande zurückzugehen. Ausgeschlossen.

»Gibt es niemand anderen, der dir helfen kann?«, erkundige ich mich vorsichtig. Schon während ich die Frage ausspreche, fühle ich mich wie eine furchtbare große Schwester. Aber es ist die einzige Möglichkeit. »Was ist denn mit … wie heißt sie noch? Gila? Der Mutter von Hannahs bester Freundin?«

»Gertrud?«

»Ja, die. Oder jemand anders aus Hannahs Kitagruppe? Oder …?« Ich muss seinen Namen nicht aussprechen, damit sie versteht, wen ich meine.

»Jan?« Ihre Stimme wird bitter. »Vergiss es. Der ist gerade mit seiner neuen Freundin nach Ibiza geflogen. Und die anderen haben alle selbst mindestens ein Kind und einen Job und …«

»Ich habe auch einen Job.«

»Ach, tatsächlich?« Sie zieht das Wort in die Länge. »Das ist mir ja noch gar nicht aufgefallen. Wo du kaum jemals davon sprichst.«

Ihr Tonfall geht mir direkt unter die Haut. »Vielleicht verstehst du nicht, wie wichtig mir das hier ist, aber für mich steht gerade verdammt viel auf dem Spiel! Dafür habe ich jahrelang gearbeitet.«

»Glaubst du etwa, ich nicht? Ich warte schon ewig darauf, endlich meine eigene Klasse zu haben, nicht immer nur Vertretungsstunden zu übernehmen. Aber jetzt kann ich mich leider kaum bewegen, geschweige denn arbeiten, egal, wie gerne ich das würde!«

Das schlechte Gewissen gewinnt die Oberhand über meinen Stolz. »Ja, natürlich. Da hast du recht.«

Ich höre sie auf der anderen Seite atmen. Stelle sie mir vor, wie sie in der Küche in Altensande sitzt, mit den dunklen Holzmöbeln und den blassgelben Kacheln an den Wänden, Hannah auf dem Schoß. Wie die Uhr im Wohnzimmer gleich 18 Uhr schlägt und sich die alte Weide vor dem Fenster sanft im Wind wiegt.

»Heißt das, du kommst?«, fragt sie leise.

An meiner Situation hat sich nichts geändert. Wenn ich die Beförderung bekomme, fange ich in drei Wochen in New York an. Es geht nicht. Trotzdem höre ich mich sagen: »Lass mich sehen, was ich tun kann.«

Ich kann nichts tun. Es gibt nur zwei Optionen: Entweder ich komme meinen Verpflichtungen hier auf der *Evrima* nach und gehe anschließend direkt nach New York oder ich fahre zu meiner Schwester nach Altensande. Beides geht nicht. Auch eine halbe Stunde auf den Dienstplan zu starren und mögliche Flugverbindungen rauszusuchen ändert nichts an dieser Tatsache. Dann steht Agila in meiner Tür und verkündet, dass Mr. Severide mit einem Manager sprechen will, also klappe ich den Laptop zu und gehe zurück an die Arbeit. Nachdem ich ihn mit Engelszungen und unter Zuhilfenahme einer Tabelle, die den CO_2-Ausstoß in einem vegetarischen Gericht gegenüber des geplanten

Ziegenfleisches darstellt, überzeugt habe, muss ich mit den Transportunternehmen unseres nächsten Halts auf den Cayman Islands die Uhrzeiten für die Landgänge abstimmen. Danach will die Reisegruppe des *Santa Barbara Country Clubs* die Details für ihre Jubiläumsfete an Bord klären und der nervöse britische Bräutigam-to-be zum dritten Mal den Ablauf seiner anstehenden Verlobung mit einer indischen Millionenerbin durchgehen. Bis ich dazu komme, mich das nächste Mal hinzusetzen, ist es halb vier Uhr nachmittags. Das heißt, kurz vor Mitternacht in Altensande. Wo Nina gerade verletzt und allein mit ihrer Tochter ist. Bei dem Gedanken dreht sich mir der Magen um. Im Kopf gehe ich wieder und wieder die Liste der Menschen aus Altensande durch, deren Kontaktdaten ich noch habe. Sie ist verdammt kurz. Meine Friseurin. Meine Sitznachbarin aus dem Gymnasium, von der ich seit zehn Jahren nichts gehört habe. Rosa vom Café an der Ecke. Allerdings sind alle Nummern, die ich von ihnen habe, uralt und ich bezweifle, dass sie noch stimmen. Von meinen Freunden aus dem Studium sind mittlerweile viele im Ausland, arbeiten in Ferienressorts auf Teneriffa oder Spa-Hotels auf Bali. Da komme ich also auch nicht weiter. Und mit der Familie sieht es nicht viel besser aus, denn sie besteht aktuell nur aus Tante Tony, die im Schwarzwald wohnt.

Eine Welle aus Sehnsucht nach meinen Eltern schwappt in mir hoch. Wenn Mama und Papa noch da wären, gäbe es dieses Problem überhaupt nicht. Papa würde sich um Hannah kümmern, sie jeden Morgen mit zum Fischen aufs Meer nehmen und Mama würde Nina umsorgen, wie sie früher die Gäste unserer Pension versorgt hat.

Trauer ist eine seltsame Sache. Manchmal ist sie so leise, dass ich sie über dem Lärm des Alltags ausblenden kann. Und dann gibt es Momente wie diese, in denen sie plötzlich lauter ist als alles andere.

Ich hole gerade ein Taschentuch aus meiner Schublade, als das Handy klingelt.

Eilig wische ich mir über die Augen und räuspere mich, bevor ich abnehme.

»Sandra Meerbach, wie kann ich …?«

»Paul Clark hier.« Die Stimme am anderen Ende spricht mit der Art von Autorität, die es gewöhnt ist, dass man ihr zuhört. Kein Wunder: Der Mann, zu der sie gehört, ist der oberste Hotelmanager des *Ritz-Carlton* in New York.

»Frau Meerbach, Sie haben sich auf eine Position in unserem Management beworben.«

Mein Mund ist mit einem Mal wie ausgetrocknet. »Ri-richtig. Ich meine: Ja, das habe ich«, korrigiere ich schnell. »Vielen Dank für Ihren Anruf.«

»Bedanken Sie sich nicht zu schnell«, sagt Mr. Clark. Mein Herz rutscht mehrere Stockwerke tiefer.

»Wir haben Ihre Bewerbung eingehend studiert«, fährt er fort. »Für eine Frau Ihres Alters haben Sie einen durchaus beeindruckenden Lebenslauf. Hamburg, London, Shanghai, Sydney und jetzt einen unserer Luxusliner in der Karibik. Das hat uns imponiert.«

In jedem seiner Worte schwingt ein *Aber* mit, dass es mir unmöglich macht, mich über dieses Kompliment zu freuen.

»Aber …« Er macht eine dramatische Pause. »Sie sind am Ende nur unsere zweite Wahl geworden.«

Für einen Moment sitze ich wie betäubt da. Starre blind

auf die Arbeitsplatte meines Schreibtischs und wiederhole diesen Satz in Gedanken wieder und wieder.

Sie sind am Ende nur unsere zweite Wahl geworden.

Gibt es irgendeine Chance, dass ich ihn missverstanden habe?

»Frau Meerbach?« Mr. Clark klingt völlig ungerührt, beinahe gelangweilt. »Sind Sie noch dran?«

»Ja. Ich bin noch da«, krächze ich. Da ist auf einmal ein riesiger Kloß in meinem Hals, an dem kaum Worte vorbeipassen. »Was heißt das denn jetzt für mich?«

»Eine andere Kollegin wird bei uns anfangen. Wenn sich in der Probezeit herausstellt, dass sie den Anforderungen dieser Position doch nicht gewachsen ist, werden wir noch einmal auf Sie zukommen.«

»Aha«, murmele ich. »Ich verstehe.«

»Gut, gut«, sagt er. Auf der anderen Seite raschelt Papier, ein Telefon klingelt. »Ich muss dann auch weiter.«

»Natürlich. Ja. Noch einen schönen Tag wünsche …«

Piepen in der Leitung. Mr. Clark hat aufgelegt.

Meine Augen brennen, und meine Finger zittern, als ich meinen Laptop wieder aufklappe. Die Tabs mit den Flügen nach Deutschland sind immer noch offen. Ich greife zur Maus.

Kapitel 3

Der Himmel über Frankfurt ist noch dunkel, als die Maschine zwischen die Wolken sinkt. Unter uns liegt die Stadt wie eine glitzernde Decke, die sich an die Ufer des Mains schmiegt. Eigentlich liebe ich diesen Moment, in dem ich einen ersten Blick auf meinen Ankunftsort werfen kann. Klebe am Flugzeugfenster, um jedes Detail aufzusaugen. Aber nicht mal die Schlafmaske, die ich bei meinem Zwischenstopp in Houston für einen unverschämten Preis gekauft habe, hat verhindern können, dass ich seit fast vierundzwanzig Stunden wach bin. Dazu kommt, dass ich für den ersten möglichen Flug aus Belize nach Deutschland ein kleines Vermögen bezahlt habe. Selbst die schönste Skyline könnte jetzt keine Begeisterungsstürme in mir hervorrufen.

Es knackt in meinen Ohren, während das Flugzeug sich der Landebahn nähert und rings um mich herum Laptops zugeklappt und Tablets verstaut werden. Um halb sechs Uhr morgens setzen wir auf dem Asphalt auf, und ich bin wieder in Deutschland. Das erste Mal seit zwei Jahren. Wie in Trance folge ich meinen Mitreisenden durch die langen Gänge des Flughafens. Einreise, Gepäckband, Zoll. Um mich herum wird plötzlich wieder hauptsächlich Deutsch gesprochen, die Schilder und Werbebanner in den Wartehallen sind größtenteils in meiner Muttersprache verfasst. Ich fühle mich seltsam fehl am Platz. Bei meinem letzten Besuch in Altensande bin ich auch in Frankfurt gelandet. Damals hat Nina mich mit ihrem Auto abgeholt, und wir sind vom Flughafen direkt auf den Friedhof gefahren, um Mama zu beerdigen.

Für einen Moment spiele ich ernsthaft mit dem Gedanken, zurück zum Schalter zu gehen und mir einen Flug zu buchen. Egal wohin, Hauptsache weg. Dann pingt mein Handy mit einer Nachricht von Nina, und der Gedanke verpufft.

Bist du gut angekommen?

Ich mache ein Selfie vor dem Gepäckband. Meine Augen sind blutunterlaufen, und ich bin blass unter meiner Bräune. Schwarze Strähnen hängen mir wirr ins Gesicht, und auf meinem Shirt ist ein Kaffeefleck, den ich Turbulenzen über dem Atlantik zu verdanken habe. Ich lösche das Selfie und tippe eine Antwort.

Ja. Mache mich jetzt auf den Weg zum Bahnhof.
Wenn alles klappt, bin ich in vier Stunden da.

Trotz der frühen Stunde ist der Bahnsteig voller Menschen mit großen Koffern und überdimensionierten Rucksäcken. Ich nutze die Wartezeit auf den ICE, um die Mails zu beantworten, die während meines Flugs in meinem Arbeitspostfach eingegangen sind. Wie erwartet, ist meine Vorgesetzte nicht begeistert, dass ich auf einen Schlag alle meine verbleibenden Urlaubstage und Überstunden genommen habe. Familiärer Notfall hin oder her, ich hätte ja auch eine Verpflichtung gegenüber unseren Gästen, schreibt sie. Sie bittet mich nachdrücklich, meine Entscheidung zu überdenken und möglichst schnell auf die *Evrima* zurückzukehren. Ich schiebe die Nachricht in den Ordner *Später beantworten.* Die nächste Mail ist von Marco. Er hat mir ein Foto geschickt, auf dem er mit Penelope Severide posiert, die in die Kamera strahlt. Im Hintergrund steht ihr Vater, auf dessen Gesicht ebenfalls ein zufriedenes Lächeln liegt. *Das Dinner lief fantastisch,* schreibt Marco. *Noch mal vielen Dank für die Hilfe gestern.*

Mein schlechtes Gewissen sticht mir zwischen die Rippen. Wenn Marco mir heute persönlich von seinem Erfolg erzählen will, wird er ein leeres Büro vorfinden. Ich habe mich von keinem meiner Kollegen verabschiedet, bevor ich gegangen bin. Agila wird zu Beginn ihrer Schicht einen Zettel und den Rest meines Schokoladenvorrats auf ihrem Schreibtisch finden. Alle anderen werden es dann von ihr erfahren. Für mehr hatte ich gestern weder die Zeit noch die Kraft. Ich beginne, eine Antwort mit einer Erklärung an Marco zu tippen, aber genau in diesem Moment fährt der ICE ein.

Auf dem Weg zu meinem Sitzplatz hole ich mir im Bordbistro einen doppelten Espresso. Den werde ich brauchen, um die nächsten Stunden zu überstehen. Dann wende ich mich wieder meinen Mails zu. Mittlerweile ist die Absage des New Yorker *Ritz-Carlton* auch schriftlich bei mir eingegangen.

Es tut uns leid, Ihnen mitteilen zu müssen, dass Sie nicht unsere erste Wahl sind …

Ich schiebe die Mail in den Papierkorb. Über dem Atlantik hatte ich eine Menge Zeit, um nachzudenken, und habe beschlossen, diese Niederlage nicht zu akzeptieren. Wer auch immer die erste Wahl ist, noch ist nichts in Stein gemeißelt. Noch stehe ich auf der Liste, und ich werde einen Weg finden, Mr. Clark und seine Kollegen von mir zu überzeugen. Komme, was wolle.

Draußen vor dem Fenster des Zugs fliegt die Landschaft vorbei. Während in Belize gerade die Regenzeit beginnt, steht in Deutschland unverkennbar der Sommer vor der Tür. Die letzten Kirschblüten klammern sich noch an die Äste, während die meisten Bäume schon hellgrüne Blätter tragen und Rapsfelder leuchten in der Morgensonne. Nach einem halben Jahr in der Karibik ist es ein kleiner Kulturschock für mich, wieder Tannen und Fichten, Buchenwälder und Apfelbäume zu sehen. Je weiter der Morgen voranschreitet, desto flacher wird die Landschaft vor dem Fenster. Dichte Wälder weichen offenen Wiesen, und die ersten reetgedeckten Häuser tauchen auf. Die Fahrt fühlt sich an wie eine Reise in die Vergangenheit. Aber die Sandra, die vor über zehn Jahren weggegangen ist, ist nicht mehr dieselbe wie die, die jetzt zurückkommt. Ich klammere mich an diesen Gedanken, wiederhole ihn in meinem Kopf, bis er zu einem beruhigenden Mantra wird: Ich bin nicht mehr achtzehn Jahre alt. Ich bin eine eigenständige, unabhängige Frau. Daran wird auch Altensande nichts ändern.

Als wir am Bahnhof von Lüneburg anhalten, sind meine Beine steif vom langen Sitzen. Von hier geht es langsam mit dem Regionalzug weiter, der gemächlich über die Dörfer tuckert. Außer mir sitzen nur ältere Damen auf Einkaufstour und ein paar Teenies im Zug, die die Schule schwänzen. Ich bin die Einzige, die mit mehr als einem kleinen Rucksack unterwegs ist, und mein großer schwarzer Koffer mit dem Gepäckband vom Frankfurter Flughafen zieht einige Blicke auf sich. Mittlerweile sind wir meiner alten Heimat so nahe, dass mich vielleicht sogar jemand kennen könnte. Bei dem Gedanken angele ich nach meiner großen schwarzen Sonnenbrille und rutsche tiefer in meinen Sitz. Wenn es nach mir geht, muss niemand im Dorf erfahren, dass ich vorübergehend wieder da bin. Auf die unangenehmen Gespräche, die einem Wiedersehen mit alten Bekannten folgen würden, habe ich nun wirklich keine Lust. Ich werde einfach immer ganz früh einkaufen und nur nach Einbruch der Dunkelheit joggen gehen. Sobald Nina wieder fit ist, werde ich verschwinden, als wäre ich nie da gewesen.

Altensande selbst hat keinen Bahnhof, also muss ich in Scharbeutz in einen Bus umsteigen. Offenbar hat sich in den letzten zehn Jahren nicht viel geändert, was den öffentlichen Nahverkehr betrifft, denn der Bus fährt nur einmal die Stunde und den letzten habe ich um fünf Minuten verpasst. Natürlich.

Für einen Moment überlege ich, mich einfach auf der kleinen Bank an der Bushaltestelle zusammenzurollen und die Augen zu schließen. Nur für ein paar Minuten. Langsam verliert auch der Espresso aus dem Zug seine Wirkung, und es kommt mir so vor, als sei es Wochen her, dass ich mein kleines Zimmer auf der *Evrima* verlassen habe. Meine Augenlider sind so schwer wie der Koffer, den ich über die Straße ziehe, und mein Kopf fühlt sich an, als wäre er mit Watte vollgestopft. Ich will einfach nur noch ins Bett. Vielleicht stellt sich das alles ja als böser Traum heraus, aus dem ich wieder aufwachen kann. Und eigentlich sitze ich gerade im Flugzeug nach New York.

Ein Hupen reißt mich aus meinen Gedanken.

»Sandra! Sandra, hier drüben!«

Ich wirbele herum. Auf der anderen Straßenseite steht ein knallpinker Transporter mit der Aufschrift *Café Rosa*. Eine Frau mit gleichfarbiger Schürze lehnt sich aus dem Fenster auf der Fahrerseite. »Sollen wir dich mitnehmen?«

So viel zu meinem Plan, unerkannt zu bleiben.

»Ähm … okay. Vielen Dank.«

Ich kratze den letzten Rest meiner Energiereserven zusammen und ziehe den Koffer über die Straße auf den Transporter zu. Rosa Guthoff war eine von Mamas besten Freundinnen. Als ich sie das letzte Mal gesehen habe, stand sie neben Mamas Grab auf ihrer Beerdigung. Das ist schon zwei Jahre her, aber Rosa hat sich kaum verändert. Mit einer Geschwindigkeit, die ihre sechsundsechzig Jahre nicht vermuten lassen würden, springt sie aus dem Wagen und wuselt um mich herum, um den Kofferraum aufzumachen.

»Hier, lass mich dir helfen.« Gemeinsam schieben wir den Koffer zwischen zwei große Säcke Mehl und eine Kanne Milch. »So, das passt doch perfekt.« Rosa stemmt zufrieden die Hände in die Hüften. »Wir waren gerade unsere Vorräte auffüllen, da habe ich dich hier stehen sehen. Wie schön, dass du mal wieder im Lande bist! Was verschafft uns die Ehre? Ach, du bist bestimmt da, um Nina zu helfen. Gott, das arme Kind, wie kann man so viel Pech haben? Weißt du denn schon, wie lange du bleibst?«

Ich blinzele, während mein übermüdetes Gehirn nach der richtigen Antwort sucht. Es mag lange her sein, dass ich in Altensande gelebt habe, aber ich weiß noch genau, wie schnell der Dorfklatsch ist. Deshalb antworte ich möglichst ausweichend: »Das ist ein ziemlich spontaner Besuch. Ich weiß noch gar nicht, wie lange ich bleiben kann. Weil Nina mich ja nicht abholen kann, wollte ich eigentlich den Bus nehmen.«

»Nonsens.« Rosa schiebt mich sanft an den Schultern Richtung Beifahrertür. »Wir nehmen dich natürlich mit.«

Bevor ich fragen kann, wen sie mit »wir« eigentlich meint, öffnet sich die Tür und eine junge Frau lächelt mir entgegen. »Ich habe schon Platz gemacht. Du kannst gerne hier sitzen.«

»Danke.« Ich klettere auf die vordere Sitzbank, die insgesamt drei Menschen Platz bietet. Auf der Fahrerseite steigt Rosa wieder ein, während die Frau mich dabei beobachtet, wie ich den Gurt anlege. »Schön, dass wir dich mitnehmen können. Ist doch viel netter zu dritt. Ich bin Manuela, und du heißt Sandra, richtig?«

»Ja, das stimmt. Schön, dich kennenzulernen.«

»Dich auch.« Sie strahlt mich an. Sie hat ein flaches Gesicht, eine breite Nase und hellgrüne Augen. Ihre Haare sind zu einem ordentlichen Zopf geflochten, und sie trägt ein Piercing im linken Ohr.

»Kommst du aus Altensande?«, fragt sie, während Rosa den Motor anlässt. »Ich habe dich da noch nie gesehen.«

»Ich war auch eine Weile weg«, murmele ich. Bevor sie nachhaken kann, füge ich hinzu: »Und du? Bist du neu im Ort?«

»Nicht so richtig. Ich habe vor drei Jahren im Internet eine Anzeige gesehen, von Rosas Café. Dass sie Mitarbeiter sucht. Ich liebe die Arbeit in einem Café, die netten Menschen, das alles. Aber ich habe in Hamburg keinen Arbeitsplatz gefunden. Ich habe Trisomie 21, weißt du?«, sagt sie. »Deshalb wollen viele Leute mich nicht einstellen.«

»Das stelle ich mir ganz schön hart vor.«

»Ist es auch«, sagt sie. »Aber Rosa hat meine Bewerbung gelesen und mich schon am nächsten Tag angerufen. Einen Monat später bin ich dann hierhergezogen, in eine Wohnung über dem Friseur an der Hauptstraße.«

»Und sie ist die beste Verkäuferin, die ich je hatte«, wirft Rosa ein. »Ohne sie wüsste ich nicht, wie ich das Sommergeschäft bewältigen sollte.«

»Und ohne Paul und Kathi natürlich«, wehrt Manuela ab. »Die beiden kümmern sich um das Backen. Kathi macht den besten Rhabarberkuchen, den du dir vorstellen kannst. Sie ist eine Freundin von mir, aus der Wohngruppe in Hamburg. Sie kann nicht so gut lesen, aber sie hat ein wahnsinniges Gedächtnis! Wenn sie ein Rezept einmal gemacht hat, vergisst sie es nie wieder.«

»Wow, beeindruckend.« Ich lächele Manuela zu. »Das klingt ja so, als würde es gut laufen für das *Café Rosa*.«

»Wir kommen zurecht«, antwortet die Eigentümerin vom Fahrersitz aus. »Ein bisschen mehr Gäste würden uns ehrlich gesagt nicht schaden. Aber die fahren eben lieber nach Scharbeutz oder Timmendorf. Da können wir nichts machen.« Auf den zweiten Blick sehe ich, dass die letzten Jahre doch nicht so spurlos an Rosa vorbeigegangen sind. Ihre kurzen braunen Haare sind von silbernen Strähnen durchzogen, und die Falten um ihre Augen sind etwas tiefer geworden.

Wie würde Mama wohl jetzt aussehen, wenn sie noch leben würde?

Für einen Moment gebe ich mich dem Traum hin, dass sie zu Hause in Altensande auf mich wartet. Sobald sie Rosas Transporter hört, käme sie in den Garten, um uns zu begrüßen, die Haare zu einem Dutt hochgesteckt und den Kragen ihrer Bluse aufgestellt. Immer ordentlich für die Gäste der Pension. Papa wäre wahrscheinlich gerade damit beschäftigt, einen der Obstbäume zu schneiden oder den Rasen zu mähen, und die beiden würden darüber diskutieren, wie viel Abstand er von Mamas Blumenbeet halten muss. Er würde meinen Koffer tragen, und Mama würde Rosa und Manuela auf einen Tee hereinbitten und dann jedes Detail von meiner Reise hören wollen. Sie wären stolz auf die Tochter, die aus der weiten Welt zurückkommt. Und nicht enttäuscht, weil sie geflüchtet ist. Manchmal frage ich mich, ob sie mir das bis zuletzt nachgetragen haben.

Manuela macht das Radio an und beginnt, im Takt der Musik mit zu wippen. Ich lege meinen Kopf ans Fenster und schließe die Augen. Die Scheibe ist angenehm kühl an meiner Schläfe, und ich spüre das Vibrieren des Motors an meiner Haut. Im nächsten Moment tippt mich jemand an der Schulter.

»Sandra? Wir sind da.«

Ich reiße die Augen auf. Der Wagen hat vor der *Pension*

Meerbach gehalten. Benommen schnalle ich mich ab und öffne die Tür. Rosa wartet schon neben der Kofferraumklappe auf mich.

»Danke fürs Mitnehmen.«

»Jederzeit. Schön, dass du wieder da bist, Kind.« Sie zieht mich für einen Moment an sich. Ich bin fast einen Kopf größer als sie, sodass ihre Haare mich an der Nase kitzeln. Sie riecht nach Vanille und Kaffee und Mehl und Kindheit.

Meine Augen beginnen zu brennen, und ich muss ein paarmal heftig blinzeln, um wieder klar zu sehen. Es ist wirklich höchste Zeit, dass ich ins Bett komme.

Nachdem ich Rosa versprochen habe, bald im Café vorbeizuschauen, greife ich nach meinem Koffer und ziehe ihn über die Straße. Hinter einer Buchsbaumhecke erhebt sich ein altes zweistöckiges Fachwerkhaus, das mit Reet gedeckt ist. Die dunkelgrünen Fensterläden im ersten Stock sind geschlossen. Seit wir keine Pensionsgäste mehr haben, werden die Räume dahinter nicht mehr genutzt. Der Garten, den meine Mutter jahrelang liebevoll gepflegt hat, ist mittlerweile wieder in seinem Urzustand. Die Büsche haben wild ausgetrieben, der Rasen reicht mir bis an die Knöchel und Unkraut sprießt zwischen den Pflastersteinen des Fußwegs hervor, der zur Haustür führt. Nur die Blumenkästen an den Fenstern sind immer noch sorgfältig bepflanzt. Violette Geranien, Mamas Lieblingsblumen. Die Räder meines Koffers bleiben immer wieder in den kleinen Lücken zwischen den Steinen hängen, und ich umfasse den Griff fester. Die letzten drei Stufen zu unserer Haustür, deren Holz so dunkelgrün gestrichen ist wie die Fensterläden, zerre ich den Koffer nach oben. Nur eine runde Stelle im

Holz, an der das Grün etwas verblasst ist, erinnert an das Messingschild mit der Aufschrift *Pension Meerbach*, das früher an der Tür hing. Einen Moment lang stehe ich einfach da. Mein Atem geht schwer, und meine Knie fühlen sich an wie Wackelpudding.

Ich bin tatsächlich hier. Über neuntausend Kilometer entfernt von der *Evrima*, die gerade von Belize Kurs auf die Cayman Islands nimmt. Unendlich weit weg von New York, wo mein Traum auf mich wartet.

Nur für zwei Monate. Dann bin ich wieder weg.

Ich habe schon seit Jahren keinen Schlüssel mehr für das Haus, also drücke ich auf die Klingel.

Kapitel 4

»Sandra! Hey.«

»Hallo.«

Für einen Moment stehen wir voreinander, und ich weiß nicht, was ich tun soll. Nina sieht furchtbar aus. Ihr rechter Arm ist eingegipst, und der linke Fuß steckt in einer Schiene. Ihre Augen sind blutunterlaufen, die Locken stehen in alle Richtungen ab und auf ihrem T-Shirt sind Flecken, über deren Herkunft ich lieber nicht spekulieren möchte.

Dann streckt meine Schwester vorsichtig den gesunden Arm aus und zieht mich in eine Umarmung. Ich lege behutsam die Hände um ihre Schultern, traue mich kaum, sie zu berühren.

»So schnell zerbreche ich nicht«, murmelt sie in meine Schulter. »Hast du mal in den Spiegel geguckt?«

Sie löst sich von mir und lässt den Blick demonstrativ an mir herunterwandern. »Das Gleiche könnte ich dich fragen.«

Ich zucke mit den Schultern. »Keine Ahnung, was du meinst. Ich bin das Postergirl des glamourösen Jetset-Lebens.«

Einschließlich zerknitterter Klamotten, verknoteter Haare, Kaffeeflecken und Augenringen.

Sie lächelt. »Es ist schön, dass du da bist.«

Ich räuspere mich. »Das … das finde ich auch.«

Meine Schwester greift nach einer Krücke, die neben ihr an der Wand lehnt und humpelt vor mir her durch den Flur.

»Setz dich einfach. Stell deinen Kram irgendwo hin, darum kümmern wir uns später. Hannah macht gerade Mittagsschlaf, wir müssen also leise sein. Möchtest du einen Tee? Immer noch zwei Stück Zucker?«

»Ich mach das schon. Setz du dich, du bist die mit dem kaputten Fuß.«

Ohne auf ihren Protest einzugehen, drücke ich sie sanft auf den Küchenstuhl und stelle den Wasserkocher an. Ich muss mehrere Schranktüren öffnen, bis ich die Tassen und den Zucker gefunden habe. Offenbar hat Nina umgeräumt, seit ich das letzte Mal hier war. Einige Minuten später stehen zwei dampfende Tassen vor uns auf dem Tisch.

»Wie geht es dir? Ist es sehr schlimm?«

»Ach, es geht schon. Sieht wahrscheinlich wilder aus, als es ist.« Nina rührt Zucker in ihren Schwarztee. »Wie war dein Flug? Hat alles geklappt?«

»Alles bestens. Ein bisschen Verspätung in Miami, aber das war eigentlich kein Problem.«

»Ah. Verstehe.«

Wir schweigen. Es fühlt sich seltsam an, wieder zusammen mit ihr in der Küche zu sitzen. Vertraut und gleichzeitig ganz anders, als ich es in Erinnerung hatte.

»Danke, dass du gekommen bist«, sagt Nina, bevor die Pause zu lang wird. »Ich weiß, es war nicht leicht für dich zurückzukommen und deine Arbeit zu vernachlässigen.«

»Ist doch selbstverständlich«, murmele ich in meine

Tasse und fühle mich dabei wie eine Lügnerin. Wenn ich die Zusage für New York bekommen hätte, wäre ich dann auch hier? Oder hätte ich Nina im Stich gelassen?

Für den Bruchteil einer Sekunde sehe ich meinen eigenen Zweifel auf Ninas Gesichtszügen. Dann setzt sie wieder eine neutrale Miene auf. Früher wusste ich auf den ersten Blick, wie es ihr geht, was sie gerade denkt. Jetzt sehe ich in ihren Augen nur dieselbe Erschöpfung, die ich fühle.

Es trifft mich unvorbereitet, wie ähnlich sie unserer Mutter sieht. Die rotbraunen Haare, die grünen Augen, die Sommersprossen, selbst die kleinen Falten um die Mundwinkel, die sie bei meinem letzten Besuch noch nicht hatte. Mit meinen schwarzen Haaren, der kleinen Nase und der etwas kräftigeren Statur komme ich eher nach unserem Vater. Im Dorf wussten es natürlich alle, aber als wir in den Nachbarort aufs Gymnasium gingen, glaubten viele Mitschüler am Anfang nicht, dass wir Geschwister sind.

Nina legt vorsichtig ihren Arm auf den Tisch und saugt scharf die Luft ein, als er die Holzplatte berührt. Das Geräusch holt mich mit einem Schlag zurück in die Gegenwart.

»Sicher, dass alles okay ist? Hast du schlimme Schmerzen? Brauchst du irgendwas?«

Ihr Lächeln sieht aus wie eine Grimasse. »Ich hab kurz vor deiner Ankunft die letzte Schmerztablette genommen. Die nächste gibt es erst in frühestens vier Stunden.«

»Sollen wir den Arm irgendwie kühlen?«

Ich stehe auf und gehe zum Kühlschrank. Nina hält mich mit ihrem gesunden Arm auf. »Durch einen Gips kann man nicht kühlen. Aber es ist alles gut. Wirklich.«

Ich will protestieren, aber sie gibt mir keine Gelegenheit dazu. »Du hattest einen verdammt langen Tag. Was hältst du davon, wenn du erst mal eine Pause machst. Wenn Hannah gleich aufwacht, dürfte das nämlich schwierig werden.«

Die Frage »Wer ist hier eigentlich die große Schwester?« liegt mir auf der Zunge, aber als ich den Mund öffne, kommt nur ein Gähnen heraus.

Nina grinst. »Ich denke, du findest dein altes Zimmer noch? Beziehen musst du das Bett selbst, fürchte ich, das habe ich mit einer Hand nicht geschafft.«

»Kein Thema«, murmele ich um ein zweites Gähnen herum. Dann schnappe ich mir meinen Koffer und den Rucksack, und stapfe die Treppe nach oben in den ersten Stock.

Als ich aufwache, weiß ich für einen Moment nicht, wo ich bin. Die Matratze unter mir ist weich, die Decke angenehm schwer und das Kissen, in dem meine Nase steckt, riecht sanft nach Lavendel.

Genauso wie Mamas Waschpulver.

Im nächsten Moment kollidiert etwas Hartes mit meinem Bauch, und ich reiße die Augen auf.

»Tante Sandra!!«

Kleine Arme winden sich um meinen Hals, und ich schaue nach unten auf ein Nest voller blonder Haare.

»Hey, Hannah!« Vorsichtig schließe ich meine Arme um ihre kleinen Schultern und ziehe sie an mich. »Na, hast du gut geschlafen?«

»Ich habe supergut geschlafen!«, wiederholt sie und löst die Umarmung. Als sie mich angrinst, klafft zwischen ihren vorderen Schneidezähnen eine kleine Lücke. »Du auch? Mama sagt, du musst auch schlafen. Warum musst du schlafen? Du bist doch schon groß. Große Menschen schlafen nicht am Tag. Außer natürlich, sie sind krank, wie Mama.«

»Ja, und das sollten wir ganz schnell ändern. So ein kleiner Mittagsschlaf ist unbezahlbar«, antworte ich, während ich meine Nichte betrachte. Vor zwei Jahren auf der Beerdigung saß sie noch in einem Buggy. Die ersten paar Tage konnte sie mit mir überhaupt nichts anfangen. Erst am Ende meines einwöchigen Aufenthalts konnte ich sie im Arm halten, ohne dass sie weinte. Jetzt wippt sie energiegeladen auf meinem Schoß, als fiele es ihr schwer, auch nur eine Minute still zu sitzen.

»Komm, lass uns runter gehen! Warst du schon im Garten? Ich muss dir meine Spielsachen zeigen! Und unsere Schaukel!«

Da ich in meinen Klamotten geschlafen habe, muss ich nur schnell in die Schuhe schlüpfen, dann folge ich Hannah nach unten. Vor der Wohnzimmertür bleibt sie stehen und legt einen Finger an die Lippen. »Hier müssen wir leise sein«, flüstert sie. »Mama ruht sich aus.«

Ich tue so, als würde ich meine Lippen abschließen und werfe den imaginären Schlüssel über meine Schulter. Hannah kichert leise.

Auf Zehenspitzen schleichen wir durchs Wohnzimmer, wo Nina auf der Couch liegt und leise schnarcht. Ich mache einen kurzen Abstecher und breite die Wolldecke, die neben ihr auf dem Sessel liegt, über ihrem Körper aus. Als ich die Terrassentür hinter mir schließe, ist Hannah schon zur Schaukel gestürmt und winkt mich zu sich hinüber.

»Schiebst du mich an? Ganz schnell?«

Gehorsam greife ich nach den Seilen und tue, wie mir geheißen. Während Hannah juchzt, lasse ich meinen Blick langsam durch den Garten wandern. Die große Terrasse, auf der früher die Pensionsgäste Kaffee getrunken haben, ist bis auf einen einsamen Sonnenstuhl leer. In Mamas Beeten wächst mittlerweile mehr Unkraut als Blumen, und die Obstbäume sind höher, als Papa sie jemals hat wachsen lassen. Die Junisonne malt Schatten ins Gras, und über mir schreit eine Möwe. Ich stehe im Garten meiner Kindheit in einem kleinen Kaff an der Ostsee mit meiner Nichte auf der Schaukel.

Der Gedanke trifft mich wie eine Welle Salzwasser, wirft mich um und braust über mich hinweg. Als jemand meinen Namen ruft, muss ich ein paarmal blinzeln, um die Tränen aus meinen Augen zu vertreiben.

»Hannah? Sandra?«

Nina lehnt in der Terrassentür, die Decke wie einen Mantel um die Schultern gelegt. »Ist alles okay bei euch?«

»Sandra gibt Anschwung!«, ruft Hannah zurück, dann bremst sie mit den Füßen und läuft auf sie zu.

Meine Schwester beugt sich nach unten und macht Anstalten, ihre Tochter auf den Arm zu nehmen. Im letzten Moment scheint ihr erst einzufallen, dass das mit ihrem Gips nicht geht, und sie streicht ihr stattdessen über die Haare. »Na, bist du hoch geschaukelt?«

»Ganz hoch, Mama! Bis zu den Wolken!«

»Bis zu den Wolken? Das ist ja toll, mein Schatz.«

Nina küsst sie auf die Stirn, und ich wende den Blick ab. Fühle mich plötzlich wie ein Fremdkörper in einem eingespielten Team. Aus den Augenwinkeln sehe ich, wie meine Schwester Hannah etwas ins Ohr flüstert, dann stürmt das Mädchen nach drinnen und Nina richtet sich langsam wieder auf.

»Hat sie dich geweckt?«

»Nein, nein, schon in Ordnung.« Ich trete hinter der Schaukel hervor und gehe zurück zur Terrasse. »Ich wollte den Garten ja sowieso sehen. Außerdem bin ich ein ausgezeichneter Schaukel-Anschieber, das solltest gerade du wissen.«

Ein kleines Lächeln tritt auf Ninas Gesicht. Es macht sie um Jahre jünger. »Ich erinnere mich. Wir wollten immer zu den Schaukel-Weltmeisterschaften.«

»Und sieh dir nur an, was aus uns geworden ist.« Es war als Scherz gemeint, aber die Worte hängen zwischen uns wie kalter Rauch, wischen das Lächeln von ihrem Gesicht.

»Ich würde dir ja einen Kaffee anbieten, aber leider haben wir keinen mehr. Ich hatte noch keine Gelegenheit, einkaufen zu gehen seit dem Unfall.«

»Kein Problem«, versichere ich eilig. »Ich mach das. Dann kann ich mich auch gleich mal im Dorf umsehen. Auch wenn ich kaum glaube, dass sich viel verändert hat.«

Nina mustert mich mit einem schwer zu deutenden Blick. »Wie du meinst.«

Kapitel 5

Eine raue Brise zerrt an meinen Haaren, als ich vor die Haustür trete. Obwohl in wenigen Wochen die Sommerferien beginnen, hat der Wind noch immer Biss und ich schlage den Kragen meines Trenchcoats hoch. Das Handy vibriert in meiner Hosentasche, ein Mal, zwei Mal, drei Mal. Es ist gerade kurz nach acht Uhr morgens in Belize, und Agila hat wahrscheinlich meinen Zettel und die Schokolade gefunden. Oder Clarice Biles hakt noch mal nach, wann ich endlich zurückkomme. Mein schlechtes Gewissen stürzt sich begierig auf diesen Gedanken. Ich habe noch nie Kollegen im Stich gelassen, und es fühlt sich genauso schlecht an, wie ich befürchtet habe. Aber ich habe es aus einem verdammt guten Grund getan, also dränge ich meine Schuldgefühle zur Seite und schalte das Handy aus, bevor ich die Nachrichten lese. Darum werde ich mich später kümmern. Jetzt muss ich erst mal für uns einkaufen gehen. Ninas schwarzer Polo parkt direkt vor dem Haus, also werfe ich die Einkaufstasche, die sie mir in die Hand gedrückt hat, auf den Beifahrersitz und starte den Motor.

Unser Haus liegt in einer kleinen Seitenstraße am Rande von Altensande, und ich muss einmal auf unserer Einfahrt wenden, um in Richtung Hauptstraße fahren zu können.

Genau diesen Weg bin ich schon Hunderte Male gelaufen, wenn Mama mich zum Einkaufen geschickt hat, sonntags auf dem Weg zum Brötchen holen oder zum Treffen mit meinen Freunden am Strand. Auf der Fahrt in Rosas Auto war ich viel zu müde, um viel von meiner Umgebung wahrzunehmen, aber jetzt merke ich schon nach wenigen Metern, wie wenig ich wiedererkenne. Das Haus der Sommerbys von gegenüber ist komplett renoviert und mit einer Photovoltaik-Anlage auf dem Dach ausgestattet worden. Die Rosenthals, zwei Häuser weiter, scheinen nicht mehr dort zu leben, denn anstelle der Hundehütte und der sorgfältig gepflegten Rosenbeete steht ein kleines Baumhaus im Garten und der Rasen ist mit Spielsachen übersäht. Am Ende unserer Nebenstraße hat ein neues Geschäft eröffnet, in dem offenbar handgemachte Seifen und Kunsthandwerk aus der Region verkauft werden. Das Schild ist geschmackvoll bemalt, und die kleinen Verkaufsstände vor der Eingangstür sehen einladend aus. Allerdings verirren sich in unsere Straße nur wenige Touristen, und ohne entsprechendes Marketing ist selbst die beste Idee wertlos. Der Tourismusmanagerin in mir juckt es in den Fingern, mir den Laden genauer anzusehen, aber dazu wird später noch Zeit sein, also biege ich nach links in die Hauptstraße ein. Es ist mittlerweile halb fünf, und die kleine Fußgängerzone ist so belebt, wie Altensande um diese Uhrzeit sein kann: Kinder mit großen Schulranzen auf dem Rücken haben sich auf dem Weg von der Bushaltestelle bei Giovanni ein Eis geholt, Mütter mit Kinderwagen tragen ihre Einkäufe nach Hause, Rentnerpaare schlendern gemütlich die Straße entlang. Gut, dass ich im Auto sitze. Für meinen Plan, möglichst unerkannt zu bleiben, habe ich mir eindeutig die falsche Uhrzeit ausgesucht. Ich fische meine Sonnenbrille aus der Tasche und rutsche tiefer in den Sitz. Das Auto rollt an *Giovannis Eisdiele* vorbei, an Frau Matthis' *Kleiderkiste* und der ehrenamtlich betriebenen Bücherei, in der Nina den Großteil ihrer Kindheit verbracht hat. Altensandes einziger kleiner Supermarkt liegt ganz am Ende der Straße, wo der Asphalt in Pflastersteine übergeht und sich nach rechts und links die Promenade öffnet. Der Parkplatz ist rappelvoll. Nachdem ich zweimal im Kreis gefahren bin, stelle ich mich rechts neben einen dunkelgrünen Volvo, der gerade noch innerhalb der Parkmarkierung steht und steige aus. Sobald die Tür hinter mir ins Schloss fällt, höre ich das Rauschen.

Vor mir liegt die Promenade, ein mit roten Steinen gepflasterter Weg, der sich sanft an der Dünenlinie entlangschlängelt. Die dahinter liegenden Dünen sind mit Strandhafer und blühendem Hornklee bepflanzt, und in den Lücken zwischen ihnen schimmern blaue Wellen hindurch.

Wie von selbst tragen meine Füße mich am Eingang des Supermarkts vorbei auf den Strandübergang zu. Asphalt wird zu Stein, wird zu Strand und ich schlüpfe aus meinen Schuhen und tauche die Zehen in den Sand. Er ist kühl unter meinen Fußsohlen. Kleine Muschelreste und Steine piksen in meine Haut, aber ich spüre es kaum, laufe einfach weiter. Fühle mich wie magnetisch angezogen von der Stelle, an der das Wasser den Strand küsst. Die erste Welle, die über meine Zehen spült, lässt mich nach Luft japsen. Das Wasser ist eiskalt, und kleine Tropfen spritzen auf meine Hosenbeine. Aber schon mit der nächsten Welle habe ich mich an die Temperatur gewöhnt. Ich krempele mir die Jeans hoch und wate weiter, bis das Wasser mir zu den Knöcheln geht. Die Luft schmeckt nach Salz, die Möwen schreien und am Horizont nähern sich zwei Fischkutter, die Kurs auf unseren Hafen nehmen.

Vielleicht werden die nächsten zwei Monate doch nicht so hart, wie ich dachte.

Als ich kurz darauf mit feuchten Socken und Sand zwischen den Zehen durch die Gänge des Supermarkts laufe, wird mir bewusst, wie lange ich schon nicht mehr richtig einkaufen war. Auf der *Evrima* musste ich zwar die Verpflegung für Gäste und Personal organisieren, aber den Großeinkauf hat die Logistikabteilung in den Häfen erledigt. Davor in Sydney war es genauso, und wenn ich abends ausnahmsweise mal nicht in der Crewküche gegessen habe, bin ich bei meinem Lieblings-Japaner vorbeigegangen und habe mir Sushi zum Mitnehmen geholt. In einem deutschen Supermarkt fühle ich mich überraschend verloren.

»Brot, Kaffee, Bananen, Schokolade und O-Saft für Hannah …« Mit Ninas Einkaufszettel in der Hand, irre ich durch die Gänge des Ladens, in dem nichts mehr so ist, wie ich es in Erinnerung hatte. In der Ecke, wo es früher Brötchen und Backwaren gab, wird jetzt regionales Obst und Gemüse angeboten, das Kühlregal ist an die andere Seite des Raumes gewandert und die Menge an Kaffeesorten, die angeboten werden, hat sich verdreifacht. Ich krame in meinem Hirn nach der Kaffeesorte, die Nina am liebsten trinkt und komme zu keinem Ergebnis. Als ich Altensande verlassen habe, hat sie noch gar keinen Kaffee getrunken.

Bei meinem letzten Besuch zu Mamas Beerdigung? Alles außer der Zeremonie auf dem Friedhof liegt wie hinter einem undurchsichtigen Schleier in meinem Kopf. Ich kann mich nicht erinnern.

Am Ende entscheide ich mich für die Marke, die ich selbst am liebsten trinke und ziehe weiter. Vor der Brotabteilung bleibe ich erneut hängen. Es mag ein Klischee unter deutschen Reisenden sein, aber deutsches Brot gehörte zu den wenigen Dingen, die ich die letzten Jahre immer wieder vermisst habe. Obwohl der Supermarkt nur ein besserer Tante-Emma-Laden ist, bin ich von der Auswahl völlig überfordert und packe am Ende mehrere Packungen Schwarzbrot, Vollkornbrot und Sauerteigbrot in meine Tasche. Auf dem Weg zur Kasse lande ich in der Spirituosenabteilung. Es ist Monate her, dass ich das letzte Mal Alkohol getrunken habe. In unserer Freizeit war es dem Personal der *Evrima* zwar theoretisch erlaubt, aber ich wollte mit gutem Beispiel vorangehen. Jetzt ist das allerdings nicht mehr nötig und der Gedanke an ein gutes Glas Wein verdammt verlockend. Ich lasse den Blick über die verschiedenen Labels schweifen, bis ich einen Pinot Grigio entdecke, der vielversprechend aussieht. Gerade als ich ihn in die Tasche stecken will, ertönen hinter mir Schritte.

»Sandra?«

Mein Hirn setzt einen Moment aus. Das kann nicht sein.

Unmöglich.

Aber diese Stimme würde ich unter Tausenden erkennen.

Wie in Zeitlupe drehe ich mich um, die Weinflasche umklammert wie eine Waffe.

»Markus.«

Es ist keine Frage. Ich erkenne ihn sofort. So ist das wahrscheinlich mit der ersten großen Liebe, selbst wenn sie einen eiskalt verlassen hat. Der Mann vor mir ist etwas kleiner, als ich ihn in Erinnerung hatte. Seine dunkelbraunen Haare sind immer noch voll und glänzend, das Gesicht ebenmäßig und da ist immer noch dieses kleine Grübchen in seiner rechten Wange. Aber auch er ist älter geworden, stelle ich mit einer gewissen Genugtuung fest. Unter seinem Hemd wölbt sich ein kleiner Bauchansatz, und ich entdecke Ringe unter seinen Augen, die früher noch nicht da waren.

»Was machst du hier?« Er klingt mindestens genauso überrascht, wie ich mich fühle.

»Das Gleiche könnte ich dich fragen.« Der Wein verschwindet in meiner Tasche, und ich verschränke automatisch die Arme vor der Brust.

»Ich arbeite hier. Das ist jetzt mein Laden.«

Innerlich stöhne ich auf. Von allen Menschen, die ich auf keinen Fall wiedertreffen wollte, muss es ausgerechnet er sein, der den einzigen Supermarkt leitet?

»Glückwunsch«, presse ich hervor. »Sieht ja ganz so aus, als hättest du dein großes Ziel erreicht.«

Er presst die Lippen zusammen. »Und du?«

»Alles bestens.« Ich zwinge mich zu einem Lächeln. »Nur ein kleiner Familienbesuch.«

»Wie lange bleibst du denn?« Er kratzt sich verlegen am Kopf. An seiner linken Hand blitzt ein schmaler goldener Ring. »Vielleicht könnten wir ja mal …«

»Ich muss los.« Ohne auf das Ende seines Satzes zu warten, schiebe ich mich an ihm vorbei und marschiere in Richtung Kasse. Vor mir legt ausgerechnet jetzt eine Mutter mit zwei kleinen Kindern einen ganzen Wocheneinkauf aufs Band. Ungeduldig trete ich von einem Fuß auf den anderen, rechne jeden Moment damit, dass Markus hinter mir herkommt. Aber er tut es nicht.

Manches ändert sich offenbar nie.

Ich räume wie in Trance alles in meine Tasche und halte der Kassiererin meine EC-Karte hin.

Markus Walters lebt immer noch in Altensande. Schlimmer noch, Markus führt den einzigen Lebensmittelladen in Altensande.

Scheiße.

Ein kleiner, rationaler Teil meines Gehirns flüstert, dass es eigentlich überhaupt keinen Grund gibt, sich aufzuregen. Die Sache mit uns ist über zehn Jahre her. Ich bin schon lange darüber hinweg. Aber der Rest von mir wurde von seinem Anblick brutal in die Vergangenheit zurückversetzt, in der mein Leben völlig anders aussah und meine Zukunft auf der Kippe stand.

Ich verlasse den Laden, ohne mich noch mal umzusehen und suche nebenbei auf dem Handy nach dem nächsten Lebensmittelgeschäft im Nachbarort. Als plötzlich eine Bremse quietscht, lasse ich vor Schreck beinahe das Handy fallen.

Ein Mann auf einem Fahrrad wollte offenbar die geparkten Autos umrunden und wäre dabei fast auf Ninas Wagen geknallt. Im letzten Moment reißt er den Lenker herum und verliert dabei das Gleichgewicht. Ich kann nur dabei zusehen, wie er hart auf dem Asphalt landet.

»Wie kann man denn so parken?«

»O Gott, alles okay bei Ihnen?«

»Ist das Ihr Auto?«, fragt er anstelle einer Antwort. »Sie wissen schon, dass das kein Parkplatz ist, oder?«

Vielleicht ist es sein Tonfall, vielleicht die Begegnung mit Markus oder der Jetlag, aber mein Mitgefühl zerschmilzt wie Eis in der Sonne. »Ich musste nur schnell was besorgen. Wenn Sie das nächste Mal etwas langsamer um die Kurve fahren, sehen Sie auch alle Autos rechtzeitig.«

Er rappelt sich hoch und klopft den Staub von seiner Jacke. Ich habe ihn noch nie gesehen, aber er bewegt sich wie jemand, der sich hier zu Hause fühlt. Seine Haare sind dunkelblond, einzelne Strähnen wirken wie von der Sonne ausgebleicht. Auch sein Gesicht ist sonnengebräunt, aber er hat helle Streifen an den Schläfen, als würde er draußen arbeiten und dabei oft eine Sonnenbrille tragen. Das Markanteste sind allerdings seine Augen.

Sie sind nicht grün, braun oder blau, sondern alles zusammen, scheinen ihren Farbton zu verändern, wenn er den Kopf dreht.

Er hat Augen wie die Ostsee.

Augen, die mich kritisch mustern, von meiner Sonnenbrille über den Trenchcoat bis zu meinen Ballerinas wandern.

»Schon möglich, dass Sie das in der Stadt einfach so machen können, weil es da niemanden interessiert, dass er andere behindert. Aber hier nehmen die Leute meistens Rücksicht aufeinander. Sollten Sie auch mal versuchen.«

Bevor ich etwas erwidern kann, hebt er sein Fahrrad auf und fährt weiter. Er biegt auf die Promenade ein und verschwindet innerhalb von Sekunden aus meinem Sichtfeld.

Hier nehmen die Leute meistens Rücksicht aufeinander.

Was bildet der sich eigentlich ein? Als ob mir irgendjemand erklären müsste, wie ich mich in meiner eigenen Heimat zu verhalten habe.

»Rücksicht, pff.« Ich werfe die Einkaufstasche auf den Rücksitz und lasse mich auf den Fahrersitz fallen. *Nur zwei Monate*, sage ich mir, als ich mit einer Hand nach dem Gurt angele und mit der anderen den Wagen starte. *Nichts leichter als das.*

Kapitel 6

»Wie viel Brot wolltest du noch mal essen?« Nina beobachtet mich amüsiert dabei, wie ich die Einkäufe ausräume. »Du musst nicht mehr für zweihundert Gäste einkaufen, das weißt du, oder?«

»Was denn?« Ich lege die dritte Packung Brot auf den Tisch. »Ich hab eben schon lange keins mehr gehabt. Und es waren dreihundert Gäste.«

»Klar, dann macht das natürlich Sinn.«

»Keine Sorge, die Reste friere ich ein.«

»Viel Erfolg dabei, noch Platz in der Gefriertruhe zu finden.«

»Das kriege ich schon hin. Wie viel Platz kann ein Zwei-Personenhaushalt schon brauchen?«

»Wenn es zwei Apfelbäume, einen Kirsch- und einen Birnbaum im Garten gibt und regelmäßig vorgekocht wird, weil wir sonst nur Fertiggerichte essen würden, ziemlich viel.«

»Okay, okay.« Ich hebe abwehrend die Hände. »Dann werden wir alle die nächsten Tage nur noch Sandwiches essen. Zufrieden?«

»Ein Träumchen. Hannah wird dich dafür lieben.«

»Das hoffe ich doch.«

Nina zögert einen Moment, bevor sie weiterspricht.

»Danke noch mal, dass das jetzt doch geklappt hat. Also, dass du hier bist. Zuerst sah es ja so aus, als ginge es nicht, bis du jetzt diesen kurzfristigen Sonderurlaub gekriegt hast.«

Ich räume den Orangensaft ein und verschwinde dabei mit dem Kopf im Kühlschrank, um ihrem Blick nicht begegnen zu müssen.

Ich könnte Nina die Wahrheit sagen. Dass es keinen Sonderurlaub gibt und ich mir ziemlichen Ärger mit meiner Chefin eingehandelt habe. Dass ich eine Absage von meinem Traumjob in New York kassiert habe, von dem Nina noch nicht einmal weiß. Aber ich will nicht, dass sie ein schlechtes Gewissen deswegen hat. Ich habe die Entscheidung getroffen, sang- und klanglos die *Evrima* zu verlassen und werde die möglichen Konsequenzen mit Clarice Biles klären, wenn ich zurück an Bord bin. Davon zu wissen würde Nina nur unnötig beunruhigen. »Meine Chefin hatte doch noch ein Einsehen«, sage ich schließlich. »Ich musste sie nur lange genug nerven, damit sie mich gehen ließ. Also mach dir bitte keine Gedanken.«

Es ist aber noch etwas anderes. Bisher weiß niemand außer mir und Mr. Clark, dass ich an New York gescheitert bin. Zumindest vorerst. Und ich bin noch nicht bereit, es laut auszusprechen.

»Verstehe.« Meine Schwester klingt nicht überzeugt. Sie war schon immer gut darin, mich zu durchschauen. Zeit für einen Themenwechsel. »Sag mal, wieso warnst du mich eigentlich nicht vor?«

»Was meinst du?«

»Die Tatsache, dass mein Ex den einzigen Supermarkt in

Altensande übernommen hat. Ich war völlig unvorbereitet, als er plötzlich hinter mir stand.«

Ninas Augen weiten sich. »Du hast Markus getroffen? Daran habe ich gar nicht mehr gedacht. Was hat er gesagt?«

Bilde ich mir das ein, oder klingt sie besorgt?

»Was soll er schon gesagt haben? Er wollte wissen, wie lange ich hier bin. Ob wir uns mal sehen wollen.« Ich schnaube. »Als ob. Wir haben uns nichts mehr zu sagen. Außerdem ist er verheiratet, wusstest du das?«

»Du solltest ihn wirklich einfach vergessen«, bekräftigt Nina. »Tut mir leid, dass ich dir nichts davon erzählt habe.«

»Von seiner Hochzeit oder seinem Job im Supermarkt?«

Ich brenne darauf zu erfahren, wer den anderen Ring trägt, aber ich will nicht direkt danach fragen. Das lässt mein Stolz nicht zu.

»Beides.«

Offenbar ist das Thema für meine Schwester damit erledigt. Mit Mühe schlucke ich meine Fragen hinunter und stelle die Packung Kaffee zwischen uns auf den Tisch.

»Wieso hast du denn ausgerechnet die gekauft?« Stirnrunzelnd dreht Nina sie in ihren Händen. »Das ist mit Abstand die teuerste Sorte.«

Ich verdrehe die Augen. »Auf deiner Liste stand nur Kaffee, okay? Wenn du einen konkreten Wunsch hast, solltest du ihn das nächste Mal dazuschreiben. Außerdem hab ich die Sachen bezahlt, also spielt es keine Rolle.«

»Kommt nicht infrage. Wir splitten den Betrag, das ist das Mindeste.« Nina stemmt sich hoch und humpelt in den Flur, um ihr Portemonnaie zu holen.

Kopfschüttelnd sehe ich ihr nach. Gut, dass wir jetzt

Kaffee haben, denn ich kann jetzt gerade wirklich einen gebrauchen.

Ich merke schnell, dass das Leben in Altensande nach einem gänzlich anderen Rhythmus verläuft als das auf der *Evrima*. Die ersten zwei Stunden des Tages sind purer Stress: Ich stehe um kurz vor sechs auf und muss Hannah wecken, sie anziehen, für uns alle Frühstück machen und meine Nichte in der Kita abliefern. Je nach Tagesform klappt das manchmal blendend und manchmal nur mit Heulen und Zähneknirschen. Dann erledige ich den Haushalt, putze, wische, staubsauge. Es ist ein großes Haus, aber da wir nur einen Bruchteil davon wirklich nutzen, bin ich damit meistens um spätestens zehn Uhr fertig. Dann folgen vier Stunden absoluter Langeweile. Nina ist den Großteil des Vormittags damit beschäftigt, Unterrichtseinheiten für die Zeit nach ihrer Rückkehr vorzubereiten oder mit ihren Kollegen über einzelne Kinder zu diskutieren, bei denen es Probleme gibt. Aber ich kann von Altensande aus nicht arbeiten, also tigere ich ruhelos durch die Zimmer, in denen mich alles ein bisschen zu sehr an meine Vergangenheit erinnert. Ich schmiede Pläne, um doch noch an die Stelle in New York zu kommen, und werfe sie im nächsten Moment wieder über den Haufen. Jedes Mal, wenn ich mein E-Mailpostfach neu lade, überkommt mich die absurde Hoffnung, dass womöglich die erlösende Nachricht angekommen ist – dass die *erste Wahl* bereits versagt hat und ich nun am Zug bin. Nur um dann enttäuscht in einen leeren Posteingang zu starren. Um mich abzulenken, stürze ich mich in DIY-Projekte. Ich versuche, die Bank vor der Haustür neu zu streichen, die Bäume zu stutzen, die kaputte Schublade von Ninas Schreibtisch zu reparieren. Aber die kleine Schwester, die zu jeder meiner Ideen begeistert Ja und Amen sagt, ist verschwunden. An ihrer Stelle lebe ich mit einer Frau zusammen, die ganz genau weiß, was sie will und deren Vorstellungen selten mit meinen zusammenpassen. Meistens schaffen wir es gerade mal bis zum Mittagessen, bis wir uns das erste Mal in die Haare kriegen. Nina wirft mir vor, dass ich mich ungefragt in ihr Leben einmische, ich kontere, dass sie keiner meiner Ideen überhaupt eine faire Chance gibt. Diese Gespräche enden oft damit, dass Nina in ihrer ruhigen Grundschullehrerinnen-Stimme einen vernünftigen Vorschlag macht (»Lass uns doch zusammen abstimmen, welche Farbe geeignet wäre für die Bank«, »Frag mich einfach vorher, ob die Schublade überhaupt repariert werden soll«) und dann wieder in ihrem Arbeitszimmer verschwindet. Ich bleibe auf der anderen Seite der Tür stehen und frage mich, wie gut ich meine Schwester eigentlich noch kenne. Die verbringt die meisten Nachmittage, die sie nicht am Schreibtisch sitzt, ausgeknockt von Schmerzmitteln auf der Couch, also schlage ich Zeit tot, indem ich in den nächsten Ort fahre, um einzukaufen. Sobald es endlich halb drei ist, hole ich Hannah von der Kita ab, fahre sie zum Fußballtraining oder kümmere mich darum, dass sie und ihre kleinen Freundinnen nicht in unserem Garten von der Schaukel fallen. Um halb sieben gibt es Abendessen, und wir schauen zusammen die Kindernachrichten, dann bringt Nina ihre Tochter ins Bett und wir landen vor dem Fernseher, wo sie gegen neun Uhr vor einem Krimi einschläft. Mein Körper hat sich immer noch nicht vollständig an die neue Zeitzone gewöhnt, sodass ich meistens bis zwei Uhr wach liege, zunehmend wütende Mails von Clarice Biles ignoriere und von New York träume. Ich sehe mich durch die großen Flure des Ritz-Carlton spazieren, ein goldenes Namensschild an meiner Brust. Sehe mich den Sommer im Central Park genießen. Stelle mir vor, wie ich abends vom Fenster meines Appartements über ein Glitzermeer aus Lichtern schaue und mit dem Gefühl schlafen gehe, es endlich geschafft zu haben. Dann stehe ich wieder um kurz vor sechs auf.

Am Donnerstagabend meiner ersten Woche hat sich eine Freundin von Nina auf ein Glas Wein angekündigt. Ich räume gerade das Geschirr vom Abendessen weg, als mein Handy mit einer neuen Mail vibriert. Sie stammt von Marco, dem einzigen Kollegen, der mich seit meinem hastigen Aufbruch nicht mit Missachtung straft. Im Betreff steht nur: *Das solltest du sein!*

Mir gerunzelter Stirn stelle ich den Teller zur Seite und klicke die Nachricht an. Anstelle eines Textes hat Marco mir nur den Link zu einem Instagram-Post geschickt. Ein Blick auf die URL zeigt mir, dass der Link direkt zum Account des New Yorker *Ritz-Carlton* führt. Bevor ich es mir anders überlegen kann, öffne ich ihn. Vom Handybildschirm blickt mir eine dunkelblonde Frau in eleganter Livree entgegen, die neben zwei Herren in Maßanzügen steht. Sie erzählt mit Blick in die Kamera und einem souveränen Lächeln, wie sehr sie sich auf ihre Arbeit im Management des Hotels freue und dass sie ihr Bestes geben wird, um »all unseren internationalen Gästen einen unvergesslichen Aufenthalt zu bieten«.

Ich schließe die App und stopfe das Handy zurück in meine Hosentasche. Ich hätte Marco nichts von meiner Bewerbung erzählen sollen. Es war ein schwacher Moment um kurz vor drei Uhr morgens nach einer langen Nachtschicht, und dieses Video zeigt allzu deutlich, warum ich es besser gelassen hätte. Seine Unterstützung ist an sich rührend, aber jedes Detail des Clips hat sich sofort in mein Gedächtnis eingebrannt. Die feinen Anzüge der Hotelmanager. Die imposante Eingangshalle im Hintergrund. Das professionell geschminkte Gesicht der Frau, die an der Stelle steht, an der ich jetzt gerne wäre. Stattdessen räume ich den letzten Teller in die Spülmaschine und schalte sie ein. Abendlicht fällt durch das Fenster in die Küche, malt goldene Flecken auf den rustikalen Holztisch, an dem ich früher meine Hausaufgaben gemacht habe. Draußen im Garten wiegen sich die Bäume, unter denen Hannah mit ihren Freundinnen gespielt hat. Der Anblick ist idyllisch, und ich halte es keine Sekunde länger hier drinnen aus.

Ohne noch mal darüber nachzudenken, krame ich meine Sportklamotten aus dem Koffer und schlüpfe in meine Laufschuhe. Nina stellt gerade das dritte Weinglas auf den Tisch, als ich den Kopf durch die Wohnzimmertür stecke.

»Ich gehe noch mal eine Runde raus, ja?«

»Wo willst du denn jetzt noch hin? Ich dachte …« Sie bricht ab.

»Nur ein bisschen laufen«, antworte ich. »Den Kopf freikriegen.«

»Oh. Okay.«

Sie hat nicht gesagt, dass sie mich dabeihaben will. Als sie das dritte Weinglas wieder zurück in den Schrank stellt, zögere ich. Vielleicht sollte ich doch besser hierbleiben. Die Chance nutzen, um mehr über die Frau zu erfahren, die Nina mittlerweile geworden ist. Aber ein Blick durch das Wohnzimmer unserer Eltern schnürt mir die Kehle zu. Ich muss hier raus, so schnell wie möglich.

»Viel Spaß noch.«

Bevor Nina noch etwas sagen kann, drehe ich mich um. Die Haustür fällt hinter mir zu, und kühle Abendluft empfängt mich. Sie trägt einen Hauch von Salz und Seetang mit sich, und für einen Moment erlaube ich mir den Gedanken, dass sie alle meine wirren Gedanken davonpusten kann. Hannah ist schon im Bett, aber in einem der Nachbargärten spielen Kinder, deren Lachen zu mir herüberweht. Irgendwo in unserer Straße wird gegrillt. Am Bürgersteig angekommen, wende ich mich nach links und laufe los. Meine Füße tragen mich wie von selbst durch unsere kleine Siedlung bis in das Waldstück, das sich westlich an Altensande schmiegt. Früher bin ich diesen Weg oft gelaufen. Immer, wenn mir alles zu viel wurde mit der Schule, der Pension, meiner Familie, habe ich meine Laufschuhe geschnürt und bin losgerannt. Irgendwann nach der Universität habe ich damit aufgehört. Nach einer 12-Stunden-Schicht in einem Luxushotel hatte ich einfach keine Kraft mehr dazu. Aber trotz der langen Pause verfallen meine Beine sofort wieder in den vertrauten Rhythmus. Sobald ich in den Wald eintauche, wird die Luft kühler und ich bin froh über die Jacke, die ich mitgenommen habe. Nina hat sie mir geliehen, weil ich aus der Karibik keine Kleidung mitgebracht habe, die für Temperaturen unter 20 Grad geeignet sind. Meine Schwester hat gelacht, als ich ihr erzählt habe, wie ich mit Wintermantel und Stiefeln auf der *Evrima* angekommen bin, direkt von meinem Flug aus dem australischen Winter in Sydney. In den kommenden Monaten, in denen ich mir den kleinen Spind in unserer Kajüte immer mit mindestens einer weiteren Person teilen musste, sind dann alle Winterklamotten in die Kleiderspende gewandert. Nach dieser Geschichte wollte meine Schwester alles über meine Zimmernachbarn wissen. Sie hat mich nach Fotos von Belize gefragt und wollte hören, wo es mir bisher am besten gefallen hat. Aber dann brummte mein Handy mit einer neuen E-Mail, und ich dachte für einen kurzen naiven Moment, es könnte um New York gehen. Als ich die Werbeanzeige für Penisvergrößerungen in den Spam-Ordner geschoben und das Handy wieder eingesteckt habe, war Nina schon weg, um sich um die weinende Hannah zu kümmern. Das war an meinem dritten Tag in Altensande. Seitdem haben meine Schwester und ich kaum zwei Worte miteinander gewechselt, in denen es nicht um die logistische Planung unseres kleinen Haushalts ging.

Bei dem Gedanken an meine Schwester spüre ich einen Stich in der Brust, der nichts mit meinem Lauftempo zu tun hat. Im Haus ist es mir die letzten Tage gelungen, dieses Gefühl zu ignorieren, sobald es aufkam. Aber hier draußen folgt es mir, heftet sich erbarmungslos an meine Fersen. Ich erhöhe meine Geschwindigkeit. Vor mir lichtet sich der Wald und gibt den Blick frei auf die Dünenkette, die mich vom Strand trennt. Links von mir liegt der kleine Altensandener Fischereihafen, in dem gerade ein Kutter festmacht. Am Bug hat jemand mit weißer Farbe den Namen *Mathilda* aufgepinselt. Ich erinnere mich noch entfernt an die Frau vom alten Fischer Jens, die für mich immer ein Lächeln übrighatte und viel zu früh gestorben ist. Zwei Personen sind gerade dabei, Kisten mit Fischen abzuladen. Ihr Mann und ihr Sohn. Peter ist mit mir in die Schule gegangen, aber ich bin zu weit weg, als dass er mich erkennen könnte, und die beiden wirken komplett vertieft in ihre Arbeit. Ich wende mich nach links und nehme den kleinen Pfad, der durch die Dünen hindurch an die Küstenlinie führt. Im tiefen Sand werde ich langsamer. Die Muskeln in meinen Beinen geben mir deutlich zu verstehen, dass ich nicht mehr im Training bin. Ich schaffe es gerade noch bis zur Wasserkante, wo der Sand wieder etwas fester wird, bis ich keuchend zum Stehen komme. Der Puls dröhnt in meinen Ohren, und meine Waden brennen, aber es fühlt sich gut an. Es gibt mir für einen Moment keinen Raum, um über irgendetwas anderes nachzudenken. Sobald ich etwas zu Atem gekommen bin, setze ich mich wieder in Bewegung. In einem gemütlichen Tempo jogge ich nun die Küstenlinie entlang in Richtung des Hauptstrandes. Um diese Uhrzeit ist außer mir fast niemand hier. Nur mehrere Hundert Meter vor mir sehe ich den Umriss eines Menschen, der seinen Hund spazieren führt. Und draußen auf den Wellen ist ein Surfer. Ich bleibe stehen, kneife die Augen zusammen. Von hier aus kann ich unmöglich ausmachen, wer es ist, aber er oder sie bewegt sich wie ein Profi. Die Ostsee ist unruhig heute Abend, weiße Schaumkronen tanzen auf den Wellen, aber der Surfer scheint jeden Schritt dieses Tanzes zu kennen, als wäre er eins mit dem Wasser. Es ist ein hypnotisierender Anblick, der eine alte Sehnsucht in mir weckt. Ob ich es wohl noch kann?

Ein kalter Windstoß streicht über meine verschwitzte Haut und lässt mich frösteln. Widerwillig reiße ich mich los und trete den Rückweg an. Ich vermeide die Hauptstraße und schlängele mich durch Seitenstraßen, bis ich wieder vor unserer ehemaligen Pension stehe. Im Wohnzimmer brennt Licht, hinter dem Fenster bewegen sich die Umrisse von zwei Frauen. So leise wie möglich schließe ich die Tür auf und schlüpfe aus den Schuhen. Vorsichtig trete ich auf die unterste Stufe der Treppe, das Gewicht so dicht wie möglich am Geländer. Aber der Trick, der mit elf funktioniert hat, scheint am Gewicht einer erwachsenen Frau zu scheitern und die Treppe knarzt hörbar.

»Sandra? Bist du wieder zurück?«

Mist!

»Hey. Ja, ich wollte eben duschen.«

»Hast du vorher eine Minute?«

Ich unterdrücke ein Seufzen. »Klar. Ich komme.«

Im Wohnzimmer warten Nina und ihre Freundin auf mich, die sie mir als Dagmar vorstellt. Sie kommt mir vage bekannt vor, vielleicht ist sie eine von Ninas alten Schulfreundinnen.

»Dagmar arbeitet hier im Touristenbüro«, erklärt Nina, sobald ich mich gesetzt habe. »Und sie hat mir erzählt, dass da gerade dringend Leute gesucht werden.«

»Was soll das heißen?« Ich runzele die Stirn.

Nina und Dagmar wechseln einen Blick. »Du sagst ja selbst, dass du hier nicht voll gefordert bist. Vor allem am Vormittag, wenn Hannah in der Kita ist, komme ich auch gut ein paar Stunden allein klar und du könntest etwas Sinnvolles mit deiner Zeit anstellen.«

»Vielleicht ist es dir entgangen, aber ich habe bereits einen Job.« Meine Stimme klingt schärfer, als ich es beabsichtigt hatte. Nina verdreht die Augen. »Wie könnte ich das vergessen? Es ginge ja nur um ein paar Stunden. Quasi wie eine kleine Urlaubsvertretung. Nur bis zum Ende des Sommers, bis ich wieder ganz fit bin.«

»Ich habe nur zwei Monate.«

»Dann eben zwei Monate, kein Problem.«

»Und darauf würde sich die Gemeinde einlassen?«

»Absolut«, schaltet Dagmar sich ein. »Nichts für ungut, aber die würden im Moment absolut jeden nehmen.«

»Was haben Sie denn vor? Hier gibt es doch nicht viel mehr zu tun, als Kurtaxe zu kassieren und pro Jahr ein Sommerfest am Strand zu planen.«

»Früher war das vielleicht so«, kommentiert Nina und stützt sich mit den Ellenbogen auf den Tisch. »Aber es wird sich etwas verändern. Die Gemeinde hat wohl einen Plan, aber noch weiß niemand so genau, wie der aussieht.«

»Tatsächlich? Altensande will sich verändern?«

»Und wie«, bekräftigt Dagmar. »Der Bürgermeister geht seit Wochen bei uns ein und aus, hat lange Meetings mit der Strathaus. Also, unserer Chefin. Und dann hat diese angefangen, Stellen auszuschreiben. Das erste Mal seit Jahren.«

Noch während Dagmar redet, rufe ich die Webseite des Tourismusbüros auf meinem Handy auf und öffne die Seite mit den Stellenanzeigen.

»Projektmanager, Finanzberater, Tourismusmanager …« Ich pfeife anerkennend. »Die scheinen ganz schön was vorzuhaben. Und ihr habt wirklich keine Ahnung, worum es geht?«

»Nicht die Geringste!« Nina schüttelt den Kopf. »Dagmar hier wird schon fast wahnsinnig.«

»Allerdings.« Die Angesprochene nickt bekräftigend.

»Wenn du mit deinem Lebenslauf da aufkreuzt, nehmen die dich mit Kusshand«, fährt meine Schwester fort. »Ganz sicher. Damit würden wir zwei Fliegen mit einer Klappe schlagen: Altensande bekommt die großartigste Touristenmanagerin, die man sich vorstellen kann, und du kannst zumindest für ein paar Stunden wieder das tun, was du am besten kannst.«

»Und ich gehe dir hier nicht auf die Nerven, meinst du.«

Sie zwinkert mir zu. »Das wäre durchaus ein angenehmer Nebeneffekt.«

Meine Mundwinkel heben sich wie von selbst, spiegeln ihr Grinsen. »Wenn das so ist, werde ich mir das Ganze wohl mal ansehen.«

Nina steht auf und humpelt zu dem Schrank, in dem sie die Weingläser aufbewahrt und holt mir ebenfalls eines. »Darauf trinken wir!«

Kapitel 7

Am nächsten Morgen stehe ich pünktlich um halb neun vor der Tür des Tourismusbüros. Dagmar hatte mich angewiesen, noch vor der Chefin da zu sein, damit sie mir in Ruhe alles zeigen kann. Unterm Arm habe ich die Mappe mit meinen Bewerbungsunterlagen, die ich gestern Nacht nach zwei Gläsern Wein von Englisch zurück ins Deutsche übersetzt habe. Mein Herz klopft, als ich auf die Klingel drücke. Dabei ist das völlig absurd. Ein Blick auf meinen Lebenslauf zeigt, dass ich für diesen Posten hoffnungslos überqualifiziert bin. Die Absage von New York hat mein Selbstbewusstsein offensichtlich stärker erschüttert, als ich dachte.

»Sandra!« Für einen Moment wirkt Dagmar überrascht, als sie die Tür öffnet. Als hätte sie nicht geglaubt, dass ich wirklich hier auftauchen würde. Dann winkt sie mich mit einem breiten Lächeln herein. »Super, dass du schon hier bist. Komm mit, ich zeige dir alles.«

Das Tourismusbüro liegt in einem einstöckigen Neubau, den es noch nicht gab, als ich Altensande verlassen habe. Im Gebäude sind gleichzeitig das Bürgerbüro und ein Teil der Stadtverwaltung untergebracht, wie eine schnelle Google-Suche gestern Abend ergeben hat. Neugierig lasse ich den Blick schweifen, als Dagmar mich durch die Gänge zum Treppenhaus führt.

»Dahinten ist die Toilette für Mitarbeiter. Der Schlüssel liegt oben bei uns, aber Klopapier musst du dir selbst mitbringen. Und hier rechts gibt es eine kleine Teeküche, aber unter uns, der Kaffee ist ungenießbar. Ach ja, im Büro vom Dieter, also der 104, steht der einzige Drucker, der wirklich immer funktioniert. Unserer ist ein launiges Ding, aber das wirst du schon noch merken.«

Ich folge ihren Erklärungen stumm. Vor meinem inneren Auge sehe ich die langen Flure der *Evrima,* und ein akuter Anfall von Fernweh überkommt mich. Was würden die Kollegen sagen, wenn sie mich hier sehen könnten?

»Du scheinst dir sehr sicher zu sein, dass sie mich nehmen werden«, sage ich vorsichtig, als wir die Treppe hochsteigen. »Vielleicht bin ich ja doch nicht das, was sie suchen.«

»Das bezweifle ich.« Dagmar wirkt absolut siegesgewiss. »Nina hat mir erzählt, was du bisher gemacht hast. Wie könnten sie jemanden wie dich ablehnen?«

»Nina hat von mir erzählt?«

»Klar, ständig. Sie verfolgt dein ganzes Leben auf Instagram, und der Rest von uns bekommt die Highlights zu hören. Das Strandfoto auf Antigua war übrigens der Hammer.«

»Ähm … danke.«

Diese Information muss ich erst mal verdauen. Natürlich wusste ich, dass Nina mir auf Instagram folgt. Aber dass sie wirklich alle meine Posts sieht, sogar anderen davon erzählt? Damit habe ich nicht gerechnet.

Bevor ich die Gelegenheit habe, Dagmar noch weiter

über meine Schwester auszufragen, öffnet sie die Tür zu einem großen Büroraum, in dem drei Schreibtische stehen. An den Wänden hängen Werbeposter von Altensandes Sommerfesten und stimmungsvolle Fotos vom Strand bei Sonnenaufgang. Auf der Fensterbank stehen drei Schmetterlingsorchideen, die fitter aussehen als die zwei Menschen, die von ihren Bildschirmen aufblicken.

»Tim, Freya, darf ich euch unsere neue Kollegin vorstellen: Sandra Meerbach.«

»Kollegin auf Zeit«, werfe ich ein. »Wenn sie mich nehmen.«

Dagmar wischt meinen Einwand mit einer Handbewegung weg. »Dahinten ist noch ein Schreibtisch frei, da kannst du dich hinsetzen. Fahr einfach schon mal den PC hoch, dann erkläre ich dir gleich alles.«

Ich tue, wie mir geheißen. Die zwei anderen lächeln mir freundlich zu.

»Schön, dass du da bist!«

»Wir können echt mehr Leute gebrauchen.«

Sie wirken so erleichtert über meine Anwesenheit, dass ich prompt ein schlechtes Gewissen bekomme.

»Ist denn gerade so viel zu tun?«, frage ich vorsichtig. Die Frau direkt neben mir, an deren weißer Bluse ein Namensschild mit der Aufschrift *Freya Bertold* steckt, flüstert: »Das kannst du wohl laut sagen. Ist es okay, wenn ich du sage? Das machen hier alle so. Ich bin die Freya, hi.«

»Sandra.« Ich schüttele die Hand, die sie mir entgegenstreckt.

»Also hier ist gerade wirklich die Hölle los. Frau Strathaus kommt jeden Morgen mit einem neuen Stapel To-dos aus ihrer Besprechung mit dem Bürgermeister. Die Hälfte davon sind Sachen, die hier noch nie jemand gemacht hat. Finanzierungskonzepte, Konzeptplanung und sowas. Davon habe ich keine Ahnung und die anderen erst recht nicht.«

»Wenn man vom Teufel spricht«, murmelt der Mann, den Dagmar eben mit Tim angesprochen hat. Im nächsten Moment betreten zwei weitere Personen den Raum. Die erste ist eine Frau mit silbergrauen Haaren und einer roten Brille, die im Stechschritt durch den Raum marschiert und sich am Kopfende aufbaut. Das muss die Büroleitung Frau Strathaus sein. Ihr folgt ein sportlich gebauter Mann, den ich auf Mitte vierzig schätze. Er trägt ein mintgrünes Jackett, eine gleichfarbige Krawatte und einen Aktenordner unter dem Arm.

Frau Strathaus hebt die Stimme. »Wenn ich für einen Moment um Ihre Aufmerksamkeit bitten dürfte?«

Ihr Tonfall macht klar, dass es sich dabei nicht wirklich um eine Bitte handelt. Unwillkürlich stelle ich mich aufrechter hin. Das scheint sie erst auf mich aufmerksam zu machen. »Wer sind Sie?«

Ihr Blick durchbohrt mich, und für einen Moment ist meine Zunge wie gelähmt. Was mache ich, wenn diese Frau mich auch ablehnt? Wenn ich nicht mal für das Tourismusbüro von Altensande gut genug bin?

Es ist Jahre her, dass solche Gedanken Macht über mich hatten. Es muss an diesem Ort liegen. Ich setze mein schönstes Lächeln auf und halte der Frau meine Unterlagen hin. »Sandra Meerbach. Ich möchte mich auf die ausgeschriebene Stelle als Tourismusmanagerin bewerben. Also, nur vorübergehend.«

»Ist das so, ja?« Sie nimmt mir die Mappe aus der Hand, blättert mit gerunzelter Stirn durch die Unterlagen.

»Wie lange ist vorübergehend?«

»Zwei Monate.«

»Mmh.«

Sie geht die Mappe ein weiteres Mal durch, die Lippen zu einer dünnen Linie zusammengepresst. Der Mann im Jackett schaut ihr von hinten über die Schulter. Ihre Gesichter lassen keinerlei Rückschluss darauf zu, was sie denken. Ich trete von einem Fuß auf den anderen. Als Frau Strathaus meine Mappe mit Schwung schließt, zucke ich zusammen.

»Abgemacht. Sie können gleich anfangen. Folgen Sie mir. Herr Zylinski, wie es aussieht, können wir doch heute schon mit der Planung beginnen.«

Der letzte Satz war an den Mann im Jackett gerichtet. Bevor er meiner neuen Chefin zu einem kleinen Besprechungsraum folgt, der an das Büro anschließt, wirft er mir ein gönnerhaftes Lächeln zu. Es kostet mich einiges an Selbstbeherrschung, es zuckersüß zu erwidern.

»Wer ist denn der Kerl?«, flüstere ich in Richtung Dagmar. »Und von was für einer Planung spricht sie?«

»Wer? Der Bürgermeister? Sag bloß, du kennst ihn nicht?«

»Das Vergnügen hatte ich noch nicht. Was will er denn planen?«

»Das wissen wir nicht! Genau darum geht es ja. Sieht so aus, als könntest du es für uns herausfinden.«

»Heute noch, Frau Meerbach?« Frau Strathaus steht in der Tür des Besprechungsraums.

»Ja, natürlich.«

Ich lege meine Unterlagen auf den Schreibtisch, den Dagmar mir zugewiesen hat und eile in den Besprechungsraum. Es wird Zeit, ein Rätsel zu lösen.

Sobald ich die Tür hinter mir geschlossen habe, öffnet Herr Zylinski seinen Aktenordner und breitet Unterlagen auf dem Tisch zwischen uns aus. Frau Strathaus scheint ihren Inhalt schon zu kennen, denn sie macht keine Anstalten, nach den Papieren zu greifen. Stattdessen konzentriert sie sich auf mich.

»Ihr Lebenslauf ist beeindruckend, Frau Meerbach.« Aus ihrem Mund klingt das mehr wie eine Drohung als wie ein Kompliment. »Zufällig brauchen wir gerade dringend jemanden, der Erfahrung im Umgang mit … sagen wir mal gutbetuchten Gästen hat. Allerdings ist das, was wir Ihnen gleich vorstellen, anders als die Aufgaben, die Sie bisher hatten. Wenn Sie sich das also nicht zutrauen, müssen Sie es nur sagen.«

Ich bemühe mich um ein professionelles Lächeln. »Ich stelle mich immer gerne neuen Herausforderungen.«

»Genau das wollte ich hören, meine Liebe.« Herr Zylinski schiebt mir die Papiere hin. »Ich bin sicher, Sie werden das ganz hervorragend machen.«

In Windeseile überfliege ich die Zeilen vor mir. Dabei lese ich Schlagworte, die mich stutzig machen. Modernisierung, Investoren, Exklusivität, Luxusressort.

»Verzeihen Sie die Nachfrage, aber was genau soll ich hier machen?«

Der Bürgermeister faltet die Hände auf dem Tisch. »Uns dabei helfen, aus diesem verschlafenen Nest eine 5-Sterne-Destination für Luxus-Touristen zu machen.«

Ich blinzele. »Bitte was?«

In der nächsten Stunde schildert Herr Zylinski mir seine Vision für die Zukunft von Altensande. »Wir haben hier eine einmalige Chance«, betont er mehrfach.

»Scharbeutz, Timmendorf, diese ganzen Orte bieten viel, sie sind aber völlig überlaufen. Schreiende Kinder, Billig-Touristen, Tagesausflügler, die nirgendwo Geld ausgeben. Was wir bieten können, ist das perfekte Gegenprogramm. Eine idyllische Ruheoase direkt am Meer.«

Ich komme kaum dazu, alles mitzuschreiben, während er mir das Bild eines exklusiven Ferienressorts malt, in dem distinguierte Gäste eine Auszeit vom stressigen Alltag erleben können.

»Dafür brauchen wir nur das Beste, quasi die Crème de la Crème. Das gilt für das kulinarische Angebot, aber genauso für die Unterbringung und die Möglichkeiten zur Freizeitgestaltung. Ich denke da an ein Spa mit Sauna und Solebecken, möglicherweise einen Golfplatz. Nach oben gibt es quasi keine Grenzen.«

Ich setze den Stift ab und überfliege noch mal all meine Notizen. »Ich verstehe. Die Frage ist nur, wo soll das alles hin? Und wer soll das bezahlen?«

»Sie sind ein kluges Mädchen.« Herr Zylinski zwinkert mir jovial zu. »Genau da kommen nämlich *Sie* ins Spiel.«

Das letzte Mal, dass mich jemand als Mädchen bezeichnet hat, ist fast zehn Jahre her und es endete für den Betroffenen mit einem Gin Tonic im Gesicht. Ich beiße die Zähne zusammen: »Was genau soll das heißen?«

Als hätte sie den angespannten Ton in meiner Stimme gehört, antwortet Frau Strathaus an seiner Stelle: »Das heißt, dass wir einen soliden Plan brauchen, wie wir den uns zur Verfügung stehenden Platz nutzen. Wir brauchen ein Konzept, das wasserdicht ist, um es möglichen Investoren vorzulegen. Wir müssen wissen, was genau wir anbieten können und wo genau wir es bauen.«

»Und ich soll diesen Plan anfertigen?«

»Ganz richtig.« Herr Zylinski ergreift wieder das Wort. Seine Stimme hat einen feinen Dialekt, der nur bei manchen Worten zu hören ist, aber ich kann ihn nicht zuordnen. Er kommt auf jeden Fall nicht aus dem Norden.

»Aber das ist noch nicht alles! Sie können uns dabei helfen, den Rest des Ortes für das Konzept zu begeistern.«

Eine dunkle Vorahnung befällt mich. »Da gibt es nur ein Problem: Altensande ist schon ziemlich bebaut. Nach vorne begrenzen uns die Dünen und ein Großteil der Moorlandschaft Richtung Süden ist Naturschutzgebiet. Wo sollen diese ganzen Luxushotels und Restaurants hin?«

Frau Strathaus verzieht das Gesicht, als hätte sie in eine Zitrone gebissen. Herr Zylinski zuckt mit den Schultern. »Der Großteil unseres aktuellen Angebots passt nicht ins Konzept. Die Betreiber und Anwohner werden eine stattliche Summe bekommen, wenn sie ihre Grundstücke verkaufen.«

Ich schlucke. Die Änderungen, die ihm vorschweben, sind weitreichend. Der Ort wäre danach kaum noch wiederzuerkennen.

»Was passiert, wenn sie sich weigern sollten?«, frage ich vorsichtig.

Der Bürgermeister klatscht in die Hände. »Das werden

sie nicht. Wir haben ja jetzt Sie. Eine Frau aus dem Ort, quasi eine von ihnen, die erklärt, warum am Ende alle von dieser Idee profitieren.«

Offenbar sieht er mir meine Zweifel an, denn er fährt direkt fort: »Die Anwohner erhalten eine äußerst großzügige finanzielle Entschädigung für ihre Beteiligung. Der Teil der lokalen Wirtschaft, der sich ins Konzept integrieren lässt, wird massiv gestärkt. Wir schaffen gemeinsam eine Wohlfühloase für die Menschen, die zu uns kommen.« Mit jedem Punkt hebt er einen Finger. »Und zusätzlich wird Altensande zum Vorreiter, zu einer Art Leuchtturmprojekt für die ganze Region.« Er sieht mich eindringlich an. »Wenn uns diese Transformation gelingt, wird die Branche Notiz davon nehmen. Selbst in einem Lebenslauf wie dem Ihren wäre ein solcher Erfolg ein echtes Highlight.«

Der Plan ist wahnwitzig und beinahe hätte ich ihm genau das gesagt. Aber dann sehe ich Mr. Clark vor meinem inneren Auge. Der Bürgermeister mag ein schleimiger Anzugträger sein, aber in einer Sache hat er definitiv recht: Wenn ich es schaffe, aus einem Ort wie Altensande eine Luxusdestination zu machen, wird die Tourismusbranche in ganz Deutschland meinen Namen kennen. Könnte ein solcher Erfolg ausreichen, um mir doch noch den Weg nach New York zu ebnen?

»Also, was sagen Sie?« Herr Zylinski wippt auf seinen Fußspitzen. »Wie schnell können Sie uns ein Konzept schreiben? Sie können doch eins schreiben, oder?«

»Natürlich kann ich …«, setze ich an.

»Wunderbar, wunderbar. Genau das wollte ich hören.« Er klopft mir auf die Schulter. »Ich würde vorschlagen, nächsten Montag legen Sie einen ersten Entwurf vor, dann gehen wir alles durch?«

Heute ist Freitag. Damit habe ich nur zweieinhalb Tage, um ein vollständiges Modernisierungskonzept auszuarbeiten. Das ist so gut wie unmöglich.

Genau meine Kragenweite.

»So machen wir es.«

Kapitel 8

»Können wir ein Eis essen? Bei Giovanni? Eins mit Schokolade?« Hannah zieht an meiner Hand. »Und können wir Mama ein Eis mitbringen? Da freut sie sich bestimmt.«

»Das ist eine tolle Idee! Was hältst du davon, wenn wir auf dem Rückweg bei Giovanni vorbeigehen? Dann schmilzt das Eis nicht, bis wir wieder zu Hause sind.«

»Super!« Meine Nichte strahlt. Es ist Samstagnachmittag, und ich habe den ganzen Morgen am Schreibtisch in meinem alten Kinderzimmer verbracht, um die Grundlagen des Konzepts auszuarbeiten. Für den nächsten Schritt brauche ich aber mehr als nur eine Karte des Orts. Ich muss mir die einzelnen Lokalitäten persönlich ansehen. Als Nina sich direkt nach dem Mittagessen aufs Sofa gelegt hat, habe ich mir Hannah geschnappt und wir sind zu einer kleinen Expedition in die Stadt aufgebrochen. Gemütlich schlendern wir die Hauptstraße entlang. Ihre Hand liegt in meiner, und sie schlenkert unsere Arme ausgelassen hin und her. Warmer Wind wirbelt ihre blonden Zöpfe durcheinander, und die Junisonne scheint von einem wolkenlosen Himmel. Das gute Wetter hat nicht nur uns aus dem Haus gelockt. Die Bürgersteige werden voller, je näher wir der Promenade kommen. Der Anblick der Menschen löst in mir einen spontanen Fluchtreflex aus. Aber mein Plan, Altensande nach zwei Monaten möglichst unerkannt wieder zu verlassen, ist durch meinen neuen Job ohnehin gescheitert. Also versuche ich, mir die Nervosität nicht anmerken zu lassen, wenn Hannah immer wieder stehen bleibt, um sich zu unterhalten.

Sie scheint den halben Ort zu kennen. Wir begegnen mehreren Kitafreundinnen mit ihren Müttern, einem ihrer Betreuer aus der Kita, ein paar Mannschaftskameraden aus dem Fußballverein. Darüber hinaus bleibt sie bei jedem zweiten Geschäft stehen, um mit den Mitarbeitern zu plaudern.

»Hey, Hannah! Na, was macht die Kita?«

»Du hast aber ein hübsches Kleid an. Du siehst schon richtig sommerlich aus.«

»Grüß deine Mutter von mir, ja?«

Hannah genießt die Aufmerksamkeit. Sie erzählt ausführlich von ihren Freunden aus der Kita, dreht sich in ihrem gelben Kleid und verspricht mit Ehrenwort, Nina Grüße auszurichten. An dieser Stelle wenden sich ihre Gesprächspartner meistens mir zu, eine unausgesprochene Frage im Gesicht. Ich bin überrascht, wie wenige Menschen ich noch kenne, wie wenige mich wiedererkennen.

»Das ist meine Tante Sandra«, sagt Hannah dann und schlingt ihre Arme um mein Bein. Damit ist die Sache geklärt, und ich bin ein Teil der Unterhaltung, als wäre ich es immer schon gewesen. Es ist etwas befremdlich, aber nicht auf eine unangenehme Art. Dann gibt es auch noch die Leute, die mich auf den ersten Blick von früher erkennen. Frau Matthis, die die kleine Änderungsschneiderei betreibt und mein Abiballkleid genäht hat. Giovanni, der uns über die Köpfe der Schlange zuwinkt, die sich vor seiner Eisdiele gebildet hat. Herr Simonis vom Fahrradverleih, der mir und Nina das Radfahren beigebracht hat. Aber die unangenehmen Fragen, die ich befürchtet hatte, bleiben aus. Die Leute akzeptieren meine Erklärung von einem Familienbesuch, ohne noch mal nachzufragen und scheinen sich einfach nur zu freuen, mich wiederzusehen.

Ich muss Frau Matthis versprechen, dass ich später noch mal auf eine Tasse Tee vorbeikomme, Herr Simonis verwickelt uns in ein Gespräch über die kommende Tourismussaison und Frau Surholt von der Bäckerei schenkt mir und Hannah eine Tüte selbstgebackene Kekse. Bei Rosas Café legen wir einen kurzen Stopp ein, damit ich mir einen Kaffee holen kann. Hannah probiert den ersten Keks, während ich bei Manuela einen Milchkaffee bestelle.

»Möchtest du den mit Hafermilch oder normal?«

»Oh, die Möglichkeit gibt es? Dann gerne mit Hafermilch.«

»Jetzt schau nicht so überrascht.« Rosa kommt aus dem Lagerraum, einen großen Karton mit Milchtüten im Arm. »Wir leben hier ja nicht hinterm Mond. Wir gehen auch mit der Zeit. Unsere Milch kommt direkt von einem der Bauern aus Eckernförde und wer keine Milch will, kriegt eben das Haferzeugs.«

Ich nicke anerkennend. »Nicht schlecht. Klingt aber auch ganz schön teuer. Läuft das denn gut hier?« Ein paar Tische im Innenraum des Cafés und auf der kleinen Terrasse sind belegt, aber über die Hälfte warten noch auf Gäste. Rosa stellt den Karton mit einem Stöhnen auf die

Theke. »Die Leute mögen es. Wir haben bisher nur gutes Feedback bekommen. Aber günstig ist es natürlich nicht. Manche kommen jetzt nur noch jeden zweiten Tag. Trotzdem, mir ist es eben wichtig.« Sie streicht sich die Haare aus dem Gesicht und nimmt die erste Milchtüte heraus. »Wie sieht es aus, Hannah? Möchtest du einen Kakao? Die Spezialmischung mit extra viel Schokolade?«

»Jaa!«

»Kommt sofort.«

Fünf Minuten später spazieren wir mit zwei To-go-Bechern in den Händen weiter in Richtung Strand. Unser Ziel ist der kleine Kinderspielplatz, der direkt an den Dünen liegt. Während wir laufen, analysiere ich die Gebäude, an denen wir vorbeikommen, vervollständige meine mentale Karte von Altensande. Immer wieder bleibe ich kurz stehen, um etwas in mein Notizbuch zu kritzeln.

»Was machst du da eigentlich, Tante Sandra?«

Hannah hat Schokoränder an den Lippen, als sie ihren Kakao absetzt. »Was schreibst du dir auf?«

»Das ist für meinen neuen Job, mein Schatz. Vielleicht kannst du mir ja sogar dabei helfen.«

Sie nickt eifrig. »Ja! Ich helfe gerne!«

Ich drücke ihre Hand. »Das ist lieb von dir. Dann habe ich jetzt eine Frage an dich: Was würdest du an Altensande verändern? Wenn du ganz, ganz viel Geld hättest und alles machen könntest, was würdest du tun?«

Hannah schürzt die Lippen und runzelt die Stirn. Es dauert eine ganze Weile, bis sie mir antwortet. »Es wäre schön, wenn es mehr Busse geben würde. Dann könnte ich vielleicht selbst zum Fußballtraining fahren. Dann müssten du und Mama das nicht immer machen. Und auch für andere Leute wäre das besser. Frau Gerold zum Beispiel, die Nachbarin, die kommt nur nach Scharbeutz zum Einkaufen, wenn Mama sie mitnimmt. Sonst gar nicht.«

Damit hatte ich nicht gerechnet. »Da hast du einen sehr wichtigen Punkt angesprochen. Mehr Busse wären sicherlich gut.«

Auch wenn das auf Herrn Zylinskis Liste sicher nicht besonders weit oben steht.

»Und vielleicht mehr coole Sachen«, fährt sie fort. »So Vereine und so was. Mein Fußball ist in Timmendorf und Marlas Musikschule auch. Und natürlich mehr Spielplätze. Die sind immer wichtig.«

Hannah nimmt noch einen großen Schluck Kakao. Ich streiche ihr über den Kopf, ziehe sie an mich. »Du bist ein kluges Mädchen, weißt du das?«

Sie sieht zu mir hoch und sagt mit ernsthafter Stimme. »Du aber auch, Tante Sandra.«

Ich drücke ihr einen Kuss auf die Stirn.

Hannah bleibt noch zweimal stehen, um einen Hund zu streicheln und die Möwen zu beobachten, die neben dem Supermarkt auf ahnungslose Opfer lauern. Deshalb ist es schon kurz nach vier, bis wir am Spielplatz an der Promenade ankommen. Links hinter dem Zaun des Spielplatzes beginnt der Campingplatz, der für die Vorsaison schon gut mit Wohnwagen gefüllt ist. Seit ich denken kann, wird er vom Ehepaar Rütgers geführt, die vor ein paar Jahren ihre Dauercamper dazu angeregt haben, kleine Solarpanele auf ihre Campingwagen zu schrauben. Sie wirken ein bisschen wie die einzigen Marker des 21. Jahrhunderts, umgeben von

Rentnerpaaren in Campingwagen aus den Neunzigern, die noch ältere Gartenzwerge auf ihren Parzellen aufgestellt haben. Vor uns öffnet sich die Dünenkette zum Strand und gibt den Blick frei auf Spaziergänger, Kinder, die im Sand spielen und Hunde, die Bällen nachjagen. Weiter unten stürzen sich ein paar Mutige mit Surfbrettern unter dem Arm in die kühle Ostsee. Hannah drückt mir ihren leeren Kakaobecher in die Hand und erobert jauchzend das Klettergerüst. Ich setze mich auf eine freie Bank und hole mein Notizbuch wieder aus der Tasche. In Gedanken gehe ich unseren Weg noch mal durch, während ich mein Gekritzel überfliege. Versuche, jedes Geschäft auf der Hauptstraße nicht mit den Augen einer ehemaligen Einwohnerin zu sehen, sondern mit denen einer möglichen Investorin.

Die meisten schneiden nicht sonderlich gut ab. Herr Zylinski möchte aus Altensande einen Ort machen, an dem betuchte Gäste aus den Ballungsräumen Ruhe und Erholung finden. Dazu passen weder die kleine Änderungsschneiderei von Frau Matthis noch der Fahrradverleih. Die kleine Pizzeria an der Ecke und Frau Surholts Bäckerei haben wunderbaren Blick aufs Meer, was ihre Grundstücke attraktiv macht. Bei Rosas Café und Giovannis Eisdiele ist das anders, sie könnten theoretisch bleiben, wenn sie vom Angebot und der Servicequalität her mit den Standards mithalten können. Der Kleinkunstladen von Familie Brecks könnte ins Konzept passen, der Kiosk von Schmidts nebenan vermutlich eher nicht. Der Campingplatz wäre der ideale Ort für eine großzügige Ressortanlage, denn dort könnte man auch einen direkten Zugang zum Strand anbieten. Dann könnten die Camper allerdings nicht hierbleiben. Für die müssten wir einen anderen Platz finden, vielleicht draußen vor dem Ortsschild auf einer der Wiesen. Falls günstiger Campingurlaub überhaupt noch gewünscht ist. Mit einem Auge auf Hannah, die sich gerade auf eine Schaukel gesetzt hat, stehe ich auf und überquere den Strandzugang. Meine Vermutung bestätigt sich: Wenn man einen kleinen Teil der Dünenkette abträgt, könnte man einen perfekten Zugang vom jetzigen Campingplatz zum Strand schaffen, der exklusiv für die Ressortgäste vorgesehen sein könnte. Ich lasse den Blick an der Dünenkette entlangwandern, suche nach dem perfekten Ort. Dabei fällt mein Blick auf ein kleines Gebäude, das direkt im Schatten der Dünenkette verborgen steht. Es liegt etwa 50 Meter vom Strandzugang entfernt und sieht ziemlich heruntergekommen aus. »Wer hätte das gedacht«, murmele ich leise. »Die alte Surfschule.«

Ich nehme Hannah das Versprechen ab, dass sie in den nächsten zehn Minuten nicht von der Schaukel fallen wird und mache mich auf den Weg zum Gebäude. Je näher ich komme, desto stärker erwachen alte Erinnerungen wieder zum Leben. Die Surfschule hat sich in den letzten zwanzig Jahren kaum verändert. Die Fassade ist immer noch aus dunklem Holz, dem die salzige Luft schon ziemlich zugesetzt hat. Auf der kleinen Veranda, die zum Meer hinausführt, herrscht das reinste Chaos: Handtücher, Klamotten und nasse Neoprenanzüge hängen über dem Geländer, Schuhe stehen im Weg, ein einzelnes Board lehnt an der Treppe. Auf dem einzigen Tisch stehen Wasserflaschen, mehrere geöffnete Flaschen Sonnencreme, Brillenetuis und zwei Packungen Prinzenrolle.

Wenn ich die Augen schließe, kann ich mir beinahe vorstellen, dass ich wieder zehn Jahre und auf dem Weg zu meiner ersten Surfstunde bin.

»Hallo? Ist jemand da?« Langsam umrunde ich das Haus, suche nach Lebenszeichen. Niemand antwortet mir. Ein Blick aufs Wasser zeigt auf, wieso. Etwa zweihundert Meter vor der Küste sehe ich knapp ein Dutzend Köpfe. Bei jeder Welle verschwinden sie kurz aus meinem Blickfeld, nur um direkt danach wieder aufzutauchen. Sie tragen Neoprenanzüge und sitzen auf bunten Surfbrettern. Wie auf Kommando setzen sich drei von ihnen plötzlich in Bewegung. Sie legen sich auf die Bretter und ihre Arme sausen durch die Luft, während sie Geschwindigkeit aufbauen. Eine Welle schiebt sich zwischen uns, und ich stelle mich auf die Zehenspitzen, aber ich verliere sie trotzdem aus dem Blick. Einen Herzschlag später, tauchen sie wieder auf, aber dieses Mal stehen sie auf ihren Brettern. Wie Fische gleiten sie über das Wasser, sehen beinahe schwerelos aus. Zumindest für die ersten fünf Sekunden. Dann verliert der erste Surfer das Gleichgewicht und landet mit einem lauten Platschen im Wasser. Der zweite Surfer, der auf einem gelb-weißen Brett steht, hält etwas länger durch. Aber er hat offenbar nicht genug Tempo aufgebaut, denn er gerät hinter die Welle. Sein Board verliert an Schwung, und er springt ins Wasser, bevor er stürzen kann. Der Dritte surft allein weiter. Bei ihm sieht es völlig mühelos aus. Seine Bewegungen sind elegant und geschmeidig, er scheint mit den Wellen zu spielen. Als er näher kommt, fällt mir der Surfer wieder ein, den ich bei meiner Laufrunde letzten Donnerstag gesehen habe. Ich konnte die Person damals nicht deutlich erkennen, aber es ist möglich, dass es derselbe Mann war. Kurz bevor er den Strand erreicht, sinkt er auf die Knie und bremst sein Board, indem er es nach links in die Brandung dreht. Der Wind trägt Applaus und Johlen von den anderen Surfern bis an den Strand. Der Mann lacht und winkt, bevor er sich auf sein Brett legt und wieder nach draußen paddelt.

Ich folge ihm mit den Augen, bis er wieder hinter einer Welle verschwindet. Der Anblick weckt ein seltsames Gefühl in mir, das ich kaum richtig beschreiben kann. Es fühlt sich ein bisschen wie Heimweh an, nach einer Zeit, die schon lange vorbei ist. Einer Sandra, die nicht mehr existiert. Ich reiße mich von der Surfschule los und mache ein Foto von den Dünen dahinter. Das kann ich später ausdrucken und ein paar Zeichnungen für einen neuen Strandübergang anfertigen. Dann mache ich mich auf den Rückweg zu Hannah. Die Surfer werden sich in Zukunft leider eine neue Heimat suchen müssen.

Kapitel 9

»Sehr gut. Wirklich sehr, sehr gut. Ich habe zu Frau Strathaus gesagt, dass Sie die richtige Frau für diesen Job sind.« Herr Zylinski grinst breit und schließt die Dokumentenmappe. »Genau so habe ich mir das vorgestellt. Damit können wir anfangen, ernsthaft in die Akquise von Investoren überzugehen.«

Als ich am Montagmorgen das Tourismusbüro betrat, hat Frau Strathaus mich direkt abgefangen. Während Dagmar, Tim und Freya uns neugierig hinterhersahen, führte sie mich den Flur entlang durch eine Tür, auf der *Stadtverwaltung* stand. Wenige Minuten später saß ich dem Bürgermeister gegenüber, der sich direkt auf meine Unterlagen stürzte.

»So wie ich das sehe, sind die Grundstücke mit direktem Meerblick die wichtigsten. Allen voran natürlich diese klapprige Surfschule, die Sie hier erwähnen. Die muss weg, sonst wird das mit dem Strandzugang nichts.«

Ich nicke. »Der Campingplatz ist der beste Ort für eine großzügig angelegte Ressortanlage mit privatem Strandzugang.«

»Ganz richtig, ganz richtig. Sie haben wirklich ein gutes Auge, meine Liebe. Ich habe eine Liste von potenziell interessierten Investoren angelegt und würde vorschlagen, dass Sie eine Mail aufsetzen, in der Sie um ein erstes Treffen bitten, um die Details des Projekts zu besprechen.« Herr Zylinski nimmt einen großen Schluck aus seiner Kaffeetasse, die die Aufschrift *Bürohengst* trägt. Innerlich rolle ich mit den Augen.

»Sollten wir nicht zuerst mit den Anwohnern sprechen?«, werfe ich ein. »Noch hat niemand zugesagt, sein Grundstück tatsächlich zu verkaufen, und all diese Pläne sind reine Fiktion.«

»Sie werden zusagen. Da verlasse ich mich ganz auf Sie.« Herr Zylinski macht eine wegwerfende Handbewegung. »Aber wenn Sie sich damit besser fühlen, können wir beide Schritte parallel laufen lassen. Sie setzen die Mails auf und gehen danach in den Ort, um die Auserwählten von ihrem Glück in Kenntnis zu setzen. Natürlich steht die finale Summe, die als Entschädigung möglich ist, noch nicht fest und hängt auch vom jeweiligen Grundstück ab. Aber Sie können Ihnen durchaus Hoffnungen auf einen sechsstelligen Betrag machen.«

Mein Samstagsspaziergang mit Hannah ist mir noch deutlich vor Augen, und ich frage mich, ob diese Idee bei den meisten Anwohnern wirklich die Begeisterung auslösen wird, die Herr Zylinski erwartet. Dabei ist das ein solides Angebot. Die Leute betreiben ihre Geschäfte vielleicht mit Leidenschaft, aber nicht wirklich lukrativ, dafür fehlt es einfach an Kunden. Für die meisten auf meiner Liste ist dieser Deal eigentlich ein Segen.

»Das kriege ich hin.«

»Wunderbar.« Herr Zylinski klatscht in die Hände, und

wir erheben uns. Bevor wir den Raum verlassen, hält Frau Strathaus mich auf. »Frau Meerbach, nur als kleiner Hinweis, falls das letzte Woche nicht ausreichend deutlich geworden ist: Dieses Projekt ist entscheidend für die Zukunft unseres Ortes. Dabei handelt es sich um eine vertrauliche Angelegenheit.« Die letzten beiden Worte betont sie besonders. »Ich bin sicher, dass ich mich auf Ihre Diskretion verlassen kann?«

Der Tourismusmarkt ist hartes Pflaster und die verfügbaren Investoren heiß umkämpft, deshalb macht es Sinn, dass wir uns bedeckt halten, bevor keine Verträge unterschrieben wurden. Also nicke ich eilig. »Ja, natürlich. Das ist gar kein Problem. Ich habe nur meiner Schwester gegenüber etwas erwähnt, aber auch keine Details.«

»Sehen Sie zu, dass es dabei bleibt.«

»Aber sicher.«

In Gedanken entschuldige ich mich bei den Kollegen, die in unserem Büro schon neugierig auf Updates warten. Sie werden sich wohl noch ein paar Wochen gedulden müssen. Bis dahin kann ich hoffentlich ein paar unterzeichnete Verträge nachweisen, und wer weiß? Vielleicht packe ich dann schon bald meine Koffer für New York.

»Ach, Sandra! Wie schön, dass du vorbeikommst. Immer herein mit dir. Möchtest du einen Tee?« Frau Matthis räumt einen Haufen Kleidungstücke, an denen sie gerade arbeitet, von einem Sessel. »Setz dich doch. Immer noch zwei Stück Zucker, einen Schuss Milch?«

»Das haben Sie sich gemerkt? Ich bin sehr beeindruckt.«

»Ich habe ein Gedächtnis wie ein Elefant.« Frau Matthis grinst und tippt sich an die Schläfe. »Also, Tee?«

»Sehr gerne, vielen Dank.« Während sie in einem kleinen Nebenraum verschwindet, lasse ich mich auf den Sessel sinken und schaue mich um. Es ist über zehn Jahre her, dass ich das letzte Mal in der Änderungsschneiderei war, aber jetzt gerade fühlt es sich so an, als wäre es gestern gewesen. Auf dem kleinen Hocker neben dem mannshohen Spiegel habe ich gestanden, als Frau Matthis mein Kleid für den Abiball gekürzt hat. Hier hat Papa immer seine Hosen hingebracht, wenn er sich bei der Arbeit im Garten einen Riss eingefangen hat, den Mama nicht selbst flicken konnte. In diesem Laden hat Mama ihr Hochzeitskleid anpassen lassen. In meiner Erinnerung gab es hier kaum Platz, um sich zu bewegen, überall standen Körbe mit Kleidung, Haufen voller Kleider hingen über den Stuhllehnen. Frau Matthis war *die* Adresse in der Umgebung, wenn man seinen Lieblingsrock nach Weihnachten etwas auslassen wollte, aber auch, wenn man auf der Suche nach guter Second-Hand-Ware war. Bevor sie dieses Wort überhaupt kannte, hat sie mit Freude alte Kleidungsstücke angenommen und sie in ein neues Zuhause vermittelt.

Heute wirkt der Raum viel größer. Im Schaufenster steht immer noch eine volle Kleiderstange, neben mir auf dem Tisch liegen die Blusen und Jeans, die Frau Matthis gerade vom Sessel geräumt hat und das Mannequin in der Mitte des Raums trägt einen langen Mantel, in dem ein paar Nadeln stecken. Aber darüber hinaus ist der Laden so gut wie leer. Offenbar haben die Menschen aus Altensande nicht mehr viel Bedarf an einer Änderungsschneiderei.

Frau Matthis kommt mit zwei dampfenden Tassen zurück und setzt sich mir gegenüber auf einen Stuhl. Ihre braunen

Haare sind mittlerweile von grauen Strähnen durchzogen, aber ihr Dutt sitzt immer noch so makellos wie früher.

»Du siehst gut aus, Kind. So richtig schön braun gebrannt. Und schön gekleidet noch dazu. Wo hast du diese Bluse her?«

Ich wollte für meine Hausbesuche möglichst professionell aussehen, also habe ich mich für eine Anzughose und eine cremefarbene Bluse mit Blumenstickerei auf dem Kragen entschieden.

»Aus Antofagasta. Das ist eine Hafenstadt in Chile, da hab ich sie auf dem Markt gekauft.«

»Stimmt, du warst ja zuletzt auf diesem Kreuzfahrtschiff. Ich dachte, in der Karibik?«

Ich hebe die Augenbrauen. »Das ist richtig, aber vorher waren wir in Südamerika. Woher wissen Sie das?«

»Deine Schwester hat mir davon erzählt. Immer, wenn sie in den Laden kommt, erkundige ich mich nach dir. Nicht viele von uns kommen so weit raus wie du, da musst du einer alten Dame ihre Neugier verzeihen.«

Ich weiß nicht, was ich darauf antworten soll, also nehme ich einen großen Schluck Tee. Er ist süß und cremig, mit genau dem richtigen Touch Schwarzteearoma.

»Der ist wirklich gut«, sage ich. »Genau so, wie ich ihn in Erinnerung hatte.«

Frau Matthis lächelt, nimmt einen Schluck aus ihrer eigenen Tasse. Dann stellt sie sie auf den Tisch und lehnt sich nach vorne. »So sehr ich mich auch darüber freue, dich zu sehen, irgendetwas sagt mir, dass du nicht einfach nur hier bist, um mir eine Freude zu machen. Was führt dich her, Kind?«

»Wie … wie kommen Sie darauf?«

Sie hebt die Augenbrauen, und ich folge ihrem Blick auf die Mappe mit Unterlagen, die an meinem Stuhl lehnt.

»Ach so ja. Gut beobachtet.«

»Mir hat ein Vögelchen gezwitschert, dass du im Tourismusbüro angefangen hast.«

»Ich sehe schon, Sie sind gut informiert. Ich hatte schon fast wieder vergessen, wie schnell sich Neuigkeiten hier verbreiten.« Mein Lachen klingt mindestens eine Oktave zu hoch.

»Heißt das, du wirst uns länger erhalten bleiben?«

Ich rutsche auf meinem Stuhl hin und her. »Das ist nur eine Übergangsstelle. Bis es Nina wieder besser geht.«

»Ich verstehe. Es ist wirklich nett von dir, dass du hergekommen bist, um dich um sie zu kümmern. Das muss eine große Entlastung für sie sein. Und Hannah wirkt so glücklich, dass sie ihre Tante bei sich hat.«

»Das … das freut mich.« Ich erwidere ihr Lächeln, aber es fühlt sich falsch an. Ob Frau Matthis immer noch so freundlich zu mir wäre, wenn sie wüsste, dass ich beinahe nicht gekommen wäre?

»Aber genug davon, was hat der Bürgermeister sich für uns ausgedacht?«

»Ach ja, richtig.« Ich öffne meine Mappe und nehme den Stapel Blätter heraus, auf denen ich die Grundzüge des Konzepts zusammengefasst habe und reiche sie ihr.

Frau Matthis kramt eine Lesebrille aus ihrer Brusttasche und nimmt das Papier entgegen. Während sie es überfliegt, suche ich nach den Worten, die ich mir auf dem Weg hierher sorgsam zurechtgelegt habe.

»Wir wissen alle, dass Altensande im Moment hinter seinem Potenzial zurückbleibt. Ich meine, wir haben hier dieses wunderschöne Fleckchen Erde und kaum jemand nimmt Notiz davon, weil die großen Ferienorte um uns herum die ganze Aufmerksamkeit für sich beanspruchen. Aber das muss nicht so bleiben.«

Frau Matthis legt den Kopf schief, verschränkt die Finger ineinander. Aber sie sagt nichts, also fahre ich fort: »Herr Zylinski will aus Altensande einen Ort machen, von dem Menschen in ganz Deutschland reden. Ein Domizil für wohlhabende Gäste, die hier die Ruhe und Erholung finden, die sie anderswo vergeblich suchen. Ein Leuchtturmprojekt für die ganze Region, sozusagen.«

»Und Menschen wie ich passen nicht in dieses Bild.« Frau Matthis Stimme lässt keine Emotion erkennen.

Ihr Einwurf bringt mich aus dem Konzept. »Nein, nein, das ist es nicht. Es geht nur darum …«

Ich suche nach einer Erklärung, die sich nicht so anhört, als würde ich ihr recht geben. Sie kommt mir zuvor. »Es geht darum, die tote Masse loszuwerden, damit sie hier nicht den Fortschritt behindert.«

»Sie sind keine tote Masse!«, widerspreche ich heftig. »Das wollte ich Ihnen so auch keinesfalls vermitteln …«

»Du vielleicht nicht, Kind, dieses Blatt Papier aber schon.« Sie mustert meine Unterlagen mit gerümpfter Nase. »Das, was euch da vorschwebt, liest sich für mich wie ein Paradies für fremde Menschen mit dicken Brieftaschen. Aber nicht für die Einwohner aus Altensande.«

»Heißt das, Sie sind zufrieden damit, wie es gerade läuft?«

»Ich komme über die Runden.« Mit einem Klirren stellt

sie ihre Tasse auf den Tisch. »So wie wir alle hier. Könnte es besser laufen für meine Geschäfte? Natürlich. Aber das heißt nicht …« Sie bricht ab, lässt den Blick langsam durch den Raum wandern, bis er auf mir liegt. »Meine Mutter hat diesen Laden aufgebaut. Ich habe hier alles gelernt, was ich heute weiß. Ich habe hier meinen Meister gemacht und zahllosen Menschen dabei geholfen, Kleidung zu tragen, in denen sie sich wohlfühlen. Du warst einer dieser Menschen, falls du das vergessen hast.«

»Das habe ich nicht. Und ich bin Ihnen auch wirklich dankbar dafür. Aber Sie müssen doch auch verstehen, dass …«

Sie gibt mir keine Chance, den Satz zu Ende zu führen. »Nein, du musst verstehen, dass ich das hier nicht aufgeben werde. Für kein Geld der Welt. Und erst recht nicht dafür, dass irgendwelche reichen Schnösel hier ein Spa einrichten und sich für 100 Euro die Stunde Schlamm ins Gesicht schmieren lassen.«

Für einen Moment bin ich sprachlos. Meine sorgsam zurechtgelegte Argumentationskette liegt in Trümmern vor mir, und meine Gedanken überschlagen sich. Es muss die richtigen Worte geben, um die Situation noch zu retten, ich weiß es. Aber mein Gehirn ist wie leergefegt.

»Bitte, geben Sie mir eine Chance, das zu erklären …«

»Ich glaube, es wäre besser, wenn du jetzt gehst.«

Ihr Ton duldet keinen Widerspruch. Wie in Zeitlupe stelle ich meine Tasse lauwarmen Tee ab und sammele meine Blätter zusammen. Jetzt wäre der Moment für die entscheidenden Worte, aber meine Zunge hat ihren Dienst eingestellt. Als ich mich aufrichte, trifft mich der Blick der

Schneiderin wie ein Schlag in die Magengrube. Sie sieht maßlos enttäuscht aus.

»Frau Matthis, es geht hier nicht um Sie oder um mich. Es geht um die Zukunft von Altensande!«

»Offensichtlich haben wir beide verschiedene Vorstellungen davon, wie diese Zukunft aussehen sollte. Und wer einen Platz darin bekommt.«

Ohne ein weiteres Wort geht sie zur Tür und öffnet sie. Ich folge der stummen Aufforderung, und wenige Sekunden später stehe ich mit dem unguten Gefühl auf der Straße, gerade einen großen Fehler gemacht zu haben.

Eine Möwe landet wenige Meter vor meinen Füßen, die Überreste einer Eiswaffel im Schnabel. Ich frage mich, wo das unglückliche Kind ist, dass diese Waffel eigentlich essen wollte.

»Offensichtlich hattest du heute mehr Glück als ich«, sage ich zu der Möwe. Die legt den Kopf schief und kräht zustimmend.

Ich betrachte das als Signal, mich zusammenzureißen. Eine verlorene Schlacht ist kein Grund aufzugeben. Frau Matthis hängt eben sehr an ihrem Laden. Das ist unvernünftig, unlogisch und überhaupt nicht pragmatisch. Aber wenn ich ehrlich bin, kann ich es verstehen. Also weiter im Text. Ich klappe mein Notizbuch auf und streiche ihren Namen von der Liste. Dann mache ich mich auf den Weg zu Schmidts' Kiosk.

Zwei Stunden später ist mein Notizbuch voller durchgestrichener Namen und meine Moral auf einem nie gekannten Tiefpunkt. Jeder meiner Besuche lief nach dem gleichen

Muster ab. Die Menschen baten mich freundlich herein, fragten nach Nina und Hannah und boten mir ein Getränk an. Wir plauderten ein paar Minuten über die alten Zeiten, und ich zeigte hin und wieder ein paar Fotos von meinen Reisen, über die fast alle erstaunlich viel wussten. Dann kam ich auf den Modernisierungsplan zu sprechen, und die Situation ging den Bach hinunter. Wie sich herausstellte, war Frau Matthis' Reaktion noch einigermaßen gemäßigt. Herr Simonis hielt mir einen zehnminütigen Vortrag über die Bedeutung eines Fahrradverleihs für das soziale Gefüge, bevor er mich rauswarf. Sybille und Vera vom Teekontor rieten mir, meinen Schwarztee in Zukunft woanders zu kaufen und Walter Schmidts von Schmidts' Kiosk beschimpfte mich als opportunistische Verräterin. Kein Einziger stimmte dem Plan zu, sein Grundstück zu verkaufen. Nur die Rütgers, die den Campingplatz betreiben, haben mich nicht sofort hochkant vor die Tür gesetzt. Frau Rütgers machte sich eine Kopie meiner Unterlagen und bat um ein paar Tage Bedenkzeit. So stehe ich immerhin nicht mit völlig leeren Händen da, aber es fühlt sich an wie ein Pyrrhussieg, wenn ich an die Reaktion der anderen Anwohner denke.

Bevor ich mich ganz am Schluss auf den Weg zur Surfschule mache, lege ich einen Stopp bei Rosas Café ein, um die letzten zwei Stunden zu verarbeiten. Manuela ist heute nicht im Dienst, aber bis auf zwei Teenies, die einen Kakao schlürfen, bin ich auch die einzige Kundin. Rosa steht allein hinter der Theke, als ich meine Bestellung aufgebe.

»Mein Gott, du siehst ja aus wie sieben Tage Regenwetter. Was ist passiert?«

»Ist 'ne lange Geschichte.«

Rosa deutet mit dem Kinn in den leeren Verkaufsraum. »Wie du siehst, habe ich Zeit.«

Sie macht sich ebenfalls einen Kaffee und setzt sich zu mir. »Lass mich raten«, beginnt sie und mustert mich über den Rand ihrer Brille hinweg. »Es hat etwas mit dem Stapel Akten zu tun, den du da mit dir rumschleppst.«

Seufzend schiebe ich ihr die Papiere rüber. »Du bist nicht direkt betroffen, also dürfte ich dir gar nichts davon erzählen.«

»Aber du tust es trotzdem, weil ich schweige wie ein Grab?«

Obwohl mir nicht nach Lachen zumute ist, muss ich schmunzeln. »Sowas in der Art.«

»Ich fühle mich geehrt.«

Während Rosa liest, nippe ich an meinem Cappuccino und schließe genießerisch die Augen.

»Dieser Kaffee ist echt der Wahnsinn! Ich weiß nicht, wie du das machst.«

»Wir kaufen die Bohnen direkt von einem Biohändler«, murmelt sie abwesend, schlägt eine Seite um.

Ich habe schon die halbe Tasse geleert, als sie wieder aufblickt. Ihre Miene ist ausdruckslos.

»Na los, jetzt sag schon: Bin ich eine opportunistische Verräterin?«

Sie hebt die Augenbrauen. »Walter Schmidts?«

»Gut geraten. Aber lenk nicht ab. Sprich dein Urteil über mich.« Mein Ton ist leicht, aber so fühle ich mich ganz und gar nicht. Für einen Tag habe ich genug vernichtende Urteile über meinen Charakter gehört. Ein weiteres von Rosa würde ich gerade nicht verkraften.

»Was soll ich sagen?« Rosa zuckt mit den Schultern. »Ich bin nicht überrascht, dass die Leute keine Freudensprünge machen.«

»Aber wieso eigentlich nicht?« Ich stütze die Ellenbogen auf dem Tisch ab. »Jeder muss doch sehen, dass Altensande vor dem Ruin steht. Keins der Geschäfte, die hier draufstehen, läuft gut. Für die Leute wäre das definitiv eine wirtschaftliche Verbesserung. Und alle Geschäfte, die bleiben, würden massiv vom Gästezustrom profitieren.«

»So wie mein Laden, meinst du.«

»Genau.«

Ich kann die Räder hinter Rosas Stirn beinahe rattern hören.

»Schön und gut, aber das hilft ja denen nicht, die verkaufen sollen.«

»Doch, schon! Sie bekommen deutlich mehr Geld, als sie mit ihren Geschäften jemals erwirtschaften würden.«

»Das kannst du unmöglich wissen. Vielleicht entwickelt sich der Tourismus hier in den nächsten Jahren besser als erwartet, und die Leute machen mehr Gewinne, als ihr ihnen jetzt auszahlen würdet.«

»Pff.« Ich runzele die Stirn. »Glaubst du das wirklich?«

Rosa seufzt. »Man darf doch träumen, oder nicht? Immerhin bleibe ich ja scheinbar von dieser Aktion verschont.« Sie verengt die Augen. »Wieso eigentlich? An meinem überwältigenden Umsatz kann es ja nicht liegen. Mag der Bürgermeister meinen Kaffee so sehr?«

»Ich hab dir eigentlich schon viel zu viel erzählt. Das ist alles streng vertraulich.«

»Jetzt kommt es auf das bisschen auch nicht mehr an.«

Ich lehne mich in meinem Stuhl zurück. »Okay, aber nur unter einer Bedingung: Du hilfst mir mit deinem Insiderwissen, den Rest der Anwohner zu überzeugen.«

Sie verschränkt die Arme vor der Brust. »Das kann ich nicht. Jeder und jede sollte selbst entscheiden können. Ich werde dir nicht dabei helfen, sie zu manipulieren.«

»Mein Gott, du stellst es ja dar, als wäre ich der Teufel persönlich! Ich will doch auch nur das Beste für Altensande!«

»Das Beste, oder das, was der Bürgermeister für das Beste hält?«

Ich werfe die Hände in die Luft. »Ihr habt diesen Mann doch alle irgendwann mal gewählt, oder nicht? Es scheint ihn hier ja niemand leiden zu können.«

»Das war, bevor er sich als anzugtragender Schleimer aus dem Ruhrpott entpuppt hat, der zuerst an seinen eigenen Vorteil denkt.« Rosa rümpft die Nase.

Daher also der Dialekt. Ich speichere die Information für später und konzentriere mich wieder auf mein Gegenüber. »Zurück zu meinem Deal: Ich sage dir, was du wissen willst, und ich darf dich im Gegenzug fragen, was du über die Geschäftsleute im Ort weißt.«

Sie öffnet den Mund, aber ich fahre eilig fort: »Nichts Schmutziges, oder sowas. Keine Geheimnisse. Einfach nur die Basics. Es ist so lange her, dass ich hier gelebt habe, dass ich viele gar nicht mehr kenne.«

Rosa lehnt sich in ihrem Stuhl zurück und faltet die Hände auf dem Bauch. »Ich hoffe sehr, du machst hier keinen Fehler. Dafür hab ich dich nämlich viel zu gern. Okay, Deal. Wieso darf Rosas Café auch im neuen Utopia weiter Kaffee verkaufen?«

»Weil ihr euch gut ins Konzept einfügen würdet. Vielleicht müsstet ihr das Sortiment ein bisschen anpassen, etwas am Service herumschrauben, aber dann sehe ich dich hier ein blühendes Geschäft führen. Außerdem hast du hier keinen direkten Meerblick, sodass die Lage nicht unbedingt attraktiv ist.«

»Und ich hatte gerade schon begonnen, mich geschmeichelt zu fühlen. Aber mal im Ernst, was heißt das, Änderungen am Sortiment und Service? Da lasse ich mir nicht reinreden.«

»Ah, ah«, Ich hebe die Hand und unterbreche ihren Wortfluss. »Jetzt bin ich dran. Was weißt du über …« Mein Blick fällt auf den letzten Namen auf meiner Liste. »Die alte Surfschule? Betreibt die immer noch Herr Sommer? Der muss doch jetzt bald an die siebzig sein.«

»Die Surfschule?«, wiederholt Rosa ungläubig. »Da willst du dran? Na dann gute Nacht.«

»Was? Wieso? Ist Herr Sommer so fortschrittsresistent?«

»Schlimmer.« Ich bilde mir ein, einen Hauch Schadenfreude in Rosas Stimme zu hören. »Herr Sommer ist vor drei Jahren in Rente gegangen und nach Kiel gezogen. Seitdem führt sein Sohn Phillip das Geschäft.«

»Der alte Sommer hat einen Sohn? Das wusste ich ja noch gar nicht.«

»Bis er vor fünf Jahren hierherkam, wussten wir es auch nicht. Er ist bei seiner Mutter in Eckernförde aufgewachsen. Manche munkeln, sein Vater wusste selbst lange nichts von ihm. Aber das kannst du vergessen, den wirst du niemals überzeugen. Ausgeschlossen.«

»Ist das so, ja?« Es sind Sätze wie dieser, die meinen Ehrgeiz befeuern. Und der hat mich immerhin schon bis in die Karibik gebracht. »Ich denke, man kann mit den richtigen Argumenten jeden überzeugen.«

»Und ich denke, du warst zu lange in der Sonne. Der Junge liebt seine Arbeit, und der ganze Ort liebt ihn. Du kannst hier auf der Straße jeden fragen, keiner hat ein schlechtes Wort über ihn zu verlieren.«

»Ein richtiger Heiliger also. Ich verstehe.«

»Mach dich nur lustig.« Rosa trinkt ihre Kaffeetasse aus. »Wir werden ja sehen, wer zuletzt lacht.«

»Es ist eine Surfschule! Wie wichtig kann die schon sein, wenn man das große Ganze betrachtet?«

»Früher hättest du solche Fragen nicht gestellt.«

Ich verdrehe die Augen. »Früher war ich ein naives Mädchen, das keine Ahnung hatte von der Welt da draußen. Das nur nach den Wünschen anderer gelebt hat und …« Ich breche ab und atme tief durch. »Wie auch immer. Du sagst, der Mann ist im Ort beliebt? Sehr gut. Das heißt also, wenn ich ihn überzeuge, kann ich auch die anderen auf meine Seite ziehen.«

»Und ich sage dir, versuch dein Glück. Klopf an die Tür der Surfschule und halte ihm deine Unterlagen unter die Nase. Du bist schneller wieder hier, als eine Möwe dir auf den Kopf schietern kann.«

Ich muss gegen meinen Willen lachen. Dabei nimmt langsam eine Idee in meinem Kopf Gestalt an. »Wer sagt denn, dass ich einfach so da aufkreuze? Ich werde erst mal die Lage sondieren, um herauszufinden, wo Phillip Sommers Schwachstellen sind.«

»Aha.« Rosas Augenbrauen wandern an ihre Haarlinie. »Und wie willst du das machen?«

»Ganz einfach. Ich werde surfen gehen.«

Kapitel 10

Am liebsten würde ich keine Zeit verschwenden und meinen Plan sofort in die Tat umsetzen. Aber eine Erinnerung auf meinem Handy ruft mir gerade noch rechtzeitig ins Gedächtnis, dass ich Nina für eine Kontrolluntersuchung zum Arzt nach Timmendorf fahren muss. Ich verabschiede mich von Rosa und eile nach Hause, um sie abzuholen. Hannah ist bei einer Freundin zum Spielen, also sind wir allein im Auto. Meine Schwester rollt die Fenster nach unten und lässt eine Hand heraushängen, während wir über die Landstraßen fahren. Im hellen Tageslicht kann ich nicht leugnen, wie blass sie ist.

»Sicher, dass alles okay ist? Du siehst irgendwie … ganz schön fertig aus«, sage ich nach ein paar Minuten.

»So etwas hört doch jede Frau gern.« Sie wirft mir ein Lächeln zu, das wahrscheinlich beruhigend wirkend soll, aber einfach nur angestrengt wirkt. »Alles gut. Ich muss nur langsam von den harten Schmerzmitteln runter und das ist … na ja, ganz schön schmerzhaft.«

»Wieso hast du nicht schon vorher was gesagt? Wir hätten den Arzttermin auch nach vorne verlegen können. Oder ich hätte dir ein Rezept abgeholt und Nachschub besorgt, oder …«

»Ganz ruhig, Sandra. Der Arzt hat gesagt, ich soll die starken Mittel nicht zu lange nehmen. Ich muss da jetzt einfach durch.« Sie versinkt tiefer in ihren Sitz, als könnte sie sich so vor der Realität verstecken. In diesem Moment sieht sie nicht wie die 27-jährige Lehrerin und Mutter aus, die sie ist. Sie sieht so aus wie mit zwölf, als sie beim Fahrradfahren gestürzt war und sich beide Knie aufgeschrammt hatte. Nur damals hatte sie sich von mir trösten lassen. Heute dreht sie den Kopf zur Seite und schließt die Augen.

Es tut mir in der Seele weh, sie so zu sehen.

Während ich im Wartezimmer sitze, lenke ich mich damit ab, indem ich so viel wie möglich über Phillip Sommer herauszufinden versuche. Leider gibt das Internet nicht besonders viel her. Ich finde einige Social-Media-Profile unter dem Namen, aber keiner von diesen Phillip Sommers lebt in Altensande. In einem alten Zeitungsartikel heißt es, dass Fritz Sommer die Surfschule an seinen Sohn übergeben wird, aber der Artikel enthält kein Bild und auch sonst keine weiteren Informationen. Ich würde meine Hand dafür ins Feuer legen, dass es der Typ auf dem Surfbrett ist, den ich jetzt schon zweimal am Strand gesehen habe. Aber da war er immer zu weit weg, um Details zu erkennen. Rosa hat nicht gesagt, wie alt er ist, aber Herr Sommer ist etwas jünger als meine Eltern jetzt wären, also schätze ich mal, dass er in etwa in meinem Alter ist. Immerhin scheint die Surfschule selbst mittlerweile eine Webseite zu haben. Ich will sie gerade öffnen, als Nina aus dem Sprechzimmer gehumpelt kommt. Als ich aufspringe, um sie zu stützen, lässt sie es kommentarlos geschehen. Das trägt nicht gerade zu meiner Beruhigung bei.

»Was hat Dr. Breyer gesagt? Wirst du es überleben?« Der flapsige Spruch kann nicht darüber hinwegtäuschen, wie besorgt ich bin. Alles in mir schreit danach, sie in die Arme zu nehmen und nach Hause zu tragen. Aber das würden weder sie noch mein Rücken mitmachen. Also begnüge ich mich damit, ihre gesunde Schulter fest zu umfassen.

»Die Prognose ist gut«, gibt Nina im gleichen Tonfall zurück. »Es wird eben nur noch eine Weile dauern. Und in der Zeit verdammt wehtun.«

»Ach, Nina.« Ich ziehe sie an mich. »Kann ich irgendwas tun? Brauchst du noch etwas, sollen wir noch an der Apotheke …?«

»Es gäbe da tatsächlich was.«

Ich horche auf. »Was denn? Können wir das direkt besorgen?«

»Das kommt ganz darauf an, wie viel Zeit meine Fahrerin noch hat.« Nina lächelt schwach. »Schaffen wir noch einen McFlurry bei McDonalds im Drive-In?«

Zwanzig Minuten später stehen wir auf dem Parkplatz von McDonalds und tauchen unsere Plastiklöffel in cremiges Vanille-Eis. Nina schließt genießerisch die Augen, als sie sich den ersten Löffel in den Mund schiebt.

»O mein Gott. Genau das habe ich gebraucht.«

Ich nicke wortlos, den Mund voller Eis.

»Wir haben das echt ewig nicht mehr gemacht.« Meine Schwester schaut aus dem Fenster und lässt ihren Blick über den Parkplatz wandern. »Es erinnert mich immer noch an Sommerferien.«

»Mich auch.«

»Papa hat einfach jedes Jahr dasselbe bestellt, während du dir vorgenommen hast, dich durch das ganze Menü zu probieren.«

»Alles andere wäre ja auch eine Verschwendung von Gelegenheiten gewesen.«

Weil unsere Eltern die Pension geführt haben, konnten wir im Sommer nie verreisen. Irgendwann kam Papa auf die Idee, uns wenigstens ein bisschen Urlaubsfeeling zu verschaffen und lud uns ins Auto, um nach Neustadt zu McDonalds zu fahren. Es waren zwar nur ein paar Kilometer auf der Autobahn, aber es fühlte sich an wie eine andere Welt. Wir durften bestellen, was wir wollten, und meistens nahmen wir das Essen mit, um uns an den Strand zu setzen. Trotz Mamas anfänglichem Widerstand wurde der Trip für ein paar Jahre so etwas wie Tradition.

»Und Mama hat später versucht, den Big Mac zu Hause nachzumachen und ist kläglich gescheitert.«

Bei der Erinnerung muss ich lachen. »Aber wir haben ihn trotzdem alle gegessen und in den höchsten Tönen gelobt.«

Nina macht ein würgendes Geräusch. »Keine Ahnung, wie wir das gemacht haben. Selbst jetzt kommt es mir noch hoch, wenn ich daran denke.«

Ich pruste los. Sie fällt mit ein und für ein paar Sekunden bin ich wieder dreizehn, unterwegs mit meiner kleinen Schwester und die Welt ist in Ordnung.

Als wir uns wieder beruhigt haben, sagt Nina leise: »Ich vermisse sie immer noch. Jeden verdammten Tag.«

Mit einem Schlag ist mir nicht mehr nach Lachen zumute. Seit meiner Ankunft haben wir kein Wort über unsere

Eltern verloren, sind dem Thema ausgewichen, so gut es ging. Ich bin noch nicht bereit für diese Unterhaltung. Aber vielleicht werde ich das niemals sein.

»Ich auch.«

»Mamas Tod ist jetzt schon zwei Jahre her, aber ich denke trotzdem immer wieder, dass sie gleich zur Tür hereinkommen wird. Hannah fragt mich manchmal, wann ihre Oma endlich wiederkommt. Und ich fange jedes Mal fast an zu heulen.«

Ich presse die Lippen zusammen. »Das glaube ich dir.«

»Und dann ist da noch das Haus. Ich liebe es über alles, aber jeder Raum erinnert mich an sie. Manchmal fühlt es sich an, als würde ich mit Geistern dort leben.«

Ihre Stimme klingt rau, und sie bricht ab, räuspert sich. »Ist es leichter für dich? So weit weg von allem?«

Die Frage enthält keinen Vorwurf, aber ich habe trotzdem das Bedürfnis, mich zu verteidigen. »Ich konnte nicht bleiben, das weißt du doch.«

»Klar. Ich meine ja nur.«

»Manchmal ist es leichter«, sage ich nach ein paar Sekunden. »Aber meistens fühlt es sich so an, als würde die Erinnerung an mir kleben, egal, wohin ich gehe.«

Besonders nachts kommt sie unter dem Bett hervorgekrochen und überfällt mich. Dann liege ich stundenlang wach und fühle jeden Kilometer, der mich von Altensande trennt, wie einen Stich in der Brust.

Nina nickt langsam. »Das beschreibt es ganz gut.«

Wir tauchen unsere Löffel ins Eis und schweigen. Neben uns hält ein Wagen, aus dem eine Familie aussteigt. Ein kleiner Junge greift nach der Hand seiner großen Schwester und zieht sie begeistert in Richtung des kleinen Spielplatzes neben dem Gebäude.

»Ich habe diesen Spielplatz auch immer geliebt. Dabei gab es damals diese große Rutsche noch gar nicht. Und ich durfte nie so lange spielen, wie ich wollte.« Nina schüttelt lächelnd den Kopf. »Bis auf das eine Jahr, wo du unseren Trip organisiert hast.« Sie deutet mit dem Löffel auf mich. »Diese Odyssee werde ich niemals vergessen.«

Ich kichere. »Erinnere mich nicht daran. Das war die Standpauke meines Lebens.«

»Du hast damals Ärger bekommen?« Sie macht große Augen.

»Was denkst du denn? Ich war gerade dreizehn Jahre alt und bin mit meiner kleinen Schwester einfach in einen Bus gestiegen. Mama war überhaupt nicht begeistert.«

Aber ich habe es genossen. Jede Sekunde. Es war das erste Mal, dass ich mich gefragt habe, was passieren würde, wenn ich einfach weiterfahren würde. Den nächsten Bus nehmen und schauen, wohin er mich fährt.

»Warte mal.« Nina hebt die gesunde Hand, um mich zu unterbrechen. »Du willst mir sagen, das war gar nicht abgesprochen? Du bist einfach so mit mir losgezogen?«

»Jap.« Ich nehme noch einen großen Löffel Eis. »Genau das habe ich gemacht.«

»Aber wieso?« Sie klingt ernsthaft verwundert. »Und wieso hast du mir das nie erzählt?«

Es gibt vieles, was ich darauf antworten könnte. Weil unsere Eltern so gestresst waren, dass sie nicht mit uns fahren konnten, und ich wusste, wie sehr Nina sich auf den Ausflug gefreut hatte. Weil ich es satthatte, dass die Pension über unser Leben bestimmte. Weil ich einfach einmal etwas Dummes machen wollte, nur, weil ich es konnte. Weil ich sie nicht belasten wollte.

Stattdessen sage ich: »Und uns beiden den Trip versauen? Dazu gab es keinen Grund. Ich hatte ein paar Wochen Fernsehverbot, und damit war die Sache erledigt.«

Nina starrt mich an, als würde sie mich gerade zum ersten Mal sehen. Ich weiche ihrem Blick aus und krame in der Mittelkonsole nach Taschentüchern. »Hier. Du tropfst noch die Sitzbezüge voll.«

Sie rollt mit den Augen, und der Moment ist vorbei. Für ein paar Sekunden essen wir schweigend unser Eis. Ein Auto mit Surfboard auf dem Dach versucht, durch den Drive-in zu fahren und bleibt beinahe unter der Höhenbegrenzung hängen. Das bringt mich auf eine Idee.

»Sag mal, was weißt du eigentlich über Phillip Sommer?«

»Phillip?«, fragt sie durch einen Mund voll Eis. »Den Surflehrer?«

»Genau den.«

»Nicht sehr viel. Warum?«

»Ach, es geht um das Projekt des Tourismusbüros. Die Modernisierung, du weißt schon.«

»Na ja, nicht so wirklich. Viel hast du ja nicht gerade erzählt.«

»Das ist noch streng geheim. Wenn ich es dir sage, dann müsste ich dich töten«, flüstere ich mit tiefer Stimme und hoffe, dass sie es dabei belässt.

»Ha ha, sehr witzig.«

»Also, Phillip Sommer?«

»Da gibt es nicht viel zu sagen.« Sie kratzt sich am Kinn.

»Er ist vor ein paar Jahren nach Altensande gekommen. Vorher war er im Ausland, glaube ich. Dann hat er die alte Surfschule übernommen.«

»Rosa spricht von ihm, als wäre er eine Dorflegende«, sage ich so beiläufig wie möglich. »Was hat es damit auf sich?«

»Legende ist vielleicht übertrieben, aber er hat echt etwas aus der Surfschule gemacht.«

»Tatsächlich?« Ich hebe die Augenbrauen.

»Na gut, nach außen hin hat sich nicht viel verändert, aber was das Programm angeht, hängt er sich wirklich voll rein. Er gibt Schwimmkurse für Kinder, bietet Surfstunden für Jugendliche an und bringt im Sommer die Touristen an den Strand, die sich in die Fluten stürzen wollen. Ich würde sagen, fast jeder im Ort war schon mal in der Surfschule.«

»Verstehe. Und mal angenommen, ich möchte auch Surfstunden nehmen. Wie würde ich da vorgehen?«

»Surfstunden nehmen. Du.« Nina blickt mich fragend an. »Du hast deine gesamte Jugend auf einem Surfbrett verbracht.«

»Das ist jetzt über zehn Jahre her. Ich will meine Fähigkeiten eben ein bisschen auffrischen. Und zwar so schnell wie möglich, schließlich hab ich nur noch sechs Wochen.«

Sie sieht nicht überzeugt aus, stellt aber trotzdem ihren Eisbecher auf die Knie, um ihr Handy aus der Hosentasche zu kramen. Ein paar Sekunden später hält sie es mir vor die Nase.

»Du hast Glück. Am Freitag startet ein Anfängerkurs.«

Der Bildschirm zeigt die Webseite der Surfschule, auf der eine Anmeldemaske geöffnet ist.

»Perfekt!« Ich nehme ihr das Handy aus der Hand und beginne, meine Daten einzutippen. Nur beim Nachnamen zögere ich kurz. Der Dorftratsch in Altensande ist unvorhersehbar. Vielleicht hat Phillip Sommer schon längst von einer Frau Meerbach gehört, die im Tourismusbüro angefangen hat und würde misstrauisch, wenn er meinen Namen liest. Nach kurzem Zögern tippe ich *Sandra Grothe*, den Mädchennamen meiner Mutter, ins Namensfeld und tippe auf Senden, bevor Nina mir über die Schulter gucken kann. Dann greife ich nach meinem Anschnallgurt. »Du hast mir gerade sehr geholfen, Schwesterchen.«

»Nenn mich noch einmal so und du kannst dir Eis aus den Haaren waschen.«

»Dann kannst du aber nach Hause laufen. Schwesterchen.«

Kapitel 11

Freitag ist ein warmer, windiger Tag. Ich gehe morgens schon um halb neun ins Büro, wo bereits mehrere Mails von potenziellen Investoren auf mich warten. Außerdem haben die Rütgers vom Campingplatz geschrieben und noch mal um ein persönliches Gespräch gebeten. Immerhin diese gute Nachricht kann ich dem Bürgermeister überbringen, der im Laufe des Tages drei Mal anruft. Er will unbedingt wissen, ob mittlerweile alle Bewohner einem Verkauf zugestimmt haben. Ich versuche, ihn damit hinzuhalten, dass die Leute sich noch etwas Bedenkzeit erbeten haben. Aber das wird nicht ewig funktionieren.

»Sie wissen doch, wie man die Leute überzeugt«, säuselt Herr Zylinski bei unserem nächsten Gespräch. »Und wenn nicht: einfach wegpöhlen, den ganzen Haufen.« Er lacht, aber es klingt nicht wirklich wie ein Scherz. Ich zwinge mich zu einem Lächeln, das erlischt, sobald er auflegt. Eines ist klar: Ich brauche eine bessere Strategie, um mehr Zeit zu gewinnen. Aber ich kann mich nicht wirklich darauf konzentrieren. Auch Hannah fällt am Nachmittag auf, dass ich nicht wirklich bei der Sache bin und unser Frisbee immer wieder fallen lasse.

»Was ist denn los mit dir, Tante Sandra?«, fragt sie nach dem vierten Mal. »Willst du nicht mehr spielen?«

»Klar will ich! Ich hab heute einfach kein Zielwasser getrunken, das ist alles.« Ich zwinkere ihr zu, bevor mein Blick wieder zu meiner Armbanduhr wandert, wo sich die Zeiger langsam der 18.30 Uhr nähern. Dem Beginn meiner Surfstunde.

Um kurz nach sechs packe ich meine Tasche und schlüpfe in den einzigen Badeanzug, den ich beim Verlassen der *Evrima* mitgenommen habe. Er ist noch aus meiner Zeit in Sydney, wo ich tatsächlich hin und wieder ein paar Stunden zur Verfügung hatte, um mich an den Strand zu legen. Mittlerweile spannt er an den Hüften, aber für den Anfang sollte es genügen.

»Mein Gott, das erinnert mich an alte Zeiten.« Nina steht im Türrahmen und mustert mich. »Als du endlich alt genug warst, um surfen zu gehen, und ich allein und von Neid zerfressen zurückgeblieben bin.«

Ich lache. »Da werde ich doch gleich nostalgisch.«

»Vielleicht komme ich ja das nächste Mal mit und schaue zu. Zugegeben, ich bin neugierig, ob du es noch kannst.«

Ich halte inne. »Ähm. Was ist denn dann mit Hannah?«

Mein Plan kann nur aufgehen, wenn Phillip nichts von meiner Tarnung bemerkt. Wenn meine Schwester plötzlich am Strand auftaucht, kann ich das vergessen.

»Die nehme ich einfach mit. Die will ihre Tante sicher auch mal auf dem Brett stehen sehen.«

»Ah. Klar.«

»Was guckst du denn so? Hast du Angst, wir lachen dich aus?« Nina zwinkert mir zu. »Wir doch nicht. Wir können es ja selbst nicht besser. Und das klappt auch erst, wenn ich mich mehr als hundert Meter bewegen kann, ohne vor Schmerzen umzufallen.«

In meiner Brust kämpfen Erleichterung und Schuldgefühle miteinander.

»Natürlich. Dann ab zurück aufs Sofa mit dir. Husch, husch.« Ich werfe mein Handtuch nach ihr, und sie duckt sich gerade noch rechtzeitig, um es nicht ins Gesicht zu bekommen.

Zehn Minuten später schwinge ich mich auf Ninas altes Fahrrad und mache mich auf den Weg zur Surfschule. Dabei gehe ich im Kopf ein letztes Mal meinen Plan durch: Ich muss so viel wie möglich über Phillip Sommer herausfinden. Seine Interessen, seine Vorlieben und Abneigungen, wie er die Surfschule führt, seine Beziehung zu Altensande; einfach alles. Nur so kann ich am Ende die richtige Strategie ausarbeiten, um ihn von unserem Modernisierungskonzept zu überzeugen.

Als ich an der Surfschule ankomme, herrscht dort bereits reges Treiben. Fünf Jugendliche sitzen auf der Treppe zur Veranda und wischen mit nassen Lappen das Salzwasser von ihren Boards. Ein paar Kinder werfen sich ausgelassen einen Ball hin und her, und eine Gruppe Surfer kommt gerade aus dem Meer, die Bretter unter den Armen. Auf der Veranda steht eine Gruppe von Menschen mittleren Alters, die etwas verloren aussehen. Die werden wohl denselben Kurs wie ich gebucht haben. Ein Blick genügt, um zu erkennen, dass niemand aus dem Dorf dabei ist. Es hätte mich auch gewundert, aber man weiß nie. Zumindest in dieser Hinsicht wird mein Undercover-Einsatz also nicht gefährdet. Ich setze ein breites Lächeln auf und steige die drei Holzstufen zur Veranda hoch.

»Hey. Ist hier die Anfängerstunde zum Surfen?«

»Ganz richtig, Partner«, antwortet ein Mann mit einem blauen Hawaiihemd und blondgrauen Haaren, den ich auf Anfang sechzig schätze.

Er hält mir die Faust hin, und ich brauche eine Sekunde, bis ich verstehe, dass ich meine dagegen stoßen soll.

»Cool. Partner.«

»Haben Sie das schon mal gemacht? Ich gebe zu, ich bin ein bisschen aufgeregt«, sagt die Frau, die neben ihm steht. Sie trägt ein pinkes Strandkleid und ihre dunkelbraunen Locken sind zu einem ordentlichen Pferdeschwanz geflochten. »Der Hansi und ich kommen aus Bayern, wissen Sie? Und da gibt es nicht so viel Meer.«

»Machen Sie sich keine Sorgen, es macht wirklich Spaß …«, beginne ich, bis mir meine Tarnung wieder einfällt. »Also, habe ich gehört. Von meinen Freunden, die das schon mal gemacht haben.«

»Hörst du, Deborah, ich sage doch: Es gibt keinen Grund, Angst zu haben.« Hansi legt den Arm um seine Frau. Die mustert mich neugierig. »Und Sie? Kommen Sie hier aus der Nähe?«

Die Lüge, die ich mir vorher ausgedacht habe, kommt mir überraschend mühelos über die Lippen. »Nicht so ganz. Ich komme aus Hamburg und wollte mal ein bisschen raus. Der Stress, die Großstadt, die Arbeit, Sie wissen schon.«

»Absolut«, sagt Hansi. Seine Frau nickt energisch, und ihre goldenen Ohrringe klimpern. »Mein Mann ist auch immer so ein Arbeitstier gewesen. Das war ganz schlimm, glauben Sie mir. Aber jetzt, in Rente, da können wir uns auch mal ein bisschen Abenteuer gönnen.«

»So ist es.« Er drückt ihr einen Kuss auf die Wange, dann deutet er auf die anderen vier Leute, die mit uns auf der Veranda stehen. »Darf ich Ihnen den Rest unserer Truppe vorstellen?«

In den nächsten zwei Minuten lerne ich die ganze Surf-Klasse kennen: die Lehrerin Sybille aus Klagenfurth, die vor zwanzig Jahren mal in Australien war und jetzt im Familienurlaub wieder aufs Brett möchte, Barbara und Claudia, die ihre Hochzeitsreise aus ökologischen Gründen an der deutschen Ostsee machen und Rentner Bertram, der sich noch einen Jugendtraum erfüllen will.

»Wenn ich es jetzt nicht mache, wann dann?«, fragt er, und die anderen nicken gewichtig.

»Und Sie alle kannten sich vorher schon?«

»Aber nicht doch«, antwortet Deborah. »Wir stehen erst seit zehn Minuten hier. Aber ich habe jetzt schon das Gefühl, wir werden eine ganz tolle Truppe. Ich habe noch heute Morgen im Horoskop gelesen, dass …«

Bevor sie uns erklären kann, was die Sterne für uns bereithalten, betritt ein Mann in einem dunkelblauen Neoprenanzug die Veranda.

Er ist gut einen Kopf größer als ich, hat breite Schultern und hohe Wangenknochen, an denen man sich schneiden könnte. Sandblonde Haare kleben ihm nass an der Stirn. Etwas an ihm kommt mir bekannt vor, aber ich kann es nicht zuordnen. Zumindest nicht, bis er die Sonnenbrille abnimmt und uns anlächelt.

Mir wird mit einem Schlag eiskalt. Es ist der Mann mit den Ostsee-Augen, der auf dem Parkplatz mit dem Rad gestürzt ist.

»Guten Abend in die Runde. Sie wollen sich also heute zum ersten Mal in die Wellen …«

Als er mich erkennt, weiten sich seine Augen. »… stürzen …«

Ich würde am liebsten im Boden versinken. Weil das keine Option ist, bleibt nur eins: Frontalangriff.

»Hallo!«, sage ich mit einem strahlenden Lächeln. »Wie schön, dass wir uns wiedersehen! Ich verspreche, auf dem Meer werde ich besser aufpassen, wo ich parke.«

Seine Miene verfinstert sich. »Das hoffe ich. Da draußen sollte selbst für Sie genug Platz sein.«

Mein Lächeln gefriert. »Sie wären überrascht.«

Er räuspert sich, wendet sich dem Rest der Gruppe zu: »Ich meine natürlich, ich freue mich, dass Sie hier sind. Ich bin Phillip Sommer und werde die nächsten vier Wochen Ihr Surflehrer sein. Wir treffen uns immer freitags und dienstags hier, die Stunden gehen von halb sieben bis acht. Sie können sich Neoprenanzüge und Boards hier ausleihen, Badesachen bringen Sie am besten selbst mit.«

Neben mir kichert Deborah. »Schade eigentlich, das mit den Neoprenanzügen«, murmelt sie in meine Richtung. »Bei so einem Mann ist das ja direkt Verschwendung.« Sie zwinkert mir zu.

Ich beiße mir auf die Lippen, um nicht loszuprusten.

Ausgerechnet in diesem Moment schaut Phillip in meine Richtung und hebt die Augenbrauen. »Alles in Ordnung bei Ihnen, Frau …?«

»Grothe«, presse ich hervor. »Sandra. Alles wunderbar. Fahren Sie fort.«

Er mustert mich noch eine Sekunde, und ich spüre, wie

meine Wangen heiß werden. Eins muss ich Deborah lassen: Sie erkennt einen gut aussehenden Mann, wenn sie ihn sieht.

Als könnte er meine Gedanken lesen, blitzt ein Grinsen über Phillips Gesicht, bevor er sich wieder der Gruppe zuwendet.

»Da spricht Frau Grothe einen wichtigen Punkt an. Unter Surfern duzt man sich. Ist das für alle hier okay?«

Rechts und links von mir wird genickt.

»Wunderbar. Dann kommt mal mit, jetzt suchen wir euch erst mal den passenden Neoprenanzug.«

Zehn Minuten später stehen wir in einem winzigen Umkleideraum und zwängen uns in schwarze Neoprenanzüge. Barbara und Claudia, das frisch verheiratete Pärchen aus Braunschweig, hat eigene Anzüge mitgebracht, die sitzen wie eine zweite Haut. Claudia hat kurze schwarze Haare und beeindruckend blaue Augen, während ihre Frau gerade mit ihren langen blonden Locken kämpft, die sich im Reißverschluss des Neos verhakt haben. Mit ihren sportlichen Körpern sehen die beiden aus, als wären sie direkt aus einem Katalog für Sportkleidung gestolpert. Dagegen fühle ich mich in meinem geliehenen Neo eher wie eine Presswurst.

»Wie soll man denn in dem Ding atmen?«, fragt Hans und zerrt am Kragen seines Anzugs.

»Immerhin macht man hier drin eine ganz passable Figur«, gibt seine Frau zurück. »Wenn ich dieses Teil drunterziehe, passe ich vielleicht sogar wieder in mein Brautkleid.«

»Das wäre doch die Idee!«, stöhnt Sybille, die sich rechts von mir den Anzug über die Hüften zieht. Alles an ihr sagt: Das hier ist eine bodenständige, praktisch veranlagte Frau: die unkomplizierte Kurzhaarfrisur, weder Schmuck noch Make-up, der kleine Bauchansatz. Einzig der hellgrüne Neoprenanzug stört diesen Eindruck.

»Wer braucht noch Shapewear, wenn er sowas tragen kann?«

»Ich glaube, ich bräuchte mal Hilfe …« Bertrams Stimme klingt gedämpft. Weil der Mann mit der Glatze und der Hornbrille gut zwei Köpfe größer ist als der Rest von uns, hatte Phillip keinen passenden Anzug für ihn. Stattdessen hat er nur ein Oberteil aus Neoprenstoff bekommen, in dem er offenbar gerade feststeckt. Nur seine Arme schauen noch oben aus dem Loch heraus, das eigentlich für den Kopf bestimmt war.

»Könnte mal jemand …?«

Während die anderen ihm zu Hilfe eilen, wandere ich so unauffällig wie möglich durch die Tür des Umkleideraums in den Aufenthaltsraum dahinter. Es gibt einen großen Esstisch aus Holz, auf dem eine offene Packung Kekse, mehrere Taucherbrillen und eine leere Kaffeetasse stehen. Der Rest der Möbel ist ein wild zusammengewürfelter Mix aus Altem und Neuem. Viele der Holzstühle und Regale sehen selbstgebaut aus, und die bunten Sitzkissen verleihen dem Raum eine freundliche Atmosphäre. Hinter dem Esstisch hängt ein großes Surfbrett aus hellblauem Holz an der Wand. Ich erkenne auf den ersten Blick, dass es vor seiner Zeit als Dekoartikel oft im Meer war. An einzelnen Stellen haben Salzwasser und Sonne die Farbe ausgebleicht, und vorne hat das Board kleine Macken. Ansonsten ist es aber in einwandfreiem Zustand. Sein Besitzer hat es offensichtlich gut gepflegt. Rechts von der Eingangstür steht immer noch das Sofa, das schon in meiner Kindheit alt war, und an der Wand dahinter hängt eine Tafel, auf der jemand mit Kreide die Grundregeln des Surfens geschrieben hat.

Überschätze nie deine Kraft
Pass auf dich und andere auf
Reinige dein Brett nach jedem Einsatz

So weit, so selbstverständlich. Ich mache trotzdem ein Foto von der Tafel, nur der Vollständigkeit halber. Hinter dem Aufenthaltsraum befindet sich ein kleiner Flur, der zu den Toiletten und zu einem Büroraum führt. Ich werfe schnell einen Blick über meine Schultern, aber Phillip ist offenbar immer noch mit der Anzugverteilung beschäftigt. Also schlüpfe ich ins Büro und ziehe die Tür hinter mir zu.

Auf der anderen Seite finde ich mich in einem kleinen Raum wieder, in dem ein Schreibtisch, ein Aktenregal und ein Bürostuhl stehen. Es sieht so aus, als hätte jemand in einem Möbelkatalog die Grundlagen einer Büroeinrichtung bestellt, aber keine Ahnung, wie man sie mit Leben füllt. Nur auf dem obersten Regalbrett stehen ein paar Akten, und der Schreibtisch quillt über vor Papier. Briefe, Ausdrucke, Anmeldungen und andere Dokumente, die ich nicht auf den ersten Blick zuordnen kann, bedecken jeden Zentimeter. Sofort fallen mir mehrere Briefe ins Auge, auf deren Umschlag fett das Wort *Mahnung* gedruckt ist.

Interessant.

Ich mache Fotos von den Briefen, vom Chaos auf dem Schreibtisch. Ich will mich gerade dem Aktenregal zuwenden, als Schritte im Flur ertönen. Mitten in der Bewegung friere ich ein.

»Ich muss nur noch kurz aufs Klo. Bin gleich wieder da!« Das ist Deborahs Stimme. Eine Tür auf der anderen Flurseite wird geräuschvoll geschlossen, und ich atme langsam wieder aus. Noch mal Glück gehabt. So leise wie möglich öffne ich die Bürotür und schleiche wieder nach draußen. Dann schlendere ich mit gespielter Nonchalance zurück in den Aufenthaltsraum, wo die anderen gerade ihre Wertsachen auf den Tisch legen.

»Hier könnt ihr das Zeug liegen lassen, während wir im Wasser sind. Das klaut niemand, versprochen.«

Phillip schiebt die Kekspackung zur Seite, um Platz zu machen. Ich lege mein Handy zu den anderen und meide seinen Blick.

Was es wohl mit diesen Mahnungen auf sich hat? Hat Phillip Geldprobleme? Ist er verschuldet? Dann wäre er sicher leicht zu überzeugen.

Fünf Minuten später stehen wir alle vor der Surfschule, die nackten Füße im Sand.

»Können wir jetzt ins Wasser gehen?«, fragt Sybille hoffnungsvoll.

»Noch nicht ganz. Jetzt lernt ihr erst mal die wichtigste Regel im Surfsport. Möchte jemand raten, was es ist?«

Wie von selbst bewegt meine Hand sich nach oben. »Immer vorher aufwärmen.« Der alte Fritz wäre stolz auf mich.

»Ganz genau.« Er presst die Lippen zusammen, als

würde er mir nur ungern zustimmen. Ich kann mir ein triumphierendes Lächeln nicht verkneifen.

»Also dann, Leute: Alle mir nach.«

Phillip dreht sich um und beginnt zu joggen. Wir wechseln Blicke, dann zuckt Hans mit den Schultern und folgt ihm über den Strand. Wir laufen zehn Minuten durch den weichen Sand, danach wird gedehnt. Arme kreisen, Schultern lockern, Beine stretchen. Mein Körper erinnert mich unsanft daran, dass ich die letzten Monate mehr Zeit am Schreibtisch als im Fitnessstudio verbracht habe.

»Das ist ja wie damals im Sportunterricht«, stöhnt Bertram neben mir, als wir mit den Händen den Sand berühren sollen. »Da kam ich auch schon nicht so weit runter.«

»Ich weiß, was du meinst«, keuche ich. »Pass auf, gleich müssen wir noch ein Rad schlagen oder über einen Bock springen.«

»Der Hans war ja mal Jugendmeister im Sprint«, sagt Deborah zwischen zwei tiefen Atemzügen. »Ich war immer eher Typ Zuschauerin.«

Hans neben ihr stöhnt wortlos, das Gesicht knallrot.

»Ihr macht das super«, ruft Phillip von vorne. »Noch einmal richtig tief nach unten, dann seid ihr fertig.« Er ist nicht mal außer Atem.

»Okay, wo kriegen wir jetzt die Bretter her, Partner?«, fragt Hans, sobald er wieder zu Atem gekommen ist. »Sollen wir die aus der Garage holen?«

»Nicht so schnell.« Phillip deutet auf den Strand. »Ihr habt schon alles, was ihr für die nächste Übung braucht. Das hier ist jetzt erst mal euer Board.«

Er geht in die Knie und zeichnet mit den Händen den

Umriss eines Surfbretts in den Sand. »Na los, worauf wartet ihr?«

Eine Minute später liegen wir bäuchlings im Sand, in den wir ebenfalls die Umrisse eines imaginären Surfbretts gezogen haben.

»Das hier ist eure Ausgangsposition«, erklärt Phillip von vorne. »Wenn ihr draußen in den Wellen seid, liegt ihr auf eurem Board. Ihr nutzt eure Arme, um euch in den Wellen vorwärts zu bewegen. Wie beim Kraulschwimmen.«

Er macht die Armbewegung vor und wartet, bis wir sie alle nachahmen. Langsam schreitet er die Reihe entlang, mustert unsere Technik genau.

»Das sieht super aus. Ja, genau so.«

Bei mir bleibt er stehen, runzelt die Stirn. »Nimm die Arme etwas höher. Und lass die Finger zusammen, wenn du ins Wasser eintauchst.«

Aus den Augenwinkeln sehe ich, wie Bertram rechts von mir schnell seine Finger korrigiert. An ihm hatte Phillip nichts auszusetzen.

»Kein Problem.« Ich beiße die Zähne zusammen und hebe die Arme höher. Er wird schon sehen, was er davon hat.

»Besser. Kommen wir jetzt zum nächsten Schritt. Dem Aufstehen.«

Ich lasse meine Arme fallen und setze mich auf, um ihn besser beobachten zu können.

»Ihr legt eure Hände auf das Brett, und zwar direkt unter eure Schultern. Dann stemmt ihr euch hoch, als wolltet ihr ein Liegestütz machen. So schafft ihr ein bisschen Platz zwischen euch und dem Board.« Während er spricht, führt er die Bewegung aus, die er beschreibt. »Als Nächstes zieht ihr das Bein, das später hinten stehen soll unter eure Hüfte und setzt es ab. Dann kommt das andere Bein. Ihr stellt es zwischen eure Hände, wie bei einem großen Ausfallschritt. Als letzten Schritt dreht ihr den hinteren Fuß, bis er auf dem Board aufliegt und stellt euch hin.«

Er drückt sich vom Sandboden ab und steht auf, die Arme wie zur Balance zur Seite ausgestreckt. »Und dann steht ihr auf dem Brett und genießt das Gefühl. So, jetzt seid ihr dran.«

Es ist Jahre her, dass ich das letzte Mal surfen war, aber meine Muskeln erinnern sich noch genau an den Ablauf. Ich lege mich in den Sand und gehe die Abläufe langsam durch. Hände unter die Schultern, Liegestütz, Knie heranziehen, Bein zwischen die Hände, aufstehen. Es funktioniert problemlos. Während rechts und links von mir meine Mitschüler stöhnend im Sand zusammenbrechen oder ihre Beine verknoten, wiederhole ich die Bewegung mühelos, fühle mich wieder wie ein Kind, das im Meer die Zeit vergisst.

»Nicht schlecht.«

Phillips Stimme ertönt plötzlich über mir. »Du machst das nicht zum ersten Mal, oder?«

Scheiße! Ich war so versunken in die Übung, dass ich ganz meine Deckung vergessen habe. »Ich? Doch, natürlich.« Ich lasse absichtlich mein rechtes Handgelenk einknicken und lande mit dem Gesicht zuerst im Sand.

»Alles okay?« Er geht neben mir auf die Knie. Ich spucke einen Mund voll Sand aus. »Alles bestens. Vielleicht bin ich ja einfach ein Naturtalent.«

»Schon möglich.« Er mustert mich eindringlich, und mir wird plötzlich warm unter meinem Neoprenanzug. So aus der Nähe betrachtet und ohne ein umgestürztes Fahrrad zwischen uns, sieht er wirklich verdammt gut aus. Sein Gesicht ist sonnengebräunt, die Haare ein helles Braun mit blonden Strähnen, die nur Sonne und Salzwasser so hinkriegen und über den hohen Wangenknochen diese Augen. Jetzt gerade scheint sich der blaue Himmel in ihnen zu spiegeln wie auf der Oberfläche des Wassers.

»Naturtalent hin oder her, du musst noch an deiner Körperspannung arbeiten. Wenn du dich hochdrückst, dreht deine Hüfte sich nach rechts weg.«

Wäre ja auch ein Wunder gewesen, wenn er nichts zu meckern hätte.

Mit einem Augenrollen platziere ich die Handflächen unter meinen Schultern und drücke mich hoch. »Was meinst du?«

»Darf ich es dir zeigen?«

Er wartet, bis ich genickt habe, dann legt er vorsichtig seine Hände an meine Hüfte. »Ist das okay?«

Durch den Stoff des Neoprenanzugs spüre ich den sanften Druck seiner Finger. Mein Mund ist mit einem Mal wie ausgetrocknet. »Ja, kein Problem.«

Er dreht meine Hüfte vorsichtig wenige Millimeter nach links. »So, jetzt bist du gerade. Spürst du den Unterschied.«

Ich ignoriere das Gefühl seiner Hände und konzentriere mich auf meinen Körper.

»Ich glaube schon«, murmele ich verblüfft. »Es fühlt sich auf jeden Fall anders an als vorher.«

»Dann versuch es jetzt noch mal allein.«

Er lässt mich los und wandert weiter, um Hans' Fußstellung zu korrigieren. Meine Haut prickelt immer noch an der Stelle, an der seine Hände gelegen haben.

Sobald er mit unserer Technik zufrieden ist, wird es ernst. Wir folgen ihm zur kleinen Garage an der Seite des Hauses, die als Surfbrett-Lager genutzt wird. Je nach Körpergröße teilt er uns Bretter zu und erklärt uns, wie wir die Fußschlaufe, die uns mit dem Board verbindet, richtig anlegen.

Je länger er spricht, desto ungeduldiger werde ich. Die Wellen rauschen an den Strand und ziehen mich wie magnetisch an. Ich will endlich ins Wasser.

Als könnte er meine Gedanken lesen, schließt er endlich die Garagentür und führt uns an die Küstenlinie. Als die erste Welle seine Füße überspült, bleibt er stehen und dreht sich um. »Wir machen heute nur eine kleine Runde. Es geht raus bis an die Bojenkette, und dann versuchen wir, wieder an den Strand zu surfen. Die Bedingungen sind super, wir haben ein paar kleine Wellen, aber keine, die höher sind als ein Meter. Wer sich trotzdem unsicher fühlt, sagt mir sofort Bescheid. Im Zweifel bleibt auf eurem Board und lasst euch liegend wieder an den Strand treiben. Seid ihr bereit?«

Deborah ist ziemlich blass um die Nase. Barbara greift nach Claudias Hand. Aber alle nicken.

»Dann mal los!«

Das lasse ich mir nicht zweimal sagen. Mit großen Schritten marschiere ich ins Wasser, bis es mir zu den Oberschenkeln reicht. An den Füßen spüre ich, wie kalt die Ostsee immer noch ist, aber der Neoprenanzug schützt den Rest meines Körpers. Sobald ich tief genug im Wasser bin, lege ich mich bäuchlings auf mein Brett und beginne zu paddeln. Die Wellen schaukeln mich hoch und runter, und meine Arme beginnen schon nach ein paar Zügen zu brennen. Hinter mir höre ich Strampeln und Gelächter, Deborah schreit auf, und etwas platscht laut. Aber ich drehe mich nicht um, schaue nur nach vorne, wo sich das Meer bis zum Horizont erstreckt.

Es ist ein berauschendes Gefühl.

Die Bojenkette kommt viel zu schnell. Widerwillig reiße ich mich vom Horizont los und wende mein Board, sodass ich wieder auf den Strand schaue. Die anderen nähern sich in unterschiedlichem Tempo. Barbara und Claudia sind ganz vorne, paddeln zielstrebig auf mich zu. Dahinter kommt Bertram, dessen Gesicht vor Anstrengung so rot ist wie seine Badehose. Sybille ist direkt hinter ihm und kämpft sich durch die Wellen. Die Schlusslichter bilden Hans und Deborah, die beide schon komplett nass sind. Neben ihnen paddelt Phillip, dessen Stimme der Wind bis zu mir trägt.

»Das sieht doch schon super aus. Noch ein bisschen mehr Kraft in die Arme, Deborah. Ja, klasse!«

Bis alle an der Bojenkette angekommen sind, färbt der Himmel über uns sich langsam orange. Phillip bringt sein Surfbrett neben meins und setzt sich auf, damit alle ihn sehen können.

»Das war der anstrengende Teil. Jetzt kommt der Spaß. Wir surfen alle einzeln, damit es keine Unfälle oder Zusammenstöße gibt. Ich rufe euch nacheinander auf und gebe euch ein Zeichen, wenn eine Welle kommt, die ihr nehmen könnt.«

»Sandra macht den Anfang.« Er nickt mir zu, eine klare Aufforderung in seinen Augen.

Ich bringe mich in Position. Jeder Muskel meines Körpers ist angespannt wie der eines Sprinters kurz vor dem Startschuss.

»Und Go!«

Ich paddele los. Meine Arme tauchen rechts und links vom Board ins Wasser, während ich Geschwindigkeit aufnehme. Hinter mir nähert sich die Welle, hebt mein Brett an.

»Na los! Hoch mit dir!« Phillips Stimme hallt über das Wasser bis zu mir.

Ohne darüber nachzudenken, wiederholen meine Muskeln die Bewegung, die wir am Strand geübt haben. Hände unter die Schultern, Liegestütz, erst das eine Bein, dann das andere. Und dann stehe ich.

Die Arme zur Seite ausgestreckt gleite ich über die Wellen, als wäre ich schwerelos. Gischt spritzt mir ins Gesicht, und der Wind zerrt an meinen Haaren und über das Rauschen des Wassers höre ich jemanden juchzen.

Es dauert eine Sekunde, bis mir klar wird, dass das Geräusch von mir kommt.

»Wohooo!«

Dann rutscht mein Fuß weg, und ich kippe wie in Zeitlupe zur Seite. Egal, wie sehr ich mit den Armen rudere, ich kann das Gleichgewicht nicht halten und lande mit dem Gesicht zuerst in der Ostsee. Mein Board rauscht ohne mich davon, bis das Band, das meinen Knöchel mit ihm verbindet, es aufhält.

Als ich wieder an die Oberfläche komme, weht der Wind Applaus zu mir herüber.

»Gut gemacht, Sandra!« Deborahs Stimme schallt über das Wasser. »Das waren schon fast drei Sekunden!«

Ich hätte schwören können, es wäre länger gewesen. Eine halbe, herrliche Ewigkeit.

Kapitel 12

Als ich vom Surfen nach Hause komme, schläft Nina auf der Couch. Selbst im Schlaf ist ihre Stirn gerunzelt, als hätte sie Schmerzen. Ihre Augen sind rot, und neben ihr auf dem Sofa liegen ein paar zusammengeknüllte Taschentücher.

»Hey.« Ich rüttele sie sanft an der Schulter. »Hey, Nina. Glaubst du nicht, du schläfst im Bett bequemer?«

»Mmh?« Sie dreht den Kopf weiter ins Kissen. »Mama?«

Ich friere mitten in der Bewegung ein.

In diesen Moment öffnet Nina die Augen, blinzelt verschlafen. Als sie mich erkennt, schnellt sie hoch. »Hey! Bist du schon zurück?«

»Es ist kurz nach neun.«

»Oh. Ich bin wohl eingeschlafen. Sorry.« Sie reibt sich über die Augen, weicht meinem Blick aus.

»Alles okay bei dir?«

»Klar. Alles bestens.« Sie schiebt die Taschentücher unter ihren Oberschenkel, als könnte sie sie so verstecken. »Wie war die Surfstunde?«

»Sicher, dass nichts passiert ist? Du siehst …«

»Ja, es ist alles gut.« Sie verschränkt die Arme vor der Brust.

»Na komm schon, Nina. Mir kannst du nichts vormachen. Ist mit Hannah alles in Ordnung? Oder hat dieses Arschloch Jan sich wieder gemeldet?«

Nina zuckt kaum merklich zusammen. »Wie wäre es, wenn du dich endlich mal aus meinem Leben raushalten würdest?«

»Aber …«

Sie gibt mir keine Chance auszureden. Mit einem Ruck steht sie auf und wickelt mit der gesunden Hand die Decke um ihre Schultern. Dann verlässt sie humpelnd das Wohnzimmer. Die Tür fällt hinter ihr ins Schloss, und ich bleibe allein auf dem Sofa zurück und frage mich, wo die Schwester hin ist, mit der ich auf dem McDonalds-Parkplatz Eis gegessen habe. Die mir früher all ihre Geheimnisse anvertraut hat. Mein Blick fällt auf die alten Fotoalben im Schrank neben dem Fernseher. Ich lasse die Finger über ihre Rücken wandern, bis ich willkürlich eins herausziehe. Die Fotos sind schon leicht vergilbt, aber die Erinnerungen, die sie wecken, sind so klar wie schon lange nicht mehr. Ich sehe mich und Papa in der Werkstatt, in der er unsere Surfbretter gebaut hat. Mama, Nina und mich in der Küche beim Backen. Nina und mich beim Spielen im Garten. Und immer wieder am Strand, ein Surfbrett unter dem Arm. Die Bilder sehen aus wie Stockfotos einer glücklichen Kindheit am Meer, Idylle pur und für einen Moment bin ich versucht, ihnen zu glauben. Dabei weiß ich, dass die Wahrheit viel komplizierter ist.

Ich lasse das Album offen liegen und wandere in die Küche. Im untersten Regal des Kühlschranks finde ich noch eine ungeöffnete Flasche Wein, die von unserem Treffen mit Dagmar letzte Woche übrig geblieben ist. Mit einem vollen Glas bewaffnet, setze ich mich wieder aufs Sofa und blättere die nächste Seite im Album um. Nina und ich in meinem Zimmer auf dem Boden, in einer Partie Monopoly versunken. Mama und Papa, die stolz vor der grünen Tür mit dem Schild *Pension Meerbach* posieren. Ich und Markus an meinem siebzehnten Geburtstag.

Ich nehme einen großen Schluck Wein. Auf den meisten Fotos lächele ich in die Kamera, sorglos und glücklich. Dabei könnte das nicht weiter von der Wahrheit entfernt sein. Ich blättere im Album zurück, suche nach einer Zeit, in der mein Lächeln noch ehrlich war. Wie alt war ich, als mir klar wurde, dass mein Leben vorbestimmt ist, dass meine Zukunft schon feststeht? Wann hat Mama mir das erste Mal gesagt, dass ich die Pension eines Tages übernehmen sollte? Mit zwölf, dreizehn Jahren?

Die einzige Zeit, in der ich mich wirklich frei gefühlt habe, waren die unzähligen Stunden auf meinem Surfbrett. Je weiter ich im Album blättere, desto seltener werden diese Bilder. Das letzte Foto zeigt mich und meine Eltern am Bahnhof in Scharbeutz. Neben mir steht ein großer Koffer, und mein Gesichtsausdruck ist entschlossen. Nina ist damals nicht mitgekommen, um sich von mir zu verabschieden.

Ich klappe das Album zu und leere mein Glas. Zeit, zu duschen und ins Bett zu gehen.

Als ich am nächsten Morgen verschlafen in die Küche tapse, sitzt Hannah schon am Tisch und schaukelt mit den Beinen. Neben ihr liegen Schokoflakes auf dem Tisch verstreut, ebenso auf ihrer Hose und dem Fußboden.

»Ich hab schon mal Frühstück gemacht!«

»Das sehe ich.« Ich verkneife mir ein Grinsen und suche im Schrank nach dem Handfeger. »Wollen wir mal versuchen, den Rest der Cornflakes auch in deine Schüssel zu befördern?«

Während ich die Krümel beseitige und Kaffee aufsetze, warte ich darauf, Schritte von oben zu hören. Aber sie bleiben aus.

»Hast du heute schon was von deiner Mama gehört?«

»Nee«, antwortet meine Nichte mit einem Mund voll Cornflakes. »Ich glaube, die schläft noch.«

Entweder das, oder sie meidet meine Gesellschaft. Aber das kann ich Hannah schlecht sagen.

Nach dem Frühstück zieht Hannah sich fürs Fußballtraining um. Ihre Mannschaft veranstaltet die nächsten zwei Tage ein kleines Trainingscamp, und um zehn Uhr holt die Mutter einer Mannschaftskameradin sie ab.

»Hast du auch alles? Dein Wasser und die Banane? Wo ist deine Kappe? Und hast du dich eingecremt?«

»Jaaaaa.« Hannah rollt mit den Augen. »Du bist ja schon fast so schlimm wie Mama.«

Der Satz erfüllt mich mit einer unerwarteten Wärme. »Ich bin ja auch gerade ihre Vertretung.« Ich ziehe Hannah an mich und drücke ihr einen Kuss auf den Haarschopf. »Ganz viel Spaß, Große.«

Sie schlingt ihre Arme um meinen Bauch. »Dir auch.«

Sobald die Tür hinter ihr zufällt, ist es still im Haus. Es fühlt sich irgendwie falsch an. Auf der *Evrima* war es nie still. Die Wände auf dem Unterdeck waren dünn genug, dass ich jede Bewegung meiner Nachbarn gehört habe. Die meisten meiner Mitbewohnerinnen haben geschnarcht. Und selbst wenn ich ganz allein an Deck war, brummte unter mir der Motor des Schiffs. Die Stille hier macht mich nervös.

Ich gieße eine Tasse Kaffee für Nina in einen Thermobecher, falls sie doch noch runterkommen sollte, dann ziehe ich mich an meinen Schreibtisch zurück. Zuerst lade ich die Fotos auf meine Festplatte, die ich gestern in der Surfschule gemacht habe. An dem Bild mit den Mahnungen bleibe ich hängen. Es ist nicht einfach, darauf den Absender zu erkennen, aber als ich ganz nah heranzoome, erkenne ich unter anderem das Logo der Stadtwerke.

Hat Phillip vergessen, seine Stromrechnung zu bezahlen? Oder kann er es vielleicht nicht?

Wenn er in wirtschaftlichen Schwierigkeiten steckt, dann müsste er unser Angebot sofort annehmen. Aber wie passt das mit dem Bild des allseits beliebten Surflehrers zusammen, dessen Kurse immer voll sind? Hat er ein geheimes Laster? Spielsucht vielleicht? Drogen?

So komme ich jedenfalls nicht weiter. Meine nächste Surfstunde ist erst am Montag, aber so lange will ich nicht warten. Die Sonne scheint durchs Fenster auf meinen Schreibtisch und verspricht einen warmen Sommertag. Die perfekte Gelegenheit für einen Tag am Strand, bei dem ich ganz zufällig noch ein paar Informationen sammeln kann.

Ich schreibe Nina eine Nachricht, damit sie sich keine Sorgen macht, dann packe ich meine Sachen. Ein großes Strandtuch, meinen Sonnenhut und ein Buch aus meinem Bücherregal. Eine sommerliche Schmonzette, die ich mit sechzehn geliebt habe. Als Tarnung sollte das ausreichen. Der Badeanzug, den ich gestern getragen habe, ist noch nicht wieder trocken, also grabe ich so lange in meinem Kleiderschrank, bis ich einen alten Bikini wiederfinde. Er ist dunkelrot, ziemlich tief ausgeschnitten und zwei Nummern zu klein. Aber ich will mich ja nicht wirklich sonnen. Das hier ist quasi eine dienstliche Angelegenheit. Als Letztes schlüpfe ich in mein gelbes Sommerkleid und betrachte mich im Spiegel. Ich sehe aus wie eine typische Touristin. Sehr gut. Ich werfe als Letztes mein Notizbuch in die Tasche und mache mich auf den Weg zum Strand.

Es ist kurz nach elf, als ich die Promenade betrete. Dort ist schon ordentlich was los. Familien mit Kindern gehen spazieren, Hunde werden ausgeführt, Vorsaison-Touristen machen Fotos vom Meer. Es herrscht Urlaubsstimmung, die ansteckend ist. Ich treibe für eine Weile mit, genieße das Gefühl von Sonne auf meiner Haut und das Rauschen der Wellen, die sich am Strand brechen. Vor mir gehen zwei junge Frauen, jeweils einen Kaffeebecher in der Hand, die sich angeregt unterhalten. Der Anblick versetzt mir einen Stich.

Früher waren Nina und ich genauso. Wir hatten keine Geheimnisse voreinander, teilten im Kino unser Popcorn und verbrachten den Großteil unserer Freizeit zusammen. Ich hatte meine Surfstunden und Nina ihren Volleyballverein, aber ansonsten waren wir unzertrennlich. Sie war die Erste, der ich damals von meinen großen Träumen erzählt habe, Altensande zu verlassen und die Welt zu erobern. Dabei war das noch eine reine Fantasie, die ich mir niemals wirklich zugetraut hätte. Sie war für mich da, als Markus mich verlassen hat, einfach so, ohne Vorwarnung. Sie war meine beste Freundin, bis ich gegangen bin. In Hamburg habe ich versucht, unsere Beziehung weiter zu pflegen, wir haben telefoniert, ich habe sie zu mir eingeladen, aber etwas hatte sich verändert. Dann ging ich das erste Mal ins Ausland, und wir telefonierten seltener, und irgendwie sind wir jetzt hier gelandet. Zwei Schwestern, die sich nicht mehr richtig kennen und es nicht mal schaffen, darüber zu reden.

Ist es meine Schuld? Habe ich etwas falsch gemacht, mich zu wenig um sie gekümmert? Der Gedanke wiegt schwer auf mir. Auf der anderen Seite gehören immer zwei Menschen zu einer Beziehung. Nina hat sich auch zurückgezogen, sich immer seltener gemeldet. Von ihrer Trennung mit Jan habe ich zwei Wochen später von Mama erfahren. Mir ist klar, dass sie mich nach ihrem Unfall nur angerufen hat, weil ihr wirklich nichts anderes mehr eingefallen ist. Dabei war ich früher mal ganz oben in ihrer Kurzwahlliste. Ich richte meine Sonnenbrille und treffe einen Entschluss: Egal, was zwischen uns passiert ist, ich werde es wieder in Ordnung bringen.

Von dieser Entscheidung beflügelt, biege ich von der Promenade ab und betrete den Strand. Vor den meisten blau-weißen Strandkörben stehen Kühltaschen und Flip-Flops, und ich muss immer wieder Bögen um ausladende Sandburgen oder verteiltes Spielzeug machen. Langsam wandere ich an der Küstenlinie entlang, bis die Surfschule in Sichtweite kommt. Ich kann eine Gruppe Menschen in schwarzen Neoprenanzügen erkennen, die am Strand Hampelmänner machen. Je näher ich komme, desto mehr Details kann ich ausmachen. Phillip steht vor der Gruppe und bewegt Arme und Beine mühelos, während er spricht. Ich kann nicht hören, was er sagt, aber seinen Zuhörern scheint es zu gefallen, denn sie brechen alle in Gelächter aus. Ich bin mittlerweile nah genug, um zu sehen, dass seine heutige Klasse aus Kindern besteht, von denen ich das jüngste auf acht oder neun Jahre schätze. Etwa dreißig Meter vor der Surfschule halte ich an und breite mein Handtuch aus. So kann ich die Gruppe gut im Auge behalten, ohne selbst zu viel Aufmerksamkeit zu erregen. Ich ziehe mir das Kleid über den Kopf und lege mich hin, bevor irgendeiner der umstehenden Strandbesucher bemerkt, wie schlecht der Bikini mir passt. Der Sand unter mir ist angenehm warm, und für einen Moment liege ich einfach nur da und entspanne.

Wann habe ich eigentlich das letzte Mal Urlaub gemacht?

In Gedanken gehe ich die letzten Jahre durch, aber das Ergebnis ist ernüchternd. Abgesehen von langen Wochenenden hier und da, die ich meistens komplett im Bett verbracht habe, und meinen Aufenthalten in Altensande für zwei Beerdigungen kommt mir nichts in den Sinn. Nach meinem Uniabschluss habe ich eine Woche mit Freunden auf Mallorca verbracht und viel zu viel Alkohol getrunken. Aber das ist jetzt fast acht Jahre her. Kann das wirklich sein?

Bevor ich zu lange darüber nachdenken kann, krame ich mein Buch aus der Tasche und schlage es auf. Es fühlt sich an, als würde ich ein Portal in meine Vergangenheit öffnen. Als ich diesen Roman zum ersten Mal gelesen habe, war ich sechzehn Jahre alt, lag an diesem Strand und war unsterblich in Markus verliebt. Der romantische Held, der das schüchterne Mädchen aus seinem Schneckenhaus lockt und ihr die Welt zeigt, wird zwar als rothaarig und blauäugig beschrieben, aber ich habe mir trotzdem bei jeder Szene Markus vorgestellt. Mich in jeden Kuss hineingeträumt. Rückblickend muss ich mich doch sehr über meinen Geschmack wundern. Lautstarke Alpha-Männchen, die dem kleinen Mauerblümchen zeigen, wie das Leben funktioniert? Fand ich das damals wirklich romantisch? Ich schätze, wir machen mit sechzehn alle Fehler. Kopfschüttelnd klappe ich das Buch zu und schließe die Augen. Die warmen Sonnenstrahlen machen mich angenehm schläfrig. Der Wind trägt immer wieder einzelne Wortfetzen aus Richtung der Surfschule zu mir herüber.

»Genau, du machst … super.«

»Ist das mit dem … richtig so?«

»Kannst du mir helfen?«

»Klar, ich bleibe … ganze Zeit bei dir.«

Phillips Stimme erinnert mich an den Sand unter mir. Warm und fest und irgendwie grundsolide. Wie der Sand unter mir. Wie es sich wohl anfühlen würde, in seinen Armen zu liegen? Seine Lippen zu …

Erschrocken fahre ich hoch. »Was zur Hölle, Sandra?!«

Offenbar hat die Sonne mein Gehirn schneller gekocht, als ich dachte. Oder das Buch ist schuld. Ja, das wird es sein.

Phillip und seine Klasse haben zum Glück nichts von meinem Ausbruch mitbekommen. Sie schnappen sich gerade ihre Bretter und stürzen sich in die Ostsee. Die Surfschule bleibt verlassen zurück. Das ist meine Gelegenheit.

So unauffällig wie möglich stemme ich mich hoch und nähere mich dem Gebäude. Dabei suche ich nach Hinweisen darauf, dass doch noch jemand im Haus ist. Aber alles bleibt still. Nach einem letzten Blick auf die Surfer, die mittlerweile draußen bei der Bojenkette angekommen sind, steige ich die Verandastufen nach oben und betrete das Haus. Die Jalousien sind heruntergelassen, um die Innenräume kühl zu halten, deshalb dauert es ein paar Sekunden, bis meine Augen sich an das Dämmerlicht gewöhnt haben. Langsam schälen sich die Umrisse des Aufenthaltsraums aus dem Dunkeln heraus. Auf dem Tisch liegen Handys, Uhren und Brillenetuis, an den Stühlen hängen Sporttaschen und Turnbeutel. Ein knallpinker Beutel mit aufgesticktem Einhorn sticht mir besonders ins Auge. Hannah würde ihn lieben. Langsam wandere ich durch den Raum, lasse mir Zeit, jedes Detail in mich aufzunehmen. In der rechten Ecke des Aufenthaltsraums gibt es eine kleine Küchenzeile, in der offensichtlich jemand Frühstück gemacht hat. Auf der Arbeitsfläche sind Brotkrümel, es stehen noch zwei leere Tassen auf der Spüle und der Geruch nach kaltem Kaffee hängt in der Luft. Vielleicht hat Phillip mit seiner Freundin hier gefrühstückt? Schnell wende ich mich ab und gehe weiter. Hinter der Eingangstür entdecke ich ein schwarzes Brett, das ich gestern übersehen haben muss. Ganz oben hängt ein Stundenplan für alle Surfkurse, die gerade stattfinden. Darunter gibt es einen Anmelde-Zettel für ein Surfcamp mit Übernachtung, das Ende Juli stattfinden soll. Es sind schon fast alle Zeilen ausgefüllt. Außerdem entdecke ich ein Plakat für einen Surfwettbewerb in Eckernförde und jede Menge Angebote für Surfbretter, Neoprenanzüge oder Schwimmflossen, die neue Besitzer suchen. Dem Brett zufolge scheint es der Surfschule definitiv nicht an Kundschaft zu mangeln. Warum dann also diese Mahnungen?

Um das herauszufinden, muss ich noch mal ins Büro. Hoffentlich hat er die Unterlagen noch nicht weggeräumt. Ich wende mich vom schwarzen Brett ab und will gerade in den kleinen Flur abbiegen, als sich mir eine dunkle Gestalt in den Weg stellt.

»Was haben Sie hier zu suchen?«

Mein Herz setzt für einen Moment aus. Der Laut, der aus meinem Mund kommt, kann nur als panisches Quieken beschrieben werden. Dann tritt die Gestalt aus dem Schatten heraus und stellt sich als verschlafen dreinschauender Teenager in zu großen Klamotten heraus.

»Im Ernst, Mann, was wollen Sie hier?«

Zugegeben, ein ziemlich mürrisch aussehender Teenager.

»Ich habe … also, ich wollte nur … ich war gestern hier und da …«

»Sandra? Was machst du denn hier?«

Ich wirbele herum. Im Türrahmen der Surfschule steht Phillip. Er ist offensichtlich gerade aus dem Wasser gekommen, denn unter seinen Füßen bildet sich bereits eine kleine Pfütze und er sieht ziemlich überrascht aus.

»Ich habe nur … meinen Badeanzug verloren. Ich dachte, ich hätte ihn vielleicht gestern hier vergessen?« Sobald ich es laut ausspreche, fällt mir auf, dass ich nur einen schlecht sitzenden Bikini trage und verschränke möglichst unauffällig die Arme vor der Brust. Aber Phillip scheint das nicht zu bemerken. Mit einer knappen Geste winkt er mich durch den Raum zu einem Schrank neben dem schwarzen

Brett. »Hier drüben ist unsere Fundkiste. Wenn dein Badeanzug noch hier ist, dann werden wir ihn da drin finden.«

»Ah, super.«

Ich stelle mich neben ihn und beginne, alibimäßig Badehosen und Handtücher zu durchwühlen. Unsere Schultern streifen sich, und ich zucke zurück, als der kalte Stoff seines nassen Neos meine warme Haut berührt.

»Sorry.«

»Gar kein Problem.«

»Dein Badeanzug war blau, richtig? Mit so einem roten Streifen an der Seite?«

Offenbar hat er genauer hingesehen, als ich gedacht habe.

»Gut beobachtet.«

Phillip verschwindet fast mit dem Kopf in der Schublade, aber ich bilde mir ein, dass ich ihn erröten sehe.

Interessant.

Bevor ich noch etwas sage, was ich bereue, trete ich einen Schritt zurück. »Sieht so aus, als wäre er doch nicht hier. Ich muss noch mal im Waschkeller nachsehen.«

»Okay, kein Problem.« Phillip schließt den Schrank wieder. Für eine Sekunde stehen wir etwas unentschlossen voreinander. Dann scheint er sich daran zu erinnern, wieso er eigentlich reingekommen ist.

»Thommy, ich könnte da draußen ein bisschen Hilfe gebrauchen. Emma und Mohammed brauchen jemanden, der sie im Zaum hält, während ich mich um den Rest kümmere.«

Der mürrisch aussehende Teenager ist mit einem Mal wie ausgewechselt. »Kein Problem, Boss. Bin schon auf dem Weg.« Er grinst und verschwindet in Richtung Umkleide.

Phillip fährt sich mit der Hand durch die Haare, die immer noch tropfen.

»Ich muss auch wieder raus zu den Kids.«

»Klar. Sicher.« Ich trete von einem Fuß auf den anderen, suche nach einem Vorwand, um noch etwas mehr aus ihm herauszukitzeln. Schließlich gebe ich mir einen Ruck und setze mein freundlichstes Lächeln auf: »Aber wenn du nachher noch ein bisschen Zeit hast, könnten wir vielleicht einen Kaffee trinken?«

Er runzelt die Stirn, und ich füge eilig hinzu: »Sozusagen als Entschädigung für meinen Anschlag auf dem Parkplatz?«

Eine ganze Reihe von Emotionen flackert über sein Gesicht, aber sie sind zu schnell wieder verschwunden, um sie einordnen zu können. Schließlich sagt er: »Klar. Wieso nicht?« Damit schiebt er sich an mir vorbei und joggt zurück in Richtung Wasser. Ich lasse mein Lächeln fallen.

Jetzt noch mal beim Schnüffeln erwischt zu werden könnte ich schlecht erklären, also schlendere ich zurück zu meinem Handtuch und ziehe mein Kleid wieder über. Dann lasse ich mich auf den Stufen der Veranda nieder und beobachte die Kinder auf ihren Surfboards. Sie sind deutlich besser als wir gestern Abend, so viel steht fest. Die meisten schaffen es ohne Probleme, auf ihrem Board aufzustehen und das Gleichgewicht zu halten. Erst wenn sie sich an Drehungen oder Stellungswechseln versuchen, landen sie im Wasser. Es gibt aber auch ein paar, die etwas zögerlicher sind, eine Welle nach der anderen vorbeiziehen lassen. Bei ihnen entdecke ich Phillip wieder, der auf seinem Board sitzt und mit einem kleinen Mädchen redet. Sie starrt mit großen Augen auf die Wellen und klammert sich an ihrem Brett fest. Phillip spricht einfach weiter, wedelt dabei wild mit den Händen, bis das Mädchen anfängt zu lachen. Dann paddelt sie zielstrebig los. Ich verliere sie aus den Augen, als der Junge, den Phillip eben Thommy genannt hat, an mir vorbeiläuft, ein rotes Board unter dem Arm. Mit einem Jauchzen stürzt er sich in die Wellen und paddelt nach draußen. Als alle Surfer aus dem Wasser kommen, stelle ich überrascht fest, dass schon eine Stunde vergangen ist. Die Kinder sind immer noch aufgekratzt, als sie an der Surfschule ankommen. Sie reden über die besten Wellen und die lustigsten Stürze und wer am längsten auf seinem Board gestanden hat. Phillip hilft der Jüngsten dabei, ihr Board zu tragen. Dann verteilt er Eimer und Lappen, und alle beginnen, das Salzwasser von ihren Surfbrettern zu wischen.

»Sandra, kannst du einmal hinter der Tür gucken? Da müsste irgendwo eine Kiste Wasser stehen.«

Ich springe auf. »Klar, kein Problem.«

Hinter der Eingangstür finde ich tatsächlich eine große Kiste mit Wasserflaschen. Da alle Flaschen voll sind, ist sie deutlich schwerer, als ich dachte. Sobald er mich die Treppe herunterwanken sieht, springt Phillip auf und fasst an die andere Seite der Kiste.

»Super, danke dir. So Leute, jetzt gibt's auf das ganze Salzwasser erst mal ein bisschen was Richtiges zu trinken.«

Er fängt an, Flaschen an die Kinder zu verteilen, die sich auf das Wasser stürzen, als wären sie tagelang durch die Wüste gewandert. Weil ich sowieso schon neben der Kiste stehe, helfe ich dabei und protestiere nur halbherzig, als Phillip mir auch eine Wasserflasche in die Hand drückt.

»Als Dankeschön fürs Tragen helfen.«

Neben mir versucht ein Mädchen, ihr Board umzudrehen, um es auch von unten abzuwischen, scheitert aber am Gewicht.

»Warte, ich helfe dir.« Ich fasse mit an, und zusammen drehen wir das Brett auf die andere Seite.

»Danke!« Sie lächelt schüchtern, wobei eine Zahnspange zum Vorschein kommt. Bevor ich weiß, wie mir geschieht, sitze ich im Kreis der Kinder im Sand und wische Surfbretter ab. Das Mädchen mit der Zahnspange heißt Sarah und sobald sie einmal aufgetaut ist, redet sie wie ein Wasserfall. Sie erzählt mir von ihrem Lieblingsfach in der Schule (Kunst), ihrem Hamster (Leopold, aber alle nennen ihn Leo) und ihrer besten Freundin Lina, die heute nicht zum Surfen kommen konnte, weil sie ihrem Papa beim Fahrradverleih helfen will.

»Sinemus' Fahrradwerkstatt? Ich wusste gar nicht, dass Herr Sinemus eine Tochter hat.«

»Doch, natürlich! Die Lina eben«, sagt Sarah und sieht mich entrüstet an, als hätte ich gerade eine unverzeihliche Wissenslücke offenbart.

»Sie will später auch Fahrradverleiherin werden im Laden von ihrem Papa, deshalb muss sie jetzt schon mal üben.«

»Ah«, antworte ich schwach. »Das klingt schön.«

Auch wenn es in Altensande wohl nicht möglich sein wird. An der Stelle, wo jetzt noch Sinemus' Fahrradverleih ist, wird bald ein Sterne-Restaurant eröffnen.

Sarah plappert fröhlich weiter, aber ich höre ihr nicht mehr richtig zu. Vor meinem inneren Auge sehe ich Herrn Sinemus, wie er seiner Tochter erklärt, dass er den Fahrradverleih verkaufen wird. Der Gedanke versetzt mir einen unerwarteten Stich. Bevor ich weiter darüber nachdenken kann, klatscht Phillip in die Hände.

»Ich denke, das reicht für heute. Ab in die Garage mit den Boards und unter die Dusche mit euch.«

Die Kinder springen auf und schnappen sich ihre Surfboards. Ich helfe Sarah dabei, ihr Brett wieder sicher in der Garage zu verstauen, dann verschwindet sie mit den anderen ins Innere des Gebäudes, um sich umzuziehen.

»Danke fürs Helfen.« Phillip taucht wie aus dem Nichts neben mir auf. Ich kann geradezu sehen, wie er sich einen Ruck gibt weiterzusprechen. »Das war wirklich nett von dir.«

Ich winke ab. »Unsinn. Ich stand ja sowieso herum, da konnte ich auch eben mit anfassen.«

Arrogant und abweisend war er mir lieber. Seine Dankbarkeit ist mir unangenehm, schließlich hat er keine Ahnung, warum ich eigentlich hier bin. Für einen Moment habe ich das selbst aus den Augen verloren, aber damit ist jetzt Schluss. Es wird Zeit, dass ich mich wieder auf den Grund meines Besuchs konzentriere: Betriebsspionage.

»Bleibt dir noch Zeit für einen Kaffee?«, frage ich.

»Sicher. Ich habe nur gleich im Anschluss wieder eine Stunde, deshalb kann ich nicht weg. Aber wir können uns hier Kaffee machen?«

Umso besser. »Das wäre super!«

Ich folge ihm nach drinnen und lasse mir zeigen, wo Kaffeefilter und Pulver stehen. Während ich die Maschine starte, höre ich die Surfschüler in der Umkleide reden und lachen. Wem von ihnen wohl der Einhorn-Turnbeutel gehört? Vielleicht ja Sarah?

In dem Moment, in dem die Maschine durchgelaufen ist, taucht Phillip wieder im Aufenthaltsraum auf. Seine Haare stehen wild in alle Richtungen ab, als hätte er sie eilig mit einem Handtuch trockengerubbelt. Anstelle seines Neoprenanzugs trägt er rote Badeshorts und ein weißes T-Shirt, unter dem sich muskulöse Oberarme abzeichnen. Ich wende den Blick ab und suche im Küchenschrank nach zwei sauberen Tassen.

Phillip öffnet in der Zeit den Kühlschrank. »Möchtest du Milch oder Zucker?«

»Gerne beides.«

»Kein Problem.«

Sobald unsere Tassen voll sind, führt er mich nach draußen zu dem kleinen Tisch auf der Veranda, neben dem zwei Holzstühle stehen. Obwohl sie wackelig aussehen, sind sie erstaunlich bequem. Mit einem zufriedenen Seufzen nimmt er den ersten Schluck Kaffee und lehnt sich in seinem Stuhl zurück. Es ist das erste Mal, dass ich ihn vollkommen entspannt sehe.

»Ich muss zugeben, mit dieser Aussicht können die meisten Jobs nicht mithalten«, sage ich vorsichtig.

»Stimmt.« Er nickt. »Manchmal kann ich es selbst kaum glauben, dass ich mein Hobby zum Beruf gemacht habe.«

»Mit anderen Worten, du lebst den Traum.«

»Mehr oder weniger. Natürlich ist nicht alles traumhaft …« Er fährt sich mit der Hand durch die Haare, und kleine Wassertropfen fallen auf sein T-Shirt. »Aber meistens stimmt das schon.«

Etwas sagt mir, dass ich hier auf der richtigen Spur bin. Ich lehne mich nach vorne: »Was meinst du? Was könnte an einem Ort wie diesem nicht traumhaft sein?«

Er schüttelt den Kopf. »Ach, das ist nicht so wichtig. Andere Frage: Was führt dich nach Altensande? Außer natürlich, unschuldige Passanten zu gefährden.« Da ist ein Funkeln in seinen Augen, das andeutet, dass er mich bloß ärgern will.

»Wer weiß?«, antworte ich leichthin. »Vielleicht ist das ja meine einzige Daseinsberechtigung hier.«

»Irgendwie bezweifle ich das.«

Gestern den Rest meines Surfkurses anzuschwindeln fiel mir überraschend leicht. Auf Phillips Terrasse zu sitzen, seinen Kaffee zu trinken und ihm ins Gesicht zu lügen ist allerdings eine andere Sache. Ich zwinge mich zu einem Lächeln und rezitiere die Zeilen, die ich mir für diesen Moment zurechtgelegt habe. »Na ja, ich brauchte einfach mal eine Auszeit. Ich habe einen ziemlich stressigen Job, viel Organisation, Management, sowas. Und da musste ich einfach mal raus.« Das ist immerhin nicht komplett gelogen.

»Du machst also ein Sabbatical?«

»Sowas in der Art.« Ich weiche seinem Blick aus, schaue stattdessen über den Strand, an dem zwei Möwen gerade um eine Eiswaffel kämpfen.

»Aber warum dann Altensande? Geht man für sowas nicht normalerweise nach Thailand oder Australien?«

»Wer sagt, dass ich das nicht auch noch vorhabe? Aber

ganz im Ernst, es war die erste Ausfahrt Richtung Meer, an der ich vorbeigekommen bin. Also habe ich beschlossen, ein paar Wochen zu bleiben, um den nächsten Schritt zu planen.«

»Das klingt vernünftig.«

»Sprichst du da aus Erfahrung? Hast du auch mal ein Sabbatical gemacht?«

Er nimmt noch einen Schluck Kaffee, bevor er antwortet. »Sowas in der Art. Nur dass ich tatsächlich in Australien war. Und in Vietnam, Thailand, Indonesien.«

Damit habe ich nicht gerechnet. Meine Überraschung ist mir offensichtlich anzusehen, denn er schmunzelt. »Was? Hättest du nicht gedacht, dass so ein Provinz-Heini wie ich auch schon etwas von der Welt gesehen hat?«

»Pff, Quatsch.« Ich winke ab, dabei ist diese Vermutung näher an der Wahrheit, als mir lieb ist.

»Was hast du auf deiner Reise gemacht?«

»Alles Mögliche. Ich habe gekellnert, in Bars gejobbt, Hunde ausgeführt, als Tourguide gearbeitet und auf Kinder aufgepasst. Irgendwann bin ich in Australien gelandet. Eigentlich wollte ich dort als Farmarbeiter anheuern, aber dann habe ich am Strand von Sydney meine erste Surfstunde genommen. Damit war es um mich geschehen.«

»Du warst schon mal in Sydney?«

Sofort liegen mir Dutzende weiterer Fragen auf der Zunge. Wo in Sydney hat er gewohnt? Hat er auch mal in der *Opera Bar* gesessen? Ist er an einem Samstag über den Glebe Market geschlendert oder hat einen Abend im *Moonlight Cinema* im Centennial Park verbracht? Aber ich kann nicht riskieren, dass meine Tarnung auffliegt, also schlucke ich diese Fragen herunter.

»Du etwa auch?«

»Ich? Nein. Aber … irgendwann vielleicht.« Die Lüge geht mir nur schwer über die Zunge. »Zurück zu deiner Geschichte. Nach dieser ersten Stunde bist du dann beim Surfen geblieben?«

»Nicht sofort. Ich habe ein Jahr lang Surfstunden genommen, bevor mein Lehrer mir eine Aushilfsstelle angeboten hat. Es hat noch ein weiteres Jahr gedauert, bis ich meine eigene Trainerlizenz hatte.«

»Das ist wirklich beeindruckend!«

Er fährt sich mit der Hand durch die Haare, wirkt beinahe etwas verlegen. »Es war vor allem meine große Leidenschaft. Deshalb hat es sich kaum nach Arbeit angefühlt. Jeden Tag am Strand, in den Wellen, mit den unterschiedlichsten Menschen.«

»Und dann bist du hierher zurückgekommen?!« Es gelingt mir nicht, meine Skepsis zu verbergen. Phillip lacht. »Das haben mich meine Kollegen auch gefragt. Aber mein Vater hat mich um Hilfe gebeten. Und Wellen sind Wellen, oder nicht?«

»Ich schätze schon.« Nachdenklich nehme ich selbst einen Schluck Kaffee. Er ist bitter und belebend. »Vermisst du es manchmal? Also Sydney, die Welt da draußen?«

»Ehrlich gesagt nicht.« Er zuckt mit den Schultern. »Es war eine tolle Zeit, und ich habe sehr viel gelernt. Aber jetzt ist mein Leben hier, und es gefällt mir.«

»Trotz der …«, ich zögere kurz, suche nach den richtigen Worten, »manchmal nicht so traumhaften Teile?«

Sein Gesicht verschließt sich. »Trotz allem.«

Es ist klar, dass ich gerade nicht mehr aus ihm herauskriegen werde, ohne ihn misstrauisch zu machen, also belasse ich es dabei. Für einen Moment schauen wir schweigend aufs Meer, das heute wesentlich wilder ist als gestern. Auflandiger Wind treibt Wellen an den Strand, die funkelnde Schaumkronen tragen. Es ist das perfekte Wetter zum Surfen.

Als hätte er meine Gedanken gelesen, taucht Thommy im Türrahmen auf. »Ich gehe noch mal raus, Boss, ist das okay?«

»Kein Problem. Aber bleib innerhalb der Bojen, okay?«

Er deutet einen Salut an, dann trabt er mit einem Board unter dem Arm in Richtung Brandung.

Ich verfolge mit den Augen seinen Weg, bis er im Wasser ankommt und sich mit Schwung auf sein Brett wirft. »Und das ist dein …?«

»Das ist Thommy. Wir sind nicht verwandt, falls du das meinst«, sagt Phillip knapp.

»Also hat er hier einen Schülerjob?«

»So in etwa.«

Er wendet sich ab und richtet den Blick auf Thommy, der gerade die erste Welle nimmt. Ich glaube nicht, dass er mir die ganze Wahrheit gesagt hat. Eigentlich müsste es mich auch gar nicht interessieren, welches Arrangement Phillip mit seinem Assistenten hat. Schließlich hat das nichts mit dem Deal zu tun, den ich ihm vorschlagen will. Aber irgendetwas an diesem Mann weckt eine bisher nicht gekannte Neugier in mir. Je mehr Zeit ich in seiner Gegenwart verbringe, desto mehr Fragezeichen tauchen in meinem Kopf auf. Ich zwinge meine Gedanken zur Ruhe. »Dann nehme ich mal an, dass der Laden gut läuft? Hier scheint ja ordentlich was los zu sein.«

»Ich komme zurecht. Kann nicht klagen.« Er steht auf und klatscht geschäftig in die Hände. »Ich fürchte, ich muss jetzt auch weiter. In einer halben Stunde beginnt der nächste Kurs, und ich habe bis dahin noch ein bisschen Papierkram zu erledigen.«

»Natürlich.« Ich erhebe mich ebenfalls. »Vielen Dank für den Kaffee!«

»Gerne.« Er nimmt mir die leere Tasse ab. »Ich hoffe, du findest deinen Badeanzug noch. Wir sehen uns dann am Montag?«

»Auf jeden Fall.«

Und damit stehe ich allein draußen vor der Tür der Surfschule. Mit wenig Antworten und Dutzenden neuen Fragen.

Kapitel 13

Den Sonntag verbringe ich mit Hannah, wobei wir mehrfach zwischen der Schaukel im Garten, dem Spielplatz in der Stadt und der Couch vor dem Fernseher wechseln. Nina bleibt den ganzen Tag ungewöhnlich ruhig, redet nur, wenn man sie direkt anspricht und verschläft den halben Nachmittag. Ich traue mich nicht, sie noch mal zu fragen, ob alles okay ist. Aber wenn das so weitergeht, rufe ich bei ihrer Ärztin an und bitte sie um stärkere Schmerztabletten. Egal, wie sehr sie protestiert.

Als ich am Montagmorgen verschlafen in die Küche schlurfe, klingelt mein Handy. Das Geräusch schallt durch die leere Küche, und die Nummer von Clarice Biles leuchtet auf dem Display auf. Mit einem Schlag bin ich hellwach. Bisher hat sie sich auf E-Mails beschränkt, in denen sie mich in zunehmend scharfen Formulierungen dazu aufgefordert hat, meinen Aufenthalt in Deutschland zu verkürzen. Dass sie anruft, ist neu.

Ich starre das Telefon an wie ein Reh, das sich auf die Autobahn verirrt hat. Irgendwann geht der Anruf an meine Mailbox. Ich nehme einen tiefen Atemzug und stecke das Handy zurück in meine Hosentasche. Das Klingeln fängt wieder an.

»Scheiße!«

Zum Glück ist Hannah gerade noch dabei, sich aus ihrer Bettdecke zu wickeln. Bevor sie runterkommt, bleiben mir erfahrungsgemäß noch ungefähr sieben Minuten.

Zähneknirschend nehme ich ab. »Guten Morgen, Clarice.«

Ich setze ein professionelles Lächeln auf, obwohl sie mich nicht sehen kann. Ich habe mal gehört, manche Menschen können einem den Gesichtsausdruck an der Stimme anhören. Wenn das stimmt, dann ist Clarice definitiv so ein Mensch.

»Sandra. Gut, dass ich dich endlich erreiche.« Sie klingt gestresst. Aber das ist nicht ungewöhnlich, Clarice ist immer gestresst, wie so ziemlich jeder an Bord.

»Wir haben hier akuten Personalmangel. Aktuell gibt es nur zwei Hotelmanager an Board. Rebecca ist ausgefallen, weil sie sich auf den Cayman Islands den Fuß gebrochen hat, und Raul hat gekündigt.«

»Gekündigt?«, frage ich mit gespielter Überraschung. »Wieso das denn?«

Raul hat schon seit Monaten überlegt, den Job hinzuwerfen, weil er »wieder ein Leben« haben wollte, wie er es ausdrückte. Aber das muss Clarice ja nicht wissen.

»Tut nichts zur Sache. Der Punkt ist, wir brauchen dich hier. So schnell wie möglich.«

Ich schlucke. »Du weißt, ich würde gern helfen, aber …«

»Und bisher konnte ich mich immer auf dich verlassen.« Clarices Stimme wird schärfer.

Hinter mir sind Schritte zu hören. Ich drehe mich in Richtung Fenster und senke die Stimme. »Das kannst du immer noch. Das verspreche ich dir. Aber ich habe doch gesagt, meine Schwester ist krank, sie braucht mich hier ...«

»Und wir brauchen dich auf der *Evrima.*«

Ich beiße mir auf die Unterlippe. Dieses Gespräch läuft in etwa so gut, wie ich befürchtet habe.

»Das verstehe ich, aber ...«

»Es wäre auch in deinem Interesse, deine Arbeit so schnell wie möglich wieder aufzunehmen. Deine Karriere würde es dir danken. Und du hast ja noch einiges vor, wenn ich mich richtig erinnere.«

Das ist eine Drohung, und wir wissen es beide. Mir wird heiß und kalt gleichzeitig.

»Okay.« Ich überschlage im Kopf, wie schnell ich die Investoren für Herrn Zylinskis Projekt organisieren und Nina wieder halbwegs auf die Füße kriegen kann. Das wird verdammt eng.

»Ich kann zwei Wochen streichen. Kein Problem. Dann bin ich am 28. Juli wieder da.«

Seiten rascheln, dann höre ich Finger auf einer Tastatur tippen. »Okay. Habe ich mir notiert. Bis zum 28., ciao.«

»In Ordnung«, presse ich hervor, dann drücke ich das Gespräch weg und lehne mich mit dem Rücken an den Kühlschrank.

Aus den Augenwinkeln sehe ich eine Bewegung und zucke zusammen. Nina steht im Türrahmen, stützt sich mit der gesunden Hand an der Klinke ab.

»Hey«, sage ich überrumpelt. »Ich hab dich gar nicht kommen hören.«

Sie hüpft auf einem Fuß an mir vorbei und schaltet die

Kaffeemaschine an. »Lass dich von mir nicht bei deiner Arbeit stören.«

Bevor ich etwas erwidern kann, ruft Hannah von oben.

»Ich gehe.«

»Nicht nötig«, fährt Nina mir dazwischen. »Ich mache das schon.«

»Oookay.« Wortlos sehe ich ihr nach, wie sie sich Stufe für Stufe die Treppe nach oben quält und frage mich, ob ich gerade einen Fehler gemacht habe.

»Wie viel genau würde denn nun für uns dabei rausspringen?« Frau Rütgers verschränkt die Arme vor der Brust.

»Falls wir verkaufen«, wirft ihr Mann ein. »Das steht ja schließlich noch nicht fest.«

Die beiden standen um neun Uhr pünktlich vor der Tür zum Tourismusbüro, um über »die Perspektiven für ihr Unternehmen« zu sprechen, wie Frau Rütgers es ausgedrückt hat. Sobald ich sie in den Besprechungsraum geführt und zwei frischgebrühte Tassen Kaffee vor ihnen hingestellt habe, geht es ans Eingemachte. Ich setze mein diplomatischstes Lächeln auf. »Wir sind im Moment noch in den Verhandlungen mit möglichen Investoren. Erst danach kann ich Ihnen eine genaue Summe nennen. Sie können aber von einem Betrag im sechsstelligen Bereich ausgehen.«

Frau Rütgers Augen weiten sich. Ich nutze meine Chance und fahre fort: »Das wird Ihnen direkt nach der Unterzeichnung des Vertrags überwiesen. Danach müssen Sie sich um nichts mehr kümmern und können noch mal einen Neustart wagen.«

»Sie meinen, einen anderen Ort für den Campingplatz finden?« Sie zückt ihr Notizbuch.

Mein Lächeln verkrampft sich. »Zum Beispiel. Allerdings wäre das in Altensande nicht mehr möglich.«

»Wie darf ich das verstehen?« Herr Rütgers stellt seine Tasse ruckartig ab. »Hier gibt es seit 1961 einen Campingplatz.«

»Eben. Das Ziel dieses Projekts ist es ja, Altensande zu modernisieren, neue Potenziale freizulegen. Uns weiterzuentwickeln.« Das sind Herr Zylinskis Worte, nicht meine. Aber er war sehr nachdrücklich, was den Campingplatz angeht: Zwanzig Jahre alte Wohnwagen und windschiefe Zelte passen nicht zu einer Luxus-Destination.

»Und was genau wollen Sie da entwickeln?«, hakt Herr Rütgers nach. »Auf unserem Grundstück?«

»Gut, dass Sie fragen.« Ich ziehe eine Schublade auf und hole die Hochglanzbroschüren mit Modellzeichnungen hervor, die ich für die Investoren vorbereitet habe. »Der Plan sieht vor, aus dem jetzigen Campingplatz ein Ferienressort mit exklusivem Strandzugang zu machen.« Die beiden blättern durch die Broschüren. Die Falten auf seiner Stirn werden mit jeder Seite tiefer. »So soll das dann aussehen? Ein Luxusschuppen für die oberen Zehntausend?«

Seine Frau stößt ihm den Ellenbogen in die Seite. »Was interessiert es uns? Verkauft ist verkauft, oder nicht?«

»Noch weiß ich ja gar nicht, ob ich verkaufen will.« Er schiebt mir die Broschüre wieder über den Tisch zurück. »Außerdem wird das hier sowieso nicht funktionieren.«

»Und wieso nicht?«, frage ich.

»Wenn Sie hier einen Strandzugang bauen wollen, dann

muss die Surfschule vom alten Fritz weg. Da wird sein Junge niemals zustimmen.«

Ich muss mich zusammenzureißen, um nicht mit den Augen zu rollen.

Der Junge. Bin ich denn nirgendwo vor ihm sicher?

»Das lassen Sie mal unsere Sorge sein«, antworte ich. »Wir sind bereits in Gesprächen mit Herrn Sommer.« Auch wenn diese Gespräche sich bisher hauptsächlich um die richtige Surftechnik gedreht haben. Aber ich bin ja auch erst am Anfang.

Herr Rütgers schnaubt amüsiert und erntet dafür einen weiteren Ellenbogen von seiner Frau.

»Wir bedanken uns für Ihre Zeit und werden uns zeitnah bei Ihnen melden«, sagt sie, bevor sie sich erhebt. »Kommst du, Bernhard?«

Der Angesprochene nimmt seinen Hut von der Stuhllehne und deutet eine Verbeugung an, bevor er seiner Gattin folgt. Noch bevor die Tür sich hinter ihnen schließt, beginnen sie zu diskutieren.

»Ein Luxusressort? Wirklich, Minna?«

»Hast du dir mal unsere Zahlen angesehen? Wir könnten das Geld wirklich gebrauchen.«

»Das heißt doch aber nicht …«

Ihre Stimmen werden leiser, dann schlägt die Tür zum Treppenhaus zu und es ist still.

Ich atme langsam aus und lehne mich in meinem Stuhl zurück. Immerhin war das Gespräch kein komplettes Desaster. Zumindest sie ist eindeutig interessiert. Immerhin eine Person, die ein gutes Angebot erkennt, wenn sie es sieht. Damit bleiben nur noch zwanzig andere Geschäftsleute, die mich vermutlich kein zweites Mal auf einen Tee hereinbitten werden. Und ich habe Dank Clarice Biles nur noch knapp vier Wochen Zeit, um ihre Meinung zu ändern.

Es ist Zeit für eine weitere Tasse Kaffee.

Bis ich es aus dem Büro rausschaffe, ist es kurz nach vier. Zum Glück kann Hannah bei einer Freundin zum Fußballtraining mitfahren, sonst wäre ich niemals rechtzeitig fertig geworden. Am liebsten würde ich mich nach den letzten Tagen einfach auf dem Sofa zusammenrollen. Das Wetter passt zu meiner Stimmung. Es ist grau und windig, und Regen liegt in der Luft. Aber wir haben kaum noch Milch, die Nudeln sind aus und ich habe gestern Abend die letzte Tiefkühlpizza in den Ofen geschoben. Es wird dringend Zeit, einkaufen zu gehen. Für einen Moment denke ich darüber nach, zurück nach Hause zu laufen und den Wagen zu holen, um den Supermarkt im Nachbardorf anzusteuern. Aber dafür bin ich heute Abend einfach zu müde. Also mache ich mich mit hochgezogenen Schultern und gesenktem Blick auf den Weg zu Markus' Supermarkt. Die Gänge sind leer, und nachdem ich die ersten Lebensmittel in meinen Einkaufswagen werfen konnte, ohne meinem Ex zu begegnen, beginne ich mich zu entspannen. Milch, Eier, Toast, Nudeln, Käse und Tomaten folgen, während ich im Kopf durchgehe, was ich für eine riesige Portion Spaghetti Bolognese brauche. Das war früher Ninas Lieblingsessen. Ich hoffe, zumindest das hat sich in den letzten Jahren nicht geändert. Während ich an der Fleischtheke warte, werde ich von einer Bewegung in meinem Augenwinkel abgelenkt.

Der Junge aus der Surfschule, Phillips Assistent, verschwindet gerade hinter der nächsten Ecke, als ich mich umdrehe. Er trägt Shorts und einen weiten Hoodie, der besser in den Dezember gepasst hätte. Kurzerhand verlasse ich die Schlange und folge ihm. Vielleicht kann ich aus ihm noch ein paar Infos über seinen Chef herausbekommen. Er schlendert durch die Reihen, einen alten Jutebeutel über der Schulter und offensichtlich auf der Suche nach etwas. Was auch immer es ist, er findet es weder bei den Haushaltsgegenständen noch bei den Dosensuppen und bewegt sich weiter in Richtung Süßwarenabteilung. Bei unserer ersten Begegnung war er mir gegenüber eher misstrauisch und abweisend. Wenn ich will, dass er überhaupt mit mir spricht, muss ich es also klug anstellen. Langsam betrete ich den Gang und wandere betont lässig am Regal entlang auf ihn zu. Immer, wenn er sich umdreht, wende ich mich ab, studiere die Auslage. Nach außen hin sieht es so aus, als könnte ich mich nicht zwischen Zartbitter und Sahnekaramell-Schokolade entscheiden, aber aus den Augenwinkeln beobachte ich ihn ganz genau. Uns trennen noch zwei Meter, etwa vier Schritte, nach denen ich so tun kann, als würden wir uns rein zufällig über den Weg laufen. Noch drei Schritte …

Der Junge nimmt eine teure Packung Pralinen aus dem Regal und zögert für eine Sekunde. Dann lässt er sie unter seinem Hoodie verschwinden und wirft eine Tafel billiger Zartbitterschokolade in seine Tasche.

Er dreht sich um und steuert auf das Ende des Gangs zu. Ich gebe mein Versteckspiel auf und fasse ihn an der Schulter. »Hey! Bist du verrückt? An der Ausgangstür sind Sensoren!«

Der Junge wirbelt herum. Als er mich erkennt, weiten sich seine Augen. »Was machen Sie denn hier?«

»Das Gleiche könnte ich dich fragen«, zische ich. »Immerhin bin ich nicht hier, um zu klauen.«

Er wirft einen schnellen Blick über seine Schulter, aber wir sind allein vor den Schokoladentafeln. »In der Tür sind keine Sensoren, okay? Die sind schon vor zwei Jahren kaputt gegangen, und Markus hat sie nie ausgetauscht. Vertrauensvorschuss.«

»Das war wohl ein Fehler.« Ich verschränke die Hände vor der Brust.

»Die sind nicht für mich, okay!«

»Als ob es das besser macht.«

Er beißt sich auf die Lippen, schaut sich noch einmal um. »Na gut. Dann los, machen Sie schon.«

»Was? Wovon redest du?«

»Verraten Sie mich. Rufen Sie die Polizei, was auch immer. Aber dann machen Sie!«

Ich betrachte den Jungen vor mir. Seine Arme sind trotzig vor der Brust verschränkt, unter der sich die Pralinenschachtel verbirgt, aber in seinen Augen schimmert Panik.

»Ich mache dir einen anderen Vorschlag: Du gibst mir die Packung Pralinen, und ich bezahle sie dir.«

Er mustert mich misstrauisch. »Wieso sollten Sie das tun?«

»Weil ich dir helfen will.«

»Klar. Aber was springt für Sie dabei raus?«

»Ein reines Gewissen?«

Er schnaubt. Beißt sich auf die Unterlippe. »Das ist alles?«

»Das ist alles. Versprochen.«

Wie in Zeitlupe zieht er die Schachtel Pralinen unter seinem Hoodie hervor und hält sie mir hin. Ich werfe ihm ein aufmunterndes Lächeln zu, aber er weicht meinem Blick aus, starrt auf seine durchgelaufenen Turnschuhe. Mein Instinkt sagt mir, dass er kurz davor ist, einfach die Flucht zu ergreifen, also beschließe ich, heute vegetarische Spaghetti zu kochen und mache mich direkt auf den Weg zur Kasse. Er steht hinter mir, beobachtet mich genau, als ich die Waren aufs Band lege, meine Karte aus dem Portemonnaie krame, bezahle. Seine Schultern sind hochgezogen, sein Blick wandert immer wieder zum Ausgang, als rechne er damit, dass ich es mir im letzten Moment anders überlege und ihn doch noch verrate. Wir verlassen zusammen den Laden und gehen bis auf den Parkplatz, die Eingangstür außer Sichtweite. Dort überreiche ich ihm die Schachtel Pralinen.

»Hier, bitte.«

Er nimmt sie, klemmt sie sich unter den Arm. »Danke. Das war ... also, ich meine ...« Er tritt von einem Fuß auf den anderen. »Das war cool von Ihnen.«

»Sandra.«

Ich halte ihm die Hand hin. Er zögert einen Moment, bevor er sie ergreift. »Thomas. Aber alle nennen mich Thommy.«

»Freut mich.«

Er lässt meine Hand los und wirft einen Blick auf seine Armbanduhr. Was er sieht, scheint ihm zu gefallen. »Perfekt. Komm mit, Sandra.«

»Was? Wohin?«

Er ist schon losgelaufen, also bleibt mir nichts anderes

übrig, als ihm zu folgen. Er biegt neben dem Supermarkt rechts in eine Seitengasse ab und führt mich an kleinen Gärten und Buchsbaumhecken vorbei, bis wir an einer Tür mit der Aufschrift »Hinterausgang« stehen bleiben. Thommy klopft an der Tür.

»Was … machen wir hier?«, frage ich nach ein paar Sekunden des Schweigens.

»Ich bedanke mich«, antwortet er mit einem Grinsen. Bevor ich noch mal nachfragen kann, schwingt die Tür auf und Rosa schaut uns entgegen.

»Hallo, Junge. Du kommst genau rechtzeitig. Das Übliche?«

»Das wäre super. Aber wenn du noch hast, kannst du mir ein Stück extra dazulegen?«

Erst jetzt fällt ihr Blick auf mich. »Mensch, das ist ja ein unerwarteter Anblick.« Sie schaut amüsiert zwischen mir und Thommy hin und her. »Bist du etwa auch unter die hiesigen Rowdies gegangen, Sandra?«

Ich blinzele hilflos. »Ähm … sag du es mir?«

»Sie gehört zu mir«, sagt Thommy, und damit scheint die Frage für Rosa geklärt zu sein. Sie nickt mir zu, und ich bilde mir ein, sowas wie Anerkennung in ihrem Gesicht zu sehen. Es fühlt sich so an, als hätte ich gerade eine Prüfung bestanden, ohne die Fragen zu kennen.

Rosa wendet sich wieder Thommy zu. »Ihr habt Glück. Margret vom Seniorenstift war noch nicht da. Ich kann euch noch einen Kirschstreusel mit drauflegen.«

»Top, danke.« Thommy strahlt sie an. Wenige Sekunden später schließt sich die Hintertür, und wir laufen mit zwei gut gefüllten Tüten mit Gebäck in Richtung Strand.

»Hier, für dich.« Er fischt eine Streusel-Stange aus der Tüte und hält sie mir hin. Sie duftet himmlisch nach Zimt, Vanille und Kirschen. Aber ich schüttele den Kopf. »Erst möchte ich eine Erklärung.«

»Rosa gibt abends gegen fünf Sachen raus, die sie nicht mehr loswird. Die Jungs von der Surfschule und ich kommen fast jeden Tag.«

»Das meine ich nicht.«

Thommy schaut von mir auf das Gebäckstück und wieder zurück. Dann deutet er mit einem Seufzen auf eine der kleinen Bänke an der Strandpromenade.

Wir setzen uns. Vor uns breitet sich der Strand aus, der heute so gut wie leer ist. Dunkelgraue Wolken jagen über den Horizont, und der Wind wirbelt meine Haare durcheinander.

»Ich mache das eigentlich nicht mehr. Also, das mit dem Klauen«, sagt Thommy schließlich. Er umklammert die Gebäcktüte mit beiden Händen und schaut geradeaus, die Augen fest auf den Horizont gerichtet. »Die Pralinen sind für meine Mutter. Sie hat nächste Woche Geburtstag, und sie liebt dieses Zeug. Also die teure Schokolade, die mit dem Marzipan und dem Karamell und allem.«

»Da geht es ihr wie mir«, sage ich. Obwohl mir gleich mehrere Nachfragen auf der Zunge liegen, warte ich ab, bis er von selbst weiterspricht. »Sie wohnt in Hamburg, und ich wollte ihr ein Paket schicken. Mit Karte und so. Aber das Porto ist teuer und die Pralinen auch, und für einen Moment dachte ich … was ist schon dabei?«

Er wirft mir einen Blick zu, ein selbstironisches Lächeln auf den Lippen. »Ich weiß, das war verdammt dumm. Absolut bescheuert. Der Boss würde mir den Hals umdrehen, wenn er davon wüsste …«

Er lässt den Satz in der Luft hängen, kratzt sich am Hinterkopf. Nach ein paar Sekunden frage ich nach: »Der Boss?«

»Na, du weißt schon. Phillip, von der Surfschule.«

»Klar.« Ich bemühe mich, meine Neugier im Zaum zu halten. Das wäre die Gelegenheit, mehr über meinen Gegner herauszufinden. Aber Thommy dafür auszunutzen fühlt sich falsch an. Also schweige ich, bis er weiterspricht.

»Er hat mir vor einem Jahr den Job gegeben, nachdem er mich erwischt hat. Mit einer Flasche geklautem Schnaps unterm Hoodie und einem blauen Auge.«

»Blaues Auge?«

»Der Hamburger SV hatte am Abend vorher verloren. Hat meinem Vater nicht gefallen. Lange Geschichte.« Er macht eine wegwerfende Handbewegung. Ich schlucke. »Verstehe.«

»Jedenfalls mache ich so einen Scheiß seitdem nicht mehr. Habe ja auch gar keine Zeit mehr dafür. Wenn nicht gerade Kinder zu bespaßen oder Surfbretter zu schrubben sind, findet der Boss ständig irgendetwas, das repariert oder gestrichen werden muss an dieser alten Bruchbude, die er eine Surfschule nennt.« Seine Worte sind rau, aber das kann nicht über die Wärme in seiner Stimme hinwegtäuschen.

»Das kann ich mir vorstellen.«

Thommy wirft mir einen belustigten Seitenblick zu. »Du hast ihn ja schon kennengelernt.«

»Kann man sagen.«

»Aber ganz im Ernst: Der Typ ist wirklich schwer in Ordnung. Und der beste Surfer, den ich jemals gesehen habe.«

Wir schauen wieder aufs Wasser. Über uns kreist eine Möwe und ich verfolge ihren Weg mit den Augen, während ich darüber nachdenke, was ich gerade gehört habe. Offenbar ist Phillip Sommer nicht nur ein nachtragender Querkopf, sondern er hat auch eine soziale Ader. Für einen Moment ertappe ich mich bei dem Wunsch dabei, ich hätte das nie erfahren. Vorher war es definitiv leichter, ihn nicht zu mögen.

Thommy raschelt mit der Tüte. »Willst du die jetzt oder nicht?« Er reicht mir die Streuselstange erneut. Dieses Mal nehme ich sie an.

Als ich am Dienstagabend pünktlich zur zweiten Stunde an der Surfschule ankomme, ist Phillip noch nicht zu sehen. Dafür entdecke ich im Aufenthaltsraum Thommy mit einer Gruppe Jugendlicher, die Croissants essen und nebenbei Leash-Seile reparieren.

»Hey.« Er nickt mir zu, und ich bilde mir ein, dass ein winziges Lächeln über seine Lippen fliegt. »Der Boss ist noch nicht da.«

»Hab ich mir schon gedacht. Können wir schon mal was vorbereiten? Vielleicht die Boards aus der Garage holen?«

Er nickt langsam. »Wisst ihr denn noch, wer welches hatte?«

»Das kriegen wir hin.«

»Na dann.« Er steht auf und nimmt einen Schlüssel vom Tisch. Ich folge ihm nach draußen. Der Rest meiner Klasse wartet schon geduldig vor der Garage und diskutiert seine Ziele für die kommende Stunde.

»Dieses Mal will ich aufstehen. Ich habe das ganze Wochenende geübt, stimmt's?« Deborah sieht ihren Mann an.

»Ihr hättet sie sehen sollen! Unsere Nachbarn halten uns wahrscheinlich für verrückt.«

»Das kennen wir«, sagt Claudia. »Zu Hause halten unsere Nachbarn uns für Satanistinnen.«

Barbara schmunzelt. »Hey, ich hätte dich auch kirchlich geheiratet, wie die gute Katholikin, die ich bin. Leider wollte die Kirche das nicht.«

Bertram schüttelt den Kopf. »Solche Leute, ich begreife es einfach nicht. Meine Frau hat früher immer gesagt: Liebe ist die Hauptsache.«

»Ganz richtig.« Barbara drückt ihrer Frau einen Kuss auf die Lippen. »Und für den Notfall lernen wir ja gerade, wie man auch auf den Lava-Wellen des Höllenfeuers surft. Apropos, wo ist eigentlich …?«

»Noch nicht da, aber das wird uns nicht aufhalten.« Sechs Köpfe fahren herum, als ich und Tommy uns nähern. »Bis unser Lehrer da ist, können wir ja schon mal alles vorbereiten. Wer weiß noch, welches Board er hatte?«

Die nächsten zehn Minuten verbringe ich damit, Boards und Neoprenanzüge zuzuteilen und sicherzustellen, dass alles am richtigen Platz ist. Ich ziehe gerade meinen eigenen Anzug zu, als Phillip auftaucht.

»Sorry, Leute.« Sein Gesicht ist rot, und seine Haare kleben ihm verschwitzt an der Stirn. »Es gab einen kleinen Notfall.« Er hält inne, schaut in die Runde. »Aber wie ich sehe, seid ihr schon bestens vorbereitet.«

»Sandra hat hier den Überblick«, sagt Hans und zwinkert mir zu. »Sie hat schon mal ohne dich angefangen, Partner.«

»Ist das so, ja?« Sein Blick wandert zu mir, und mir wird heiß unter meinem Neopren.

»Geht es Kevin besser?« Thommy und seine Freunde tauchen wieder im Türrahmen der Surfschule auf, als sie Phillips Stimme hören. »Ist er okay?«

»Alles gut. Der Arm muss für ein paar Wochen eingegipst werden, aber er braucht keine OP und seine Eltern haben ihn mit nach Hause genommen.« Phillip fährt sich mit der Hand über das Gesicht. Erst jetzt fällt mir auf, wie erschöpft er aussieht.

Die Jugendlichen atmen auf. »So ein Glück. Der Junge sah echt übel aus eben«, sagt Thommy.

»Äh, was ist denn passiert?«, fragt Deborah zaghaft.

Phillip wendet sich wieder uns zu. »Einer meiner Schüler ist in flachem Wasser vom Board gefallen und hat sich den Arm angeknackst.«

Wir schauen ihn bestürzt an.

»Surfen ist ein gefährlicher Sport. Das kann ich nicht schönreden. Aber wenn ihr euch an die Sicherheitsregeln haltet und ein bisschen aufpasst, wird nichts passieren.« Er schüttelt den Kopf, ein müdes Grinsen im Gesicht. »Kevin meinte noch eben im Krankenhaus zu mir, er will am liebsten morgen wieder aufs Brett. Also ist er entweder völlig verrückt, oder Surfen macht eben doch süchtig. Wollen wir es herausfinden?«

Für einen Moment schweigt die Gruppe. Dann klatscht ausgerechnet Deborah in die Hände. »Worauf warten wir noch? Ab ins Wasser!«

Kapitel 14

Die Surfstunden werden schnell zum Highlight meiner Woche. Ob ich an meinem Schreibtisch im Tourismusbüro sitze und mit Investoren telefoniere, schweigend mit Nina Abendbrot esse oder Hannah zum Sport fahre: In Gedanken bin ich im Wasser. Phillip ist ein gnadenloser Lehrmeister, findet immer etwas, das er kritisieren kann. Vor allem an mir. Aber nicht mal das kann mich abschrecken. Am liebsten würde ich auch außerhalb der Surfstunden aufs Brett, aber ich habe schon lange kein eigenes Board mehr, ganz abgesehen davon, dass ich ohnehin zwischen Büro, Haushalt und Hannah nicht mal genug Zeit zum Schlafen finde. Also bleibt mir zwischen den Stunden nichts anderes übrig, als voller Sehnsucht auf die Wellen zu schauen und die Stunden zu zählen, bis ich wieder aufs Wasser kann.

Deshalb lasse ich mich auch nur allzu gerne von Hannah dazu überreden, am Mittwochnachmittag nach meiner vierten Surfstunde zusammen an den Strand zu gehen. Wir schlendern so lange die Strandpromenade entlang, bis wir außer Sichtweite der Surfschule sind. Dann breite ich unsere mitgebrachte Picknickdecke aus und creme Hannah von oben bis unten mit Sonnencreme ein. Sie stürzt sich sofort in den Sand und sieht innerhalb von Sekunden aus wie ein paniertes Schnitzel. Ich folge ihr etwas langsamer, aber das ändert nichts daran, dass ich schon nach wenigen Minuten Sand in jeder Falte meines Körpers spüre.

Ich möchte keine Sekunde missen.

Meine Nichte reicht mir nacheinander Eimer, Förmchen und eine Schaufel, und ich beginne unter ihrem wachsamen Auge mit der Konstruktion einer Sandburg. Hannah ist ein strenger Baumeister und korrigiert jeden Fehler, jede schiefe Wand sofort. Während ich für den Rohbau zuständig bin, sammelt sie kleine Steine und Muscheln, die sie zur Verzierung unseres Meisterwerks nutzt. Ich knie neben ihr im Sand und helfe dabei, kleine Türmchen auszuformen und Löcher für die Fenster auszuhöhlen. Als sie die Bauphase schließlich für beendet erklärt, erhebt sich vor uns eine Sandburg, die mir bis zur Hüfte reicht und damit so groß ist wie Hannah, wenn sie aufrecht steht.

»Zufrieden?«, frage ich außer Atem.

»Das ist die beste Sandburg aller Zeiten!«, verkündet sie strahlend und greift nach meiner Hand. Ihre kleinen Finger sind warm und sandig, und für einen Moment wünsche ich mir, sie nie wieder loslassen zu müssen.

Nachdem unsere Arbeit getan ist, gehen wir ins Wasser, um den Sand abzuspülen. Hannah hält sich an meiner Hand fest, während wir ins Meer waten und in den Wellen hüpfen, bis wir klitschnass sind.

Danach wickeln wir uns in unsere Handtücher ein und essen die Apfelschnitze, die Nina uns mitgegeben hat. Ich lege mich auf den Rücken, lasse die warmen Strahlen der Sonne auf meinen Bauch scheinen. Meine Augenlider werden mit jeder Sekunde schwerer.

»Darf ich zu dem Spielplatz gehen?«, fragt Hannah, sobald das letzte Stück Apfel in ihrem Mund verschwunden ist.

»Gleich, okay? Lass uns erst mal ein paar Minuten ausruhen.«

»Ich bin nicht müde!«

»Ich aber.«

»Darf ich dann alleine gehen? Es ist ja ganz nah.«

Ich folge ihrem Blick zu einer Schaukel, einer Wippe und einer Rutsche, die etwa fünfzig Meter entfernt von uns am Strandaufgang aufgestellt wurden. Es spielen bereits zwei weitere Kinder in ihrem Alter da, die von ihren Müttern beaufsichtigt werden.

»Aber du gehst nicht allein weiter, hörst du? Nur zu dem Spielplatz. Und du rufst mich, wenn irgendetwas ist.«

»Ganz fest versprochen.«

»Na schön.« Ich wuschele ihr durch die Haare. »Dann ab mit dir.«

Das lässt sie sich nicht zweimal sagen. Sekunden später sitzt sie auf der Schaukel und johlt mit einem der anderen Kinder um die Wette.

Ich drehe mich wieder um und erlaube mir, die Augen zu schließen. Nur für ein paar Minuten. Über mir kreisen Möwen, und vor mir rauschen die Wellen an den Strand. Hinter mir auf dem Spielplatz lacht Hannah. Und für ein paar herrliche Sekunden ist alles in Ordnung.

Als ich die Augen wieder öffne, lacht Hannah nicht mehr. Mit einem Satz fahre ich hoch und greife nach meinem Handy. Es ist schon kurz vor fünf. Ich habe fast eine halbe Stunde geschlafen!

Ich wirbele herum, aber der Spielplatz ist leer. Von Hannah keine Spur, genauso wenig wie von den anderen Kindern oder ihren Eltern. Mein Magen zieht sich zusammen. Was, wenn ihr etwas passiert ist?

Hunderte verschiedener Horrorszenarien schießen mir durch den Kopf, während ich hastig in meine Schuhe schlüpfe. Ich muss sie finden, so schnell wie möglich. Die Frage ist nur: Wo soll ich mit dem Suchen anfangen? Altensande liegt in einer Bucht, und der Strand streckt sich rechts und links von mir noch mehrere Kilometer. Es gibt keine Fußspuren im Sand, die mir irgendeinen Hinweis geben. Sie könnte überall sein.

Mein Atem beschleunigt sich, und Panik steigt in mir hoch. Aber ich darf jetzt nicht den Kopf verlieren.

»Denk nach, Sandra. Denk. Nach. Wo würdest du an ihrer Stelle hingehen?«

Es gibt mehrere Möglichkeiten. Am Haupteingang des Strands ist der größere Spielplatz, auf dem es auch eine Seilbahn gibt. Daneben steht ein Kiosk, der Eis und bunte Tüten verkauft. Drei Dinge, die Hannah liebt, und sie liegen beide in derselben Richtung. Mit einem Ruck wende ich mich nach rechts und marschiere los. Trotz des warmen Wetters ist der Strand wenig besucht. Noch sind keine Schulferien, sodass fast alle Strandbesucher Einheimische sind. Ich gehe an der Wasserkante entlang, mustere jeden Passanten, der vorbeigeht und schaue prüfend in jeden Strandkorb. Ohne Erfolg.

»Entschuldigung?« Ich tippe einer älteren Dame mit Dackel auf die Schulter. »Haben Sie vielleicht ein kleines Mädchen gesehen? Blonde Haare, blauer Badeanzug?«

»Leider nicht, tut mir leid.«

Die nächste Frau hat sie auch nicht gesehen. Das Pärchen dreißig Meter weiter auch nicht. Auf dem großen Spielplatz stehen ein paar Kinder bei der Seilbahn an, und Hoffnung flackert in mir hoch. Aber beim zweiten Hinsehen wird mir klar, dass sie alle entweder zu groß sind oder die falschen Badesachen anhaben. Hannah ist nicht dabei.

»Scheiße!« Dieses Mal lässt sich die Panik nicht mehr so leicht zurückhalten. In einem letzten Versuch wende ich mich dem Wachturm der DLRG zu. Oben am Mast weht eine gelb-rote-Flagge, also ist der Turm besetzt. Unten vor der Leiter bleibe ich stehen und lege den Kopf in den Nacken. »Hallo? Ich könnte Hilfe gebrauchen.«

Zwei Köpfe tauchen über der Brüstung auf. Sie kommen mir entfernt bekannt vor.

»Bin sofort da.«

Einer von ihnen klemmt sich ein Fernglas unter den Arm und klettert die Leiter hinunter. Aus der Nähe betrachtet, erkenne ich in ihm einen von Thommys Freunden aus der Surfschule.

»Was ist passiert?«

»Es geht um meine Nichte.« Meine Stimme zittert. »Sie ist weg.«

Der Rettungsschwimmer holt sich ein Klemmbrett und notiert sich alle Details über Hannahs Aussehen. Für meinen Geschmack wirkt er dabei viel zu entspannt.

»Machen Sie sich nicht zu viele Sorgen«, meint er, als könnte er meine Gedanken lesen. »Die meisten Kinder finden sich sehr schnell wieder.«

»Die meisten sind nicht alle«, murmele ich und trete ungeduldig von einem Fuß auf den anderen.

Er erklärt mir, dass Kinder normalerweise automatisch mit dem Wind und der Sonne im Rücken laufen. Dann schnappt er sich ein Megafon und macht sich auf den Weg. »Warten Sie hier, falls Ihre Nichte in der Zwischenzeit auftaucht.«

»Kommt nicht infrage!«, antworte ich. »Ich gehe in der Zwischenzeit in die andere Richtung. Wenn einer von uns sie findet, kommen wir wieder hierher zurück.«

Ich gebe ihm keine Chance zu widersprechen. Während er sich in die Richtung wendet, aus der ich gekommen bin, laufe ich in die andere weiter. Vor mir liegt noch mehr als ein Kilometer Strand, und falls nötig, werde ich jedes Sandkorn einzeln umdrehen. Der Sand gibt immer wieder unter meinen Füßen nach und meine Oberschenkel beginnen zu brennen, aber ich ignoriere es, beschleunige meine Schritte.

»Da ist sie! Da hinten! Tante Sandra!«

Diese Stimme würde ich überall erkennen. Ich wirbele herum, und da steht Hannah, knapp dreißig Meter entfernt im Sand hinter einem Strandkorb, der sie bis eben noch verdeckt haben muss. Sie winkt aufgeregt, und ich sprinte los.

»O mein Gott, da bist du ja! Wo warst du denn? Ich habe mir solche Sorgen gemacht!« Ich falle vor ihr auf die Knie und ziehe sie an mich. Hannah schlingt die Arme um meinen Hals. »Ich habe die Surfer am Strand gesehen. Und ich wollte sehen, wo sie herkommen mit ihren Brettern, und dann bin ich losgelaufen. Aber als ich mich umgedreht habe, warst du nicht mehr zu sehen.« Ihre Stimme wird zittrig. »Es tut mir leid, Tante Sandra.«

»Das ist deine Tante?«

Erst jetzt fällt mir auf, dass wir nicht allein sind. Hinter Hannah steht ein Mann in roten Badeshorts, der eines ihrer Sandförmchen in der Hand hält.

»Phillip.«

»Sandra.«

Eilig rappele ich mich auf. »Was machst du denn hier?«

Er reicht mir das Förmchen, und unsere Finger berühren sich für wenige Augenblicke.

»Ich war gerade dabei, die Bretter reinzubringen«, antwortet er. »Da kam ein neugieriges Mädchen vorbei und wollte alles übers Surfen wissen.« Er zwinkert Hannah zu.

Die wischt sich die Tränen ab und strahlt ihn an. »Er hat mir alle Surfbretter gezeigt! Und wenn ich erst mal Schwimmen kann, darf ich auch zum Surfen kommen, hat er gesagt.«

»Hat er das?« Ich kann mir ein Lächeln nicht verkneifen.

»Ja! Und ich will das unbedingt lernen!«

»Das wirst du auch, ganz bestimmt«, schaltet Phillip sich ein. »Aber wie gesagt: erst schwimmen, dann surfen, okay?«

»Erst schwimmen, dann surfen«, wiederholt sie ernsthaft. Er hebt die Hand. »Ganz genau.«

Die beiden schlagen ein wie zwei alte Freunde. Es ist beinahe so, als wollte das Universum mich geradezu dazu zwingen, Phillip Sommer zu mögen.

»Na los, Süße, wir machen uns auf den Rückweg zu unseren Handtüchern. Außerdem muss ich Entwarnung geben, dass ich dich gefunden habe.«

Ihr Gesicht fällt. »Müssen wir schon gehen?«

»Ich fürchte ja.«

»Ich kann euch ja noch ein Stück begleiten«, bietet Phillip an. »Und auf dem Weg erzähle ich dir noch mehr übers Surfen, okay?«

»Jaaa!« Hannah greift nach seiner Hand und zieht ihn hinter sich her. Während er ihr erklärt, wie man sich richtig auf ein Surfbrett legt und woran man eine gute Welle erkennt, biege ich zum DLRG-Turm ab und gebe Bescheid, dass sie die Suche beenden können. Nachdem Hannahs Neugier vorerst befriedigt ist, wendet sie sich der Suche nach Muscheln zu. Phillip lässt sich ein Stück zurückfallen, sodass wir nebeneinander gehen.

»Das ist also deine Nichte.«

Die unausgesprochene Frage ist eindeutig. Ich muss jetzt sehr vorsichtig sein, wenn ich meine Tarnung nicht gefährden will. »Genau. Ist die Woche zu Besuch gekommen.« Ich werfe Hannah einen schnellen Blick zu, aber sie ist immer noch in die Muschelsuche vertieft. »Bevor ich weiterreise. Du weißt schon.«

»Verstehe.«

Ich bereite mich auf weitere Fragen vor, aber sie bleiben aus. Im Stillen bitte ich Hannah um Verzeihung für die Notlüge, deren Teil sie gerade geworden ist.

Wir gehen ein paar Schritte schweigend nebeneinander. Beim Laufen schwingen unsere Hände hin und her, nur wenige Zentimeter voneinander entfernt. Als er mir das Förmchen gegeben hat, waren seine Finger warm. Ich frage mich, wie es sich anfühlen würde, nach seiner Hand zu greifen, unsere Finger miteinander zu verweben …

»Wir müssen dann auch los.« Ich trete einen Schritt zur

Seite und vergrößere den Abstand zwischen uns. »Danke für die Begleitung.«

Wir sind noch über hundert Meter von unserem Handtuch entfernt, aber Phillip versteht den Wink mit dem Zaunpfahl.

»Alles klar. War schön, dich kennenzulernen, Hannah.«

»Dich auch!« Sie winkt mit der Hand, die schon voller Muscheln ist.

Als ich mich wieder umdrehe, ist Phillip bereits weg, nur noch eine kleiner werdende Gestalt mit roten Badeshorts auf dem weißen Sand.

Am Freitag bettelt Hannah darum, dass ich sie mit zum Surfen nehme. Aber ich kann nicht riskieren, dass sie sich aus Versehen verplappert und herauskommt, dass sie nicht bloß eine Woche zu Besuch ist. Ich werde mir ganz schön was einfallen lassen müssen, um das wiedergutzumachen. Aber für die eine Stunde auf dem Brett erlaube ich mir, alle anderen Gedanken zu vergessen. Hier gibt es nur mich und die Ostsee. Mit jeder Welle werde ich besser, finde zurück in meinen alten Rhythmus. Phillip bemerkt es, wirft mir hin und wieder einen anerkennenden Blick zu. Die übliche Kritik bleibt aus.

Ich freue mich mehr darüber, als ich sollte. Auch die anderen Mitglieder meiner Surfklasse machen Fortschritte. Als Hans es schafft, eine ganze Welle im Knien zu nehmen, ohne vom Brett zu rutschen, klatschen wir alle begeistert Beifall.

»Wir wollen später grillen. Hans hat aus irgendeinem Grund viel zu viele Würstchen gekauft«, sagt Deborah, als wir alle unsere Surfbretter reinigen. Ihr Mann reißt in gespielter Entrüstung die Augen auf. »Ich habe nur das gekauft, was auf deinem Zettel stand. Für deine Schrift kann ich nichts, mein Schatz.« Deborahs Lappen fliegt und landet mit einem Klatschen auf der behaarten Brust ihres Mannes.

»Frag mich mal«, sagt Barbara mit einem Grinsen und lehnt sich zu Hans herüber. »Meine Frau ist Ärztin. Irgendwann habe ich ihr verboten, selbst etwas in den Kalender zu schreiben, weil ich es einfach nicht lesen kann.«

Claudia zuckt mit den Schultern. »Was soll ich sagen? Sie hat leider recht.«

»Jedenfalls suchen wir jetzt noch nach ein paar hungrigen Mäulern, die uns bei der Vernichtung der Würstchen helfen. Wenn ihr Lust habt, seid ihr also herzlich zum Grillen eingeladen.«

»An sich sehr gerne«, sagt Sybille. »Aber ich muss erst mal bei meiner Familie nachfragen, was die heute Abend vorhaben.«

»Bring die doch einfach mit«, sagt Hans großzügig. »Ich habe wirklich viele Würstchen gekauft.«

»Ja, wirklich viele.« Deborah wirft ihm einen amüsierten Seitenblick zu.

»Wir sind dabei«, sagt Barbara. »Ich könnte noch eben in den Supermarkt gehen und zwei Flaschen Wein kaufen?«

»Gute Idee«, sagt Bertram. »Ich habe gestern einen großen Salat für die nächsten Tage gemacht, den kann ich gerne mitbringen.«

Phillip, der bis gerade die Bretter der Gruppe vor uns in die Garage sortiert hat, setzt sich mit einem Lappen und seinem eigenen Board zu uns.

»Wer bringt was mit?«

»Es geht um den Salat für unser spontan organisiertes Grillfest«, sagt Deborah. »Du bist natürlich auch herzlich eingeladen. Nicht, dass wir für unsere Stunden hier in Naturalien bezahlen wollen. Aber wir würden uns freuen, wenn du kommst.«

Energisches Nicken in der Runde.

Phillip nickt. »Klar, sehr gerne. Wer ist denn alles dabei?«

»Eigentlich alle, oder?«

Sieben Augenpaare wandern zu mir.

»Ähm, die Sache ist, ich muss noch ...« Eilig suche ich nach einer passenden Ausrede. Aber ich kann weder meine Familie noch meinen Job als Entschuldigung vorschieben, ohne meine Scharade zu gefährden. Und obwohl ich weiß, dass ich auf keinen Fall mehr Zeit als nötig mit diesen Leuten verbringen sollte, ist ein kleiner Teil von mir auch geschmeichelt von der Einladung.

»Du musst gar nichts«, sagt Hans entschieden. »Es ist schließlich Freitagabend, da gibt es nur noch das Vergnügen. Und eins kann ich dir versprechen: Die Fruchtbowle meiner Frau ist wirklich eine Wucht.«

Deborah errötet. »Also Hans ...«

»Wenn das so ist, komme ich natürlich gerne«, gebe ich mich geschlagen. Die Runde jubelt, Phillip wirft mir ein Lächeln zu und ein kribbeliges Gefühl steigt in mir hoch. Ich schiebe es mit aller Macht beiseite. Hier geht es nur darum, meine Deckung aufrechtzuerhalten. Nichts anderes.

Sobald alle Surfbretter verstaut sind, verziehe ich mich auf die Toilette und rufe Nina an. Als ich ihr vorsichtig von unserem Vorhaben erzähle, versichert sie mir, dass sie und Hannah einen Abend allein zurechtkommen werden. Mein schlechtes Gewissen ist nicht so leicht zu überzeugen. Als ich zum dritten Mal frage, kann ich beinahe hören, wie meine kleine Schwester mit den Augen rollt, bevor sie mir einen schönen Abend wünscht und auflegt.

Nachdem alle wieder angezogen sind, laufen wir auseinander, um noch ein paar Kleinigkeiten zu besorgen. So lande ich unvermittelt mit Barbara und Claudia in der Weinabteilung des Supermarkts. »Was meint ihr: eher rot oder weiß?« Claudia hält zwei Flaschen hoch. Ich versuche gerade, möglichst unauffällig Ausschau zu halten, ob Markus in der Nähe ist und fahre herum. »Wie du willst. Also ich meine, ich mag beides.«

»Im Sommer ganz klar Weißwein«, sagt ihre Frau entschieden. »Nimm ruhig drei mit. Etwas sagt mir, dass wir sie brauchen werden.«

Wir kichern.

»Wieso fühle ich mich plötzlich wieder wie mit sechzehn, als ich extra in den Nachbarort gefahren bin, um Alkohol zu kaufen?«, fragt Claudia mit gesenkter Stimme.

»Das habe ich auch gemacht!«

Sie stößt mich freundschaftlich mit dem Ellenbogen in die Seite. »Dorfkind?«

»Aber sowas von.« Es fühlt sich gut an, endlich mal die Wahrheit zu sagen.

»Ich sehe schon, ich bin heute Abend in schlechte Gesellschaft geraten«, sagt Barbara kopfschüttelnd, und wir brechen wieder in Gelächter aus, sodass ich für einen Moment sogar vergesse, nach Markus Ausschau zu halten. Wie durch ein Wunder schaffen wir es durch die Tür, ohne ihm zu begegnen. Mit unserer Ausbeute, die neben den Weinflaschen auch aus Chips, Schokolade und Baguette besteht, machen wir uns auf den Weg zum Campingplatz. Auf halbem Weg treffen wir Sybille. Sie hat einen Mann mit Sonnenbrille und freundlichem Lächeln und zwei kleine Mädchen im Schlepptau, die ihr wie aus dem Gesicht geschnitten sind. »Darf ich vorstellen: Das sind Marc, Clara und Marissa.«

Marc schüttelt uns die Hände, und die Mädchen winken uns zu, offensichtlich noch etwas schüchtern. Aber bis wir beim Campingwagen von Hans und Deborah angekommen sind, erzählen sie Barbara schon begeistert von ihrem Urlaub.

»Wir haben ganz viele Quallen am Strand gefunden! Die waren riesig!« Marissa hält die Arme weit auseinander.

»Ja, und total glitschig!«

Sybille murmelt ungläubig: »Wahnsinn. Normalerweise reden die beiden kein Wort mit fremden Menschen.«

»Barbara arbeitet als Erzieherin. Wenn es jemanden gibt, der mit Kindern kann, dann ist sie es«, sagt Claudia, und in ihrer Stimme schwingt Stolz mit. Sie greift nach der Hand ihrer Frau und drückt ihr einen Kuss auf die Wange. Der Anblick erfüllt mich mit einer unerwarteten Sehnsucht.

Deborah empfängt uns mit offenen Armen an ihrem Wohnwagen und wenige Minuten später sitzen wir alle verteilt auf Campingstühlen und einer klapprigen Bierbank, die Deborah sich von den Nachbarn geliehen hat. Phillip kommt als Letzter an, die Haare noch feucht vom Duschen. »Bitte entschuldigt die Verspätung, ich wollte auch noch etwas beisteuern.« Mit diesen Worten stellt er eine Keksdose auf den Tisch und enthüllt ein Dutzend dunkelbrauner Kuchenstücke, deren schokoladiger Duft mir sofort in die Nase steigt. »Darf ich präsentieren: die schnellsten Brownies der Welt.«

»Du bist entschuldigt«, sagt Deborah und tätschelt ihm die Schulter. »Wer Brownies mitbringt, darf immer zu spät kommen.«

Sein Blick wandert über die verbleibenden Sitzgelegenheiten, bis er auf dem letzten freien Stück Bank direkt neben mir landet. »Darf ich?«

»Klar.« Mein Lächeln verkrampft sich. Irgendetwas sagt mir, es wäre klüger, Abstand zu ihm zu halten und zwar so viel wie möglich. Aber das kann ich jetzt schlecht in die Tat umsetzen, also rutsche ich zur Seite, bis ich beinahe auf Sybilles Schoß sitze. Trotzdem berühren sich Phillips und meine Schultern, als er sich neben mich setzt. Ich werfe ihm einen verstohlenen Seitenblick zu. Anstelle seiner üblichen Badeshorts trägt er heute Abend dunkle Jeans und ein weißes Poloshirt, das seine Bräune zur Geltung bringt. Aus der Nähe sehe ich kleine Lachfalten um seine Augen und den Anflug eines Sonnenbrands auf seiner Nasenspitze. Schnell wende ich den Blick ab.

»Wer möchte ein Glas Bowle?« Deborah stellt ein volles Tablett mit einem Glaskrug auf den Tisch zwischen uns, und meine Hand schnellt nach oben. »Hier!«

Sobald alle Gläser verteilt sind, spricht Deborah einen Toast aus. »Auf euch, meine Lieben. Und auf den perfekten Wellensommer.«

»Hört, hört«, sagt Bertram.

Barbara und Claudia pfeifen, und dann stoßen wir alle an.

Deborahs Bowle ist genau das, was ich jetzt brauche. Süß und fruchtig und hochprozentig. Nach dem zweiten Glas lässt meine Anspannung langsam nach, und ich beginne, den Abend tatsächlich zu genießen. Es stellt sich heraus, dass Bertram bis zu seiner Rente als Rettungssanitäter gearbeitet hat und uns mit mehr als einer verrückten Geschichte aus seinem ehemaligen Berufsleben unterhält. Hans kann nicht nur Würstchen grillen, sondern auch Mundharmonika spielen und gibt Seemannslieder zum Besten, zu denen geschunkelt wird. Und dann ist da noch Phillip. Egal, wie sehr ich versuche, seine Anwesenheit auszublenden, mein Körper verrät mich. Er reagiert auf jede seiner Bewegungen, jedes Wort, mit voller Aufmerksamkeit.

Phillip erzählt mit leuchtenden Augen von seinen Lieblingssurfspots und beschreibt dabei jedes Detail so genau, dass ich es vor mir sehen kann. Sein Lachen ist fast so warm wie sein Oberschenkel direkt neben mir, und beides macht es mir mit zunehmendem Alkoholkonsum unmöglich, mich auf irgendetwas anderes zu konzentrieren. Ich leere mein Glas zum dritten Mal und schließe die Augen, den fruchtigen Geschmack noch auf der Zunge. Irgendwo in den Tiefen meines Gehirns ruft die Stimme der Vernunft. Sie fragt mich, was zum Teufel ich hier eigentlich mache. Erinnert mich daran, dass diese Menschen mich nicht wirklich kennen. Wenn sie wüssten, was ich wirklich will, würden sie mich sofort aus ihrer Mitte verbannen. Und Phillip … diesen Gedanken darf ich nicht mal zu Ende denken.

Es tut mir beinahe körperlich weh, mich von der Bierbank hochzustemmen. »Es war schön mit euch, aber ich bin langsam müde.«

Hinter mir ertönt enttäuschtes Stöhnen. Barbara und Claudia versuchen wortreich, mich umzustimmen, und Hans unterstützt sie begeistert. Was nur dazu führt, dass ich mir noch mehr wie ein Verräter vorkomme, als ich ablehne. »Sorry, aber ich muss echt los.«

»Soll ich dich noch begleiten?« Phillip macht Anstalten aufzustehen.

»Auf keinen Fall!«, platzt es aus mir heraus. Er runzelt die Stirn.

»Ich meine, ich will auf keinen Fall, dass du dir Umstände machst«, stammele ich mit brennenden Wangen. »Ich kenne den Weg. Aber trotzdem vielen Dank. Gute Nacht.«

Bevor noch jemand etwas erwidern kann, drehe ich mich um und ergreife die Flucht. Mittlerweile ist es nach zehn, und es sind nur noch ein paar Hundebesitzer auf der Straße unterwegs. Mit jedem Meter, den ich zwischen mich und den Campingplatz bringe, beruhigt sich mein Herzschlag etwas. Mit der Ruhe überkommt mich ein unerwarteter Schwall an Wehmut. Wann hatte ich das letzte Mal so einen Abend? An dem ich einfach im Kreis von Freunden zusammengesessen und das Leben genossen habe?

Nur das hier ist nicht mein Leben. Und diese Menschen sind nicht wirklich meine Freunde. Egal, wie sehr ich mir das in diesem Moment wünsche.

Kapitel 15

»Frau Meerbach? Bitte entschuldigen Sie, dass ich Sie an einem Samstag störe.« Herr Zylinskis Stimme klingt nicht wirklich bedauernd. »Aber ich bin gestern nicht mehr dazu gekommen, noch mal Rücksprache mit Ihnen zu halten. Sie haben doch ein paar Minuten für mich, oder?«

Ich stelle den vollen Wäschekorb zur Seite und mache mich auf die Suche nach einem Kugelschreiber. »Gar kein Problem, Herr Zylinski. Für Sie doch jederzeit.« Schwere Augenlider und ein brummender Schädel machen mich anfällig für Sarkasmus. Dem Bürgermeister scheint das nicht aufzufallen. »Wunderbar. Folgendes: Wir haben einen soliden Plan und mittlerweile sechs potenziell interessierte Investoren. Das habe ich nur Ihnen zu verdanken, meine Liebe. Sie haben das wundervoll gemacht, wirklich wundervoll.«

Etwas an seinem Ton sagt mir, dass gleich ein »Aber« kommen wird.

»Aber die Sache ist die: Wir brauchen langsam die Zusagen der Einwohner. Die Investoren möchten ein Meeting, und zwar zeitnah. Das ist natürlich auch in unserem Interesse.«

»Natürlich.« Ich bemühe mich, unbesorgt zu klingen.

»Also, wie ist der aktuelle Stand? Auf wen können wir zählen?«

Ich kneife die Augen zusammen, zähle in Gedanken bis drei, bevor ich antworte. »Erst gestern hatte ich ein sehr positives Gespräch mit dem Ehepaar Rütgers vom Campingplatz. Da können wir jetzt jeden Tag mit einer Zusage rechnen.«

Zumindest hoffe ich das.

»Schön, schön. Was ist mit den anderen? Besonders mit dieser Surfschule?«

»Da bin ich noch dran. Wie sich herausstellt, brauchen die Leute etwas mehr Bedenkzeit, als wir eingeplant hatten.«

Er schnalzt mit der Zunge. »Schön und gut, aber ewig Zeit haben wir nicht. Ich möchte die Investoren so bald wie möglich treffen. Sie wissen ja, wie groß die Konkurrenz in dieser Branche ist.«

Mir bricht der Schweiß aus. »Ja, natürlich, aber ...«

Herr Zylinski fällt mir ins Wort. »Wie wäre es mit einer Infoveranstaltung? Wir laden alle Unternehmer und Anwohner in die Stadthalle ein, reichen Schnittchen, Sekt, das Ganze Drum und Dran. Dabei stellen wir ihnen dann noch mal detailliert unser Projekt vor. Dann können wir direkt vor Ort die Unterschriften der Leute sammeln, die diese Gelegenheit ergreifen wollen. Und ich könnte sogar direkt im Anschluss das Meeting mit den Investoren ansetzen!« Er klingt völlig begeistert von seiner Idee.

»Eine Infoveranstaltung kann funktionieren«, werfe ich ein. »Aber meinen Sie wirklich, wir sollten direkt vor Ort eine Entscheidung verlangen? Setzt das die Leute nicht zu sehr unter Druck?«

»Ein bisschen Druck hat noch keinem geschadet«, antwortet er. »Wenn wir in diesem Tempo weitermachen, warten wir noch nächstes Frühjahr auf eine Entscheidung.«

»Aber …«

»Dann ist es also beschlossen. Sie stellen die Infoveranstaltung auf die Beine, ich kümmere mich darum, den Termin mit den Investoren zu koordinieren. In zwei Wochen, schaffen Sie das?«

»Ich denke …«

Offensichtlich war diese Frage rhetorisch gemeint, denn Herr Zylinski spricht sofort weiter. »Am besten nehmen Sie sich den Vorsitzenden unserer Werbegemeinschaft dazu. Der kennt die Halle und die Gegebenheiten hier, und er ist vollkommen auf unserer Seite.«

»Aha.« Von diesem Verbündeten höre ich gerade zum ersten Mal. Aber ich bin mittlerweile bereit, jede Hilfe anzunehmen. »Wer ist das? Ich kann ihn gleich anrufen.«

»Wunderbar, wunderbar.« Im Hintergrund raschelt Papier. »Ah, hier habe ich die Nummer. Schreiben Sie mit? Ihr Ansprechpartner heißt Markus Walters.«

Ich lasse den Stift fallen.

»Walters? Nein. Das kommt nicht infrage.«

»Wieso denn das?« Herr Zylinski klingt irritiert. »Der Mann steht vollkommen hinter uns. Und er ist der offizielle Vertreter der Geschäftsleute in Altensande. Wir können uns keinen besseren Ansprechpartner wünschen.«

Natürlich hat er vollkommen recht. Aber ich würde mir lieber einen Finger abbeißen, als mit Markus zusammenzuarbeiten.

»Es ist nur …«

»Was denn, Frau Meerbach?«, fragt er ungeduldig. »Wenn Sie gute Gründe haben, dann raus damit.«

Die habe ich. Aber leider sind es keine, die ich mit meinem Chef besprechen kann.

»Alles gut«, presse ich hervor. »Ich werde mich an ihn wenden.«

Sobald der Bürgermeister aufgelegt hat, greife ich nach dem Wäschekorb und schreie in einen nassen Kissenbezug.

»Du machst was?« Nina legt ihr Handy zur Seite und starrt mich mit großen Augen an. Es ist Sonntagabend, wir sitzen zusammen am Küchentisch und bis auf »Kannst du mir mal den Ketchup reichen«, hat meine Schwester noch kein Wort mit mir gewechselt.

»Ich treffe mich Dienstag mit Markus«, wiederhole ich. »Er leitet hier offenbar die Werbegemeinschaft, und deshalb kann er mir helfen, meint der Zylinski.«

»Scheiße! Das ist ja ein Albtraum!«

Mit dieser vehementen Reaktion habe ich nicht gerechnet. Aber es fühlt sich verdammt gut an, meine Schwester mal wieder auf meiner Seite zu haben.

»Das kannst du laut sagen. Weißt du, wie ich mit der E-Mail gekämpft habe? Ich habe den Text fünf Mal neu formuliert.« Es hat den Großteil des Vormittags in Anspruch genommen und mich sämtliche Nerven gekostet. »Und was schreibt er mir zurück? ›Dienstag um zehn passt super. Ich freue mich drauf.‹« Ich äffe seine Stimme nach.

»Übermorgen schon? Kannst du das nicht irgendwie vermeiden? Sagen, dass du krank bist?«

Ich zucke mit den Schultern. »Dann würde der Zylinski auf einen neuen Termin bestehen. Außerdem muss ich langsam wirklich mal in dem Projekt weiterkommen. Und wenn Markus mir dabei helfen kann, sei's drum.«

»Aber kannst du nicht …«

»Wer ist eigentlich Markus?«, schaltet Hannah sich ein, eine Gabel mit Pommes auf dem Weg zu ihrem Mund.

Nina und ich wechseln einen Blick, bevor ich antworte. »Das ist ein alter Freund von mir. Von früher, als ich noch hier gewohnt habe, weißt du?«

»Und du willst ihn nicht mehr treffen? Obwohl er ein Freund ist?«

»Er war ein Freund«, sagt Nina. »Jetzt ist er keiner mehr. Er war nämlich nicht nett zu deiner Tante.«

Hannahs Gesicht verdunkelt sich. »So wie Lisa nicht nett zu mir war, weil sie mich nicht zu ihrem Geburtstag eingeladen hat?«

»So in etwa.« Ich werfe Hannah ein Lächeln zu. »Aber eins kannst du mir glauben: Da hat Lisa ganz schön was verpasst. Auf meine Geburtstagsfeier würde ich dich immer einladen.«

Noch während ich den Satz ausspreche, merke ich, dass das ein Fehler ist. Mein Geburtstag ist in fünf Wochen. Da werde ich schon längst wieder in der Karibik sein.

Hannah strahlt mich an. »Wirklich? Kann ich dir bei der Party helfen? Ich kann schon Muffins backen, frag Mama!«

Ninas Blick bohrt sich von der Seite in mein Gesicht. Ich

schlucke. »Da bin ich sicher. Aber bis zu meinem Geburtstag ist es ja noch eine Weile. Das sehen wir dann, okay?«

Damit gibt sich Hannah zufrieden und konzentriert sich auf ihre Pommes. Nina dagegen schiebt ihren Stuhl zurück und hüpft auf einem Bein zur Spülmaschine, um ihren halbvollen Teller wegzuräumen. Dann verschwindet sie wortlos aus der Küche.

Die folgenden Nächte werde ich von Albträumen verfolgt. Die meisten sind eine Variation meines letzten richtigen Treffens mit Markus. In dem er mit mir Schluss gemacht hat, einfach so, ohne Erklärung. Traum-Markus nimmt dagegen kein Blatt vor den Mund. Er zählt mir mit grausamer Detailfreude auf, warum er niemals mit jemandem wie mir zusammen sein könnte, wieso ich niemals gut genug sein werde. Im Hintergrund stehen schattenhafte Gestalten, die immer im richtigen Moment lachen, wie in der Horrorversion einer amerikanischen Sitcom. Als mein Wecker am Dienstagmorgen klingelt, wache ich schweißgebadet auf.

Ich mache Hannah ihr Frühstück und bringe sie zur Schule, aber in Gedanken bin ich immer noch bei meinem Traum. Es ist Jahre her, dass ich von Markus geträumt habe. Bis ich ihn im Supermarkt getroffen habe, spielte er keine Rolle mehr in meinem Leben. Ich war über unsere Beziehung hinweg, und wenn ich hin und wieder einsam war, hat sich in den meisten Häfen ein ebenso einsamer Mensch gefunden, der für eine Nacht neben mir auf der Matratze lag. Und es ist wirklich nicht so, dass ich ihn zurückwill. Auf gar keinen Fall. Zumal er mittlerweile verheiratet ist. Trotzdem bereitet mir der Gedanke, ihn wiederzusehen, Magenschmerzen.

Je weiter sich der Uhrzeiger der Zehn nähert, desto nervöser werde ich. Als Freya mich bittet, nicht mehr mit dem Stuhl zu kippeln, flüchte ich ins Bad und werfe mir kaltes Wasser ins Gesicht. Die Person, die mir im Spiegel entgegenblickt, ist blass und übernächtigt. Mascara tropft ihr auf die Wangen.

Kein Wunder, dass er dich nicht wollte, flüstert eine Stimme in meinem Kopf.

Und das ist der eigentliche Punkt. Markus wiederzusehen wird mich an das letzte Mal erinnern, dass ich gescheitert bin. So richtig.

Ich korrigiere mein Make-up, richte meine Frisur und zwinge ein souveränes Lächeln auf mein Gesicht. Wir sind beide erwachsen, und das ist ein rein geschäftliches Treffen. Nicht mehr und nicht weniger.

Auf dem Weg zurück ins Büro wiederhole ich diese Worte wie ein Mantra. Es hilft trotzdem nicht gegen den unwillkürlichen Fluchtreflex, als ich Markus' Rücken in der Bürotür sehe.

»Ich nehme an, du wolltest zu mir?« Meine Stimme klingt deutlich fester, als meine Knie sich anfühlen.

Er fährt herum. Sobald er mich erkennt, breitet sich ein Lächeln auf seinem Gesicht aus. »Sandra, hey. Ich weiß, ich bin ein bisschen früh, aber im Laden war es ruhig heute Morgen, also dachte ich, ich komme schon mal vorbei.«

»Wunderbar«, sage ich durch zusammengebissene Zähne. »Dann lass uns anfangen.«

Ich führe ihn in den kleinen Besprechungsraum und

warte, bis er sich gesetzt hat. Am liebsten würde ich selbst stehen bleiben, aber weil das hier ja ein professionelles Treffen ist, lasse ich mich auf die Kante meines Stuhls sinken.

»Ich muss zugeben, ich war … überrascht, als ich gehört habe, dass du das Projekt koordinierst«, sagt Markus. Er trägt ein grünes Hemd und eine gleichfarbige Krawatte, und alles an ihm sieht so *erwachsen* aus, aber sein Gesicht ist immer noch dasselbe. Wenn ich die Augen schließe, sehe ich uns beide an diesem Abend am Strand, bevor alles in die Brüche gegangen ist. Ich versuche, nicht mal zu blinzeln.

»Ist das so?«

Er zuckt minimal zusammen. »Na ja, du warst so lange weg. Wolltest mit deinem Heimatort offenbar nichts mehr zu tun haben.«

Bilde ich mir das ein, oder klingt er jetzt ernsthaft beleidigt?

»Es gab wenig, das mich hier gehalten hat«, gebe ich knapp zurück. »Außerdem handelt es sich bei meiner Beschäftigung hier um eine temporäre Angelegenheit. Sobald die Unterschriften der Anwohner unter den Verträgen sind, bin ich weg.«

»Verstehe.«

Die Temperatur im Besprechungsraum scheint auf den Gefrierpunkt zu sinken.

»Wollen wir dann?« Ich deute auf die Unterlagen zwischen uns.

»Natürlich.« Er schüttelt den Kopf, als müsste er unliebsame Gedanken vertreiben, dann greift er nach dem ersten Dokument.

»Was wir brauchen, ist ein Pitch, der die Leute wirklich überzeugt. Was hast du bisher vorbereitet?«

Zwei Stunden später verlässt er das Büro, und ich bin schweißgebadet. Wir sind gerade mal bis zur dritten Folie der Präsentation gekommen, weil jedes Detail diskutiert werden musste. Zugegeben, er hat durchaus brauchbare Ideen. Aber ich werde sicher nicht wortlos danebensitzen, wenn mein Ex mir meinen Job erklären will. Unsere nächste Verabredung ist in zwei Tagen, und bis dahin werden wir beide an einem Pitch arbeiten. »Wir müssen ganz klar kommunizieren«, meinte Markus. »Die Leute haben Angst, dass wir sie aus ihrem Zuhause vertreiben wollen. Diese Angst müssen wir ihnen nehmen.«

Das ist leichter gesagt als getan, schließlich wollen wir ja genau das tun. Wenn auch gegen eine großzügige Entschädigung, damit sie sich anderswo einen neuen Lebensmittelpunkt aufbauen können. Vielleicht sollte ich genau diesen Faktor betonen. Ich verbringe den ganzen Tag an meinem Schreibtisch, nur unterbrochen von Phasen, in denen ich mich um Hannah kümmern muss. Aber die zündende Idee bleibt aus. Ich kann einfach nicht verstehen, wie jemand ein so lukratives Angebot ablehnen kann. In Gedanken versunken schaue ich erst um kurz nach sechs wieder auf die Uhr und lasse vor Schreck den Stift fallen. Ich komme zu spät zur Surfstunde!

In Windeseile werfe ich mir den Badeanzug über und mache mich auf den Weg. Während ich gegen den Wind strampele, stelle ich mich der Wahrheit. Vielleicht ist das Surfen aktuell der beste Teil meines Alltags, aber das ist nicht der Grund, wieso ich zur Surfschule gekommen bin. Es ist Zeit, dass ich Phillip auf den Zahn fühle. Dass ich herausfinde, was es mit den Mahnungen und den »nicht so traumhaften« Aspekten seines Jobs wirklich auf sich hat. Dass ich ihn zum Verkaufen bewege, bevor mir die Zeit davonrennt.

Als ich an der Surfschule ankomme, warten die anderen bereits am Strand. Mir bleibt nicht genug Luft, für eine Entschuldigung, also winke ich sie schon mal ins Wasser, während ich die Stufen hochstolpere, um meinen Neoprenanzug zu holen. Drei Minuten später sitzt mein Outfit, und ich will mich gerade auf die Suche nach meinem Board machen, als Phillip nach mir ruft. »Hier unten, Sandra!«

Während die anderen schon langsam nach draußen paddeln, hat er auf mich gewartet, zwei Surfbretter neben sich im Sand.

Ich atme immer noch schwer, als ich bei ihm ankomme. »Danke.«

»Gar kein Problem. Ist alles okay?«

»Klar.« Ich werfe ihm ein Lächeln zu. »Wieso denn nicht?«

»Du bist sonst nie zu spät, und du siehst ziemlich fertig aus. Solltest du dich nicht eigentlich erholen?«

Ich beiße mir auf die Zunge. Das ist das Problem mit Lügen. Wenn man einmal anfängt, muss man auch weitermachen. »Doch, natürlich. Klappt nur an manchen Tagen besser als an anderen.«

»Das kenne ich.« Sein Blick ist so verständnisvoll, dass ich am liebsten im Sand versinken würde. Ich habe sein Mitleid nun wirklich nicht verdient.

»Ich wollte dich um etwas bitten, aber wenn das gerade nicht passt, ist das auch kein Problem.«

Ich horche auf. »Um was geht es denn?«

»Na ja, es ist so …« Er schaut nach draußen aufs Meer, wo der Rest unserer Gruppe sich gerade der Bojenkette nähert. »Ich würde gern ein besonderes Programm aufsetzen. Ein Surfprogramm für Jugendliche, die ein paar Schwierigkeiten haben. Dafür muss ich aber ein Konzept schreiben, was ziemlich komplex ist. Es ist schon so gut wie fertig, aber ich bräuchte jemanden, der noch mal drüberliest. Und ich dachte … also, es klang so, als würdest du dich vielleicht mit so etwas auskennen?«

Damit hatte ich nicht gerechnet.

»Ähm … also … die Sache ist die …«

Das Letzte, was ich will, ist die Surfschule noch fester zu etablieren. Aber das kann ich ihm schlecht ins Gesicht sagen.

»Es würde nicht viel Zeit in Anspruch nehmen. Vielleicht eine Stunde, maximal.« Er tritt von einem Fuß auf den anderen, die Arme vor der Brust verschränkt. Ich kann sehen, wie unangenehm es ihm ist, um Hilfe zu bitten. Bevor ich weiter darüber nachdenken kann, höre ich mich selbst sagen: »Klar. Wann soll ich da sein?«

»Wirklich?« Sein Gesicht hellt sich auf. Ich habe das Gefühl, einen Sonnenaufgang zu beobachten. »Das ist wirklich wahnsinnig nett von dir. Dafür bekoche ich dich auch. Ist das ein Deal? Passt morgen Abend?«

Ich nicke schwach. »Klar. Klingt super.«

Das ist gar kein Problem, rede ich mir ein. Ganz im Gegenteil: Nur eine weitere Gelegenheit, in Ruhe mit ihm zu sprechen.

Nichts könnte schiefgehen.

»Wunderbar! Danke dir. Wirklich.« Für den Bruchteil einer Sekunde liegt seine Hand auf meiner Schulter. Ich sehe in meerblaue Augen, und meine Zunge vergisst, wie man Worte formt. Dann lässt er mich los und greift nach seinem Brett.

»Worauf warten wir noch! Ab ins Wasser mit uns!«

Ich sehe ihm nach, wie er sich in einer geschmeidigen Bewegung auf das Surfboard legt. Breite Schultern heben und senken sich, als er zu paddeln beginnt, und mein Gehirn nimmt dieses Bild und macht etwas daraus, das meine Wangen zum Glühen bringt.

Ich sitze ganz schön in der Scheiße.

Kapitel 16

»Hey. Und, wie ist es gelaufen?«

Als ich nach Hause komme, fällt aus der Küche noch Licht in den Flur. Ich folge ihm und entdecke meine Schwester, die am Küchentisch sitzt, die Hände um eine Tasse Tee gelegt.

»Ganz gut, würde ich sagen. Ich hab es dieses Mal geschafft, eine ganze Welle zu nehmen. Ich stand fast zwanzig Sekunden auf dem Brett!«

»Was? Nein, ich meine mit Markus.« Sie löst eine Hand von der Tasse, trommelt mit den Fingern auf der Tischoberfläche. »Wie war euer Treffen?«

»Ach, das.« Mit einem Seufzen lasse ich mich ihr gegenüber auf einen Stuhl sinken. »Zu lang. Zu anstrengend. Zu nervig.«

»Was hat er denn gesagt?«

»Was soll er schon sagen?« Ich runzele die Stirn. »Wir haben über das Projekt gesprochen.«

»Klar. Natürlich.« Sie nimmt einen großen Schluck aus ihrer Tasse.

»Leider ist meine Tortur damit noch nicht am Ende: Wir sind nicht gerade weit gekommen, also treffen wir uns am Donnerstag wieder.«

Sie hört auf zu trommeln. »Okay. Um dann weiter über die Arbeit zu sprechen, nehme ich an.«

Bevor ich nachhaken kann, worauf sie hinauswill, fährt sie fort: »Hannah hat mir eben erzählt, dass sie morgen Abend ein Fußballspiel in Timmendorf hat. Kannst du sie hinfahren?«

Ich rutsche auf meinem Stuhl hin und her. »Könnte das ausnahmsweise eine der anderen Mütter übernehmen? Ich habe morgen noch was vor.«

Sie verengt die Augen. »Ach? Was denn?«

»Nichts Besonderes. Ich wollte nur …«

»Sag bloß, du hast ein Date?« Ein Grinsen breitet sich auf ihrem Gesicht aus. »Ich wusste es! Man sieht es dir immer noch sofort an.«

»So ein Unsinn«, antworte ich entschieden. »Ich treffe mich morgen Abend noch mal mit Phillip von der Surfschule. Aber das ist ein rein berufliches Treffen.«

»Ein berufliches Treffen, so, so.« Ninas Tonfall macht deutlich, dass sie mir kein Wort glaubt. »Hat es zufällig was damit zu tun, dass er verboten heiß aussieht in Badeshorts?«

»Nina!« Entgeistert sehe ich meine Schwester an. Die zuckt mit den Schultern. »Was? Nur weil ich eine geschiedene, alleinerziehende Anti-Romantikerin bin, heißt das doch nicht, dass ich keine Augen im Kopf habe.«

Ich schmunzele. »Guter Punkt. Darauf trinke ich.«

Als ich ebenfalls mit einer dampfenden Teetasse am Tisch sitze, beschließe ich, die Gunst der Stunde zu nutzen. »Sag mal, wo wir gerade davon sprechen … wie ist es gerade zwischen dir und Jan? Gibt es da irgendein Problem?«

Sobald ich seinen Namen sage, verspannen sich ihre Schultern. »Nichts, was dich betrifft.«

So leicht lasse ich mich dieses Mal nicht abspeisen. »Es betrifft dich, also betrifft es auch mich!«

»Ach, jetzt auf einmal?«

»Nina …« Ich greife nach ihrer Hand, aber sie schüttelt mich ab.

»Lass gut sein, Sandra.«

»Jetzt rede doch mit mir!«

»Und was soll das bringen?« Sie sackt in sich zusammen, als hätte jemand die Luft aus einem Ballon gelassen. »Vergiss es einfach, okay?«

»Das will ich aber nicht! Du bist meine Schwester und …«

»Und du bist in drei Wochen wieder weg.« Sie stemmt sich hoch und greift nach ihren Krücken. »Also vergiss es.«

Die Tür fällt hinter ihr zu, dann quietschen die Stufen der Treppe leise, als sie nach oben humpelt. Ein Teil von mir will hinter ihr hergehen. Sie in den Arm nehmen. Sie dazu bringen, mir endlich die Wahrheit zu sagen, warum sie ständig so erschöpft und traurig ist. Aber der Rest von mir fragt sich, ob ich überhaupt noch ein Recht auf diese Wahrheit habe.

Phillip wohnt in einem kleinen Haus in einer Seitenstraße direkt hinter der Promenade. Als ich mein Fahrrad abstelle, höre ich die Wellen rauschen. An der Frontseite des Hauses rankt Efeu, und der Garten sieht aus, als gehöre er einem Mann, der den Großteil seiner Freizeit am Strand verbringt: Das Gras blüht wild und die Blumen, die sich irgendwann mal auf das kleine Beet neben der Hecke beschränkt haben, wachsen mittlerweile überall. Ich ignoriere das nervöse Flattern in meinem Magen und öffne das Törchen. Der Weg dahinter führt mich zu einer gut gepflegten Holztür. Ich will gerade auf die Klingel drücken, als die Tür aufschwingt.

»Hey.« Phillip steht vor mir, in weißem T-Shirt und heller Jeans und hält einen Kochlöffel in der Hand. »Ich hab dich kommen sehen. Hereinspaziert.«

»Danke.« Ich trete an ihm vorbei und erhasche einen Hauch von Zitronenshampoo und Meer und Tomatensoße. Diese Kombination sollte nicht funktionieren, aber sie tut es. Für einen Moment habe ich das Bedürfnis, diesem Geruch zu folgen, bis meine Nase an seiner Brust angekommen ist. Ich beschleunige meine Schritte und lande in einem kleinen Flur, der überraschend ordentlich aussieht.

»Ich hoffe, du magst Lasagne? Falls nicht, könnte ich dir auch immer noch Tiefkühl-Pommes anbieten.«

»Lasagne ist wunderbar.« Allein schon bei dem Gedanken läuft mir das Wasser im Mund zusammen. Er führt mich in die Küche und der Duft nach Tomaten, Käse und Oregano umhüllt mich wie eine warme Umarmung.

»Wow! Das riecht unglaublich!« Ich werfe einen Blick in die Auflaufform, die auf der Arbeitsfläche steht. »Vielleicht hättest du doch Koch werden sollen.«

»Das bezweifle ich.« Er senkt die Stimme. »Verrate es keinem, aber das hier ist das einzige Rezept, das ich kann.«

Ich beiße mir auf die Lippen, um nicht zu lachen. »Wenn es nur halb so gut schmeckt, wie es riecht, würde ich das auch jeden Tag essen.«

O mein Gott, was mache ich hier? Flirte ich mit ihm?!

Zum Glück ist er gerade viel zu sehr damit beschäftigt, den Auflauf in den Ofen zu schieben, um meine roten Wangen zu bemerken. Als er sich wieder aufrichtet, gehe ich direkt zum Geschäftlichen über. »Also, wo ist dieses Konzept, das ich lesen soll?«

»Moment, ich hole es schnell. Setz dich doch.«

Während er im Flur verschwindet, nutze ich seine Abwesenheit, um mich unauffällig umzusehen. Die Küche ist liebevoll eingerichtet, aber sie wirkt seltsam unbewohnt. Auf der Fensterbank stehen keine Pflanzen, auf der Spüle keine benutzten Kaffeetassen, nichts, was darauf hindeutet, dass hier regelmäßig jemand ein- und ausgeht. Das einzig Persönliche sind eine Handvoll Fotos an der Wand über dem Tisch. Sie zeigen den alten Fritz Sommer am Strand neben seiner Surfschule. Neben ihm eine blonde Frau in einem gelben Sommerkleid. Aber keine Kinderfotos von Phillip. Was sagte Rosa noch mal über ihn? *Er ist bei seiner Mutter in Eckernförde aufgewachsen. Manche munkeln, sein Vater wusste selbst lange nichts von ihm.*

»So, da wären wir.«

Ich zucke zusammen, als Phillip wieder den Raum betritt. Er folgt meinem Blick zu den Fotos, und sein Gesicht nimmt einen schwer zu deutenden Ausdruck an.

»Entschuldige, ich wollte nicht …«

»Mach dir keine Gedanken. Wenn ich nicht wollte, das Leute diese Bilder sehen, könnte ich sie ja abhängen.«

Er setzt sich mir gegenüber, den Blick immer noch auf die Wand gerichtet. »Das hier ist das alte Haus meines Vaters. Ich wohne schon seit drei Jahren hier, aber trotzdem fühlt es sich nicht richtig an, etwas zu verändern.«

»Ich weiß, was du meinst.«

»Auch Erfahrung mit dem Leben in elternlosen Elternhäusern?«

»Sowas in der Art. Meine Eltern sind beide recht kurz nacheinander gestorben. Seitdem war ich lange Zeit gar nicht mehr in dem Haus, weil ich … den Gedanken nicht ertragen habe.«

Ich überrasche mich selbst mit diesem Geständnis. Wieso erzähle ich ihm das überhaupt? Irgendetwas an seiner Gegenwart, dem offenen Ausdruck in seinem Gesicht wiegt mich in verräterischer Sicherheit. Weckt in mir den Wunsch, ehrlich zu sein.

Aber das kann ich nicht.

»Das tut mir leid, Sandra.« Er presst die Lippen zusammen.

»Ist schon okay. Es ist schon ein paar Jahre her.« Ich räuspere mich. »Also, das Konzept?«

»Richtig.« Er schiebt mir einen Stapel Papiere herüber. »Ich habe alles beschrieben, so gut ich konnte, aber ein zweites Paar Augen wäre mir wirklich eine große Hilfe.«

Dankbar für die Ablenkung nehme ich das erste Blatt in die Hand und beginne zu lesen. Es handelt sich um die detaillierte Beschreibung eines pädagogischen Konzepts für Surfstunden, die sich speziell an verhaltensauffällige Jugendliche richten. Ich habe zwar von der Materie keine Ahnung, aber in meinem Leben schon genug Projektanträge gesehen, um die Grundlagen zu verstehen.

»Hier fehlt noch eine Info zu deinem beruflichen Hintergrund«, sage ich und tippe auf die Seite. »Und hast du schon ein Führungszeugnis beantragt? Das würde ich hier auch auflisten.«

»Stimmt! Ich wusste, da hatte ich noch etwas übersehen.«

Wir finden schnell einen Rhythmus. Ich lese eine Seite des Antrags und mache ein paar Anmerkungen, dann schiebe ich sie Phillip rüber und er greift nach seinem Kugelschreiber. Als der Ofen piept, sind wir gerade bei der letzten Seite angekommen.

»Wow, perfektes Timing!« Phillip legt den Stift weg. »Jetzt habe ich aber auch echt Hunger.«

Als hätte er auf diese Einladung gewartet, knurrt mein Magen. Phillip wirft mir einen belustigten Blick zu. »Offenbar bin ich nicht der Einzige.«

»Hey, ich habe jetzt wochenlang jeden Tag selbst gekocht und bin nun wirklich keine Gourmet-Köchin.« Nina würde das sofort bestätigen. »Das hier ist das kulinarische Highlight meiner Woche.«

»Na dann hoffe ich mal, dass ich dir nicht zu viel versprochen habe.«

Mit einer großen Geste platziert er die Auflaufform auf einem Holzbrett zwischen uns. Die Tomatensoße ist noch so heiß, dass sie kleine Blasen wirft, und der Käse bildet eine goldige Kruste über den Nudelplatten. Es sieht beinahe verboten lecker aus.

Bevor wir versehentlich Soße darauf kleckern, lege ich das Konzept auf die Fensterbank, dann greifen wir zu unserem Besteck.

Der erste Bissen entlockt mir ein Stöhnen, das sich unanständig anhört. »O. Mein. Gott. Das ist unglaublich.«

Zum Glück ist er gerade zu sehr mit seiner eigenen Portion Lasagne beschäftigt, um darauf einzugehen. Bevor ich mich noch um Kopf und Kragen rede, schiebe ich mir eine weitere Gabel in den Mund. Für ein paar Minuten herrscht genüssliches Schweigen, während wir beide uns darauf konzentrieren, so viel Lasagne wie möglich zu verdrücken. Als er nach dem Schöpflöffel greift, um mir eine zweite Portion anzubieten, erinnere ich mich wieder daran, dass ich eigentlich mit einem konkreten Ziel hergekommen bin.

»Sag mal, diese Idee mit dem Kurs für auffällige Jugendliche … wie kommst du eigentlich darauf?«

Er füllt unsere Teller noch mal auf und lehnt sich in seinem Stuhl zurück. »Ich habe dir doch erzählt, dass ich für ein paar Jahre in Australien war.«

»Ich erinnere mich.«

»An dem Strand, wo ich als Surflehrer gearbeitet habe, gab es auch so einen Kurs. Einer meiner Kollegen hat zweimal pro Woche eine Gruppe von Jugendlichen trainiert, die Probleme hatten. Drogen, Kriminalität, schwieriges Elternhaus. Und ich habe gesehen, wie gut es ihnen getan hat. Die Bewegung, die Erfolgserlebnisse, das Kennenlernen der eigenen Grenzen im Wasser.« Er schaut an mir vorbei, den Blick in die Ferne gerichtet. »Klar, das hat ihre Probleme nicht gelöst, aber es hat ihnen ein Ventil gegeben. Einer von ihnen hat es geschafft, clean zu werden, und am Ende sogar eine Stelle als Aushilfscoach angefangen.« Er schüttelt den Kopf, als könnte er so die Erinnerung abschütteln. »Deshalb dachte ich, ich könnte dasselbe hier versuchen. Bedarf genug gäbe es.«

Ich denke an Thommy und nicke langsam. Mir fallen noch Dutzende Fragen ein, die ich ihm gerne dazu stellen würde. Aber leider zählt nur eine: »Was würdest du machen, wenn das nicht klappt mit dem Konzept?«

Er zuckt mit den Schultern. »Es noch mal versuchen. Ich kann ziemlich hartnäckig sein, wenn ich will.«

»Verstehe. Das scheint dir wirklich wichtig zu sein.«

»Ist es auch«, sagt er. »Ist es wirklich.« Seine Offenheit hat etwas Entwaffnendes, aber ich muss hart bleiben.

»Nur mal angenommen, es funktioniert nicht: Was würdest du dann machen. Mit deinem Leben, meine ich? Wo würdest du hingehen, wenn du nicht mehr in Altensande als Surflehrer arbeiten würdest?«

Er legt den Kopf schief. »Das wird nicht passieren, da bin ich mir ziemlich sicher.«

»Tu mir den Gefallen. Stell es dir vor.«

»Ich habe eine bessere Idee.« Er legt das Besteck auf seinem leeren Teller zusammen. »Wenn wir hier fertig sind, zeige ich dir meine Antwort. Danach gibt es Tiramisu.«

»Du machst Witze, oder?«

»Über Dessert würde ich niemals scherzen.«

Sobald unsere Teller in der Spülmaschine stehen, schlüpft er in seine Schuhe und zieht sich eine Jacke über.

»Was hast du vor?«

»Hab ich doch gesagt, ich zeige dir meine Antwort. Na los, komm.«

Ein Blick in sein Gesicht, das verschmitzte Lächeln und ich kann nicht Nein sagen. Er führt mich durch den Garten nach draußen auf die Straße, dann wendet er sich nach links. Wenige Minuten später befinden wir uns auf einem Pfad durch das kleine Waldstück, das an unsere Siedlung grenzt.

»Okay, wo gehen wir hin?«

»Ah, ah, ah.« Er schüttelt den Kopf. »Das ist ein Geheimnis. Ich werde mir doch nicht selbst die Überraschung verderben.«

»Na schön.« Ich versenke meine Hände in den Hosentaschen. »Dann gib mir wenigstens einen Tipp.«

»Ich zeige dir den schönsten Platz von Altensande. Und wenn meine Berechnungen stimmen«, er wirft einen schnellen Blick auf seine Armbanduhr, »dann kommen wir genau im richtigen Moment.«

Als der Weg sich gabelt, wenden wir uns nach rechts. In mir wächst ein Verdacht, dass ich weiß, wohin er mich führen wird. Er bestätigt sich keine fünf Minuten später, als die Bäume sich lichten und den Blick auf eine kleine Bucht freigeben, die durch eine natürliche Landzunge vom Rest des Strands abgetrennt ist. Heckenrosen säumen den Wegesrand, bis der Waldboden in Sand übergeht. Aber Phillip führt mich nicht auf den Strand, sondern auf die alte Trauerweide zu, die etwas abseits steht und über die Bucht zu wachen scheint. Ihre Äste sind so lang, dass sie bis zum Boden hängen, und Phillip hält sie beiseite wie einen Vorhang, um mich durchzulassen. Direkt am Stamm der Weide steht eine kleine Holzbank, in die die jungen Liebenden des Dorfes schon seit Jahrzehnten ihre Namen einritzen.

Markus wollte das damals nicht, weil es ihm zu kitschig war.

Wir lassen uns auf der Bank nieder und schauen durch die Blätter der Weide aufs Meer, über dem gerade die Sonne untergeht. Der Himmel leuchtet in Rot und Orange, als würde er in Flammen stehen. Es ist ein atemberaubender Anblick.

»Na, habe ich dir zu viel versprochen?« Phillip wirft mir einen Seitenblick zu.

Er sitzt vollkommen entspannt neben mir, den Rücken an die Holzbank gelehnt, als wäre er genau an dem Ort, an dem er sein will.

»Nein. Hast du nicht. Es ist nur …«

Ich kenne diesen Ort. Er war mal mein geheimer Spot. Ich hatte hier meinen ersten Kuss.

Ich muss mir auf die Lippe beißen, um nicht weiterzusprechen. Bin selbst überrascht davon, wie sehr ich es möchte. Phillip hat mir einen Teil von sich gezeigt, und alles in mir drängt danach, diese Geste zu erwidern.

»Es ist nur …?«

Er sieht mich abwartend an. Ich senke den Blick, verknote die Hände in meinem Schoß. »Ich verstehe nicht ganz. Was soll das bedeuten? Wieso ist das deine Antwort?«

»Du hast mich gefragt, was ich machen würde, wenn ich nicht mehr als Surflehrer in Altensande arbeiten würde. Aber sieh dich um.« Er deutet nach vorne auf das Meer, in dem die Sonne gerade versinkt. »Wieso sollte ich jemals etwas anderes wollen? Ich habe hier alles, was ich brauche. Mehr als das.«

Er atmet tief ein, und seine Schultern berühren meine. Anstatt zur Seite zu rutschen, sinkt mein Körper wie von selbst in die Berührung. »Erzähl weiter.«

»Klar, es sind Orte wie diese, die einfach so schön sind, dass es verboten sein müsste. Aber es sind auch die Menschen hier.« Er beißt sich auf die Unterlippe. Meine Augen folgen der Bewegung wie magnetisch angezogen.

»Als ich vor drei Jahren hierherkam, kannte ich niemand.

Mein Vater und ich hatten in meiner Kindheit kaum Kontakt. Ich habe ihn nur einmal hier besucht, als ich schon erwachsen war. Aber das war völlig egal. Ich wurde hier mit offenen Armen empfangen, war Teil der Gemeinde, bevor ich mich überhaupt umgemeldet hatte. Und mit der Surfschule kann ich etwas zurückgeben.«

Ich weiß nicht, wann es passiert ist, aber als er innehält, ist kein Zentimeter Platz mehr zwischen uns auf der Bank. Unsere Oberschenkel berühren sich, die Hüften, die Schultern. Seine Körperwärme umhüllt mich wie ein Mantel gegen die hereinbrechende Kühle der Nacht.

»Verstehst du das?«

Er dreht den Kopf und sieht mich an. Im letzten Dämmerlicht des Tages sind seine Augen sturmblau wie die Ostsee nach einem Gewitter.

»Mmh.« Meine Antwort ist nicht mehr als ein Flüstern. Da ist keine Luft mehr in meiner Lunge, um richtige Worte zu formen.

»Sandra?« Seine Stimme ist nicht mehr als ein raues Flüstern. Gänsehaut breitet sich auf meinen Armen aus.

»Ja?«

»Darf ich dich küssen?«

Bevor ich noch einmal darüber nachdenken kann, schlinge ich die Arme um seinen Hals und überwinde die letzten Zentimeter zwischen uns.

Für einen Moment sitzt er stocksteif da. Dann sind seine Hände an meinen Hüften. Starke Finger verhaken sich in den Gürtelschlaufen meiner Jeans und ziehen mich näher an ihn. Seine Lippen schmecken nach Salzwasser und Tomatensoße und Phillip, und ich kann nicht genug davon bekommen.

Als er mit dem nächsten Kuss den Mund öffnet und mir sanft auf die Unterlippe beißt, entfährt mir ein Stöhnen. Es ist gut, dass ich schon sitze, denn meine Knie fühlen sich butterweich an.

Er zieht den Kopf zurück, sucht meinen Blick. »Ist alles okay?«

Meine Hände liegen auf seinen Schultern, und mein Atem geht stoßweise.

»Hab ich gesagt, dass du aufhören sollst?«

Er sieht mich unverwandt an, aber die Besorgnis in seinem Gesicht weicht einem anderen, schwer zu deutenden Ausdruck. Er bringt das Blut in meinen Adern zum Kochen. »Dein Wunsch ist mir Befehl.«

Im nächsten Moment heben starke Hände mich von der Bank, heben mein linkes Bein über seine Hüfte, bis ich auf seinem Schoß sitze. Ich habe keine Zeit, überrascht zu sein, denn sofort sind seine Lippen an meinem Hals, küssen sich langsam bis zu meinem Schlüsselbein und löschen jeden rationalen Gedanken aus meinem Gehirn.

»Ich habe schon zu lange darauf gewartet, das endlich zu tun«, murmelt er zwischen zwei Küssen.

»Ist es so, wie du es dir vorgestellt hast?«, hauche ich atemlos, kralle die Finger in den Kragen seines Shirts.

»Mmh, nein. Es ist besser. So viel besser.«

Seine Stimme ist rau und kehlig, und sie entfacht eine bisher ungekannte Wärme in mir. Sie glüht in meiner Brust, breitet sich in meinem Bauch aus und wandert mit jedem Kuss etwas tiefer.

Er zögert für den Bruchteil einer Sekunde am ersten Knopf meiner Bluse.

So viel Zeit habe ich nicht.

Mit zitternden Fingern öffne ich die obersten Knöpfe, dann ziehe ich die Bluse über meinen Kopf und lasse sie neben mich fallen. Kühle Luft streicht über meine nackte Haut, aber ich spüre sie kaum. Unter Phillips hungrigem Blick steht jeder Zentimeter meines Körpers in Flammen.

»Sandra, du …« Er schluckt. Im letzten Tageslicht sehe ich, dass seine Pupillen geweitet sind und da ist ein feiner Hauch von Schweiß auf seiner Stirn. Seine Haare stehen wild von seinem Kopf an, wo ich sie zerwühlt habe, und da ist eine Spur von meinem Lippenstift auf seinen geöffneten Lippen.

»Du hast zu viel an«, höre ich mich selbst sagen.

So kenne ich mich gar nicht. Ich bin nicht unbedingt schüchtern, aber die Worte scheinen aus einem Ort tief in meinem Inneren zu kommen, der mir bisher unzugänglich war.

Es fühlt sich verdammt gut an.

»Na los«, wispere ich. »Worauf wartest du?«

Als koste es ihn Mühe, den Blick von mir zu lösen, zieht er eilig sein Shirt über den Kopf. Es landet neben meiner Bluse.

Was durch das Shirt schon zu erahnen war, lässt mich schlucken. Phillips Körper ist der eines Surfers, athletisch und stark. Meine Hände wandern wie magnetisch angezogen über starke Oberarme und breite Schultern.

»Wow«, entfährt es mir. »Wieso trägst du immer diesen Neopren? Du solltest nur noch oben ohne herumlaufen.«

Er schmunzelt. »Dafür ist die Ostsee ein bisschen zu kalt. Auf der anderen Seite …« Seine Hände streichen sanft über meinen Rücken, hinterlassen eine prickelnde Spur. »Wenn du danebenstehst, vergesse ich, wie man friert.« Er zwinkert mir zu.

Ich verdrehe die Augen, aber bevor ich antworten kann, ist sein Mund wieder auf meinem und mein Gehirn verwandelt sich in Zuckerwatte.

In diesem Moment klingelt mein Telefon.

»Musst du da drangehen?«, fragt Phillip zwischen zwei Küssen.

»Ich fürchte ja.« Es könnte ja Nina sein. Vielleicht ist etwas mit Hannah. Oder Clarice Biles. Widerwillig löse ich mich von Phillip und ziehe das Handy aus der Tasche meiner Jeans.

»Hallo?«

»Sandra?« Das ist die Stimme meiner Schwester. Sie klingt angespannt. »Sorry, dass ich dich störe, aber Hannah ist krank.«

»Was?« Ich springe auf.

»Sie hatte eben nur Kopfschmerzen, und ich habe sie ins Bett gebracht, aber es wurde immer schlimmer. Als ich Fieber gemessen habe, hatte sie 39,1.«

»Scheiße.«

»Kannst du mit ihr in die Notfallpraxis fahren? Ich würde es ja sofort selbst machen, aber …« Ihre Stimme bricht.

»Ich bin sofort da. Gib mir eine Viertelstunde.« Blind greife ich nach meiner Bluse auf dem Boden.

»Danke, Sandra. Wirklich, ich …«

»Geh du wieder zu ihr«, unterbreche ich sie. »Ich bin auf dem Weg.«

Sie legt auf. Ich zerre mir das Hemd wieder über den Kopf und kämpfe mit den Knöpfen. Meine Hände zittern.

»Was ist passiert?« Phillip steht auf. »Kann ich dir helfen?«

Nach allem, was er weiß, ist Hannah schon längst wieder weg. Aber was soll ich ihm stattdessen erzählen? Mein Gehirn ist wie leergefegt. Da ist nur ein einziger Gedanke: Was ist mit Hannah?

»Hey. Rede mit mir.« Phillips Hand ist an meinem Kinn, hebt sanft meinen Kopf, bis ich ihn ansehe. »Was ist los?«

Vielleicht ist es der Schreck, vielleicht das Mitgefühl in seiner Stimme, das die Tränen zum Laufen bringt.

»Es ist nichts«, flüstere ich und fühle mich dabei wie der letzte Mensch. »Nur eine kleine Familienangelegenheit. Nichts Besonderes.«

Gott, Hannah, verzeih mir!

»Kann ich irgendetwas tun?«

Für einen Moment gebe ich mich der Fantasie hin, dass ich mich einfach in seine Arme werfen und ihm alles erzählen kann. Er würde mich zurück zu Nina fahren, und wir würden uns um Hannah kümmern und alles wäre gut.

Stattdessen schüttele ich den Kopf. »Lieb von dir. Aber das geht schon.«

Er sieht aus, als wollte er noch mehr sagen, aber dann nickt er nur. Schiebt meine zitternden Hände sanft zur Seite und schließt den letzten Knopf meiner Bluse.

»Okay. Aber wenn du noch irgendetwas brauchst, dann meldest du dich?«

Ich nicke wortlos, um nicht in Schluchzen auszubrechen. Dann drehe ich mich um und laufe los, durch den Wald zurück zu meinem Fahrrad.

Kapitel 17

Nina steht schon an der Tür, als ich ankomme. Ihre Augen sind gerötet, als hätte sie geweint.

»Hey. Es tut mir wirklich leid ...«

»Wo ist Hannah? Wie geht es ihr?«

»Sie liegt mittlerweile hier unten auf dem Sofa. Das Fieber ist immer noch ziemlich hoch.«

Sie tritt zur Seite, um mich vorbeizulassen, und ich stürme durch den Flur ins Wohnzimmer. Hannah liegt wie ein Häufchen Elend auf dem Sofa. Sie trägt schon ihren Pyjama und hat sich unter einer Decke verkrochen, sodass nur ihr Gesicht zu sehen ist. Neben ihr auf dem Boden steht ein Eimer, und sie hält ihre Kuschelrobbe fest umklammert.

»Hey, Große. Was machst du denn für Sachen?« Vorsichtig setze ich mich neben sie auf die Kante des Sofas.

»Hallo«, murmelt sie. Ihre Wangen schimmern rot, und ihre Augen sind glasig. »Ich weiß auch nicht. Mir geht's nicht so gut.«

Tränen tropfen auf ihre Wangen, und es kostet mich meine ganze Selbstbeherrschung, nicht mitzuweinen. »Wir kümmern uns um dich, okay? Wir beide fahren jetzt erst mal zum Arzt.«

»Mit Mama? Mama muss auch mitfahren.«

»Natürlich fahre ich mit, mein Schatz.« Nina kämpft sich gerade mit ihrem eingegipsten Arm in ihre Jacke. »Tante Sandra fährt das Auto, und wir beide sitzen hinten, was sagst du?«

So einfach ist es am Ende nicht. Wir brauchen eine halbe Stunde, viel gutes Zureden und einen Zwischenstopp über der Kloschüssel, bis wir alle im Auto sitzen. Hannah klammert sich an Ninas Hals und weigert sich loszulassen, also führe ich den Gurt vorsichtig über sie beide, bevor ich den Motor anlasse.

»Wo muss ich hin?«

»Die nächste Notfallpraxis ist in Timmendorf. Aber ich dachte, wir fahren zuerst zu ihrem Kinderarzt, Dr. Schröder.«

»Hat der noch auf?«

»Nein, aber er wohnt über seiner Praxis. Vielleicht haben wir Glück.«

Ich kann mir kaum vorstellen, dass ein Arzt um diese Uhrzeit noch zu Hause Patienten behandelt. Aber Nina klingt so zuversichtlich, dass ich ihr nicht widerspreche. Sie dirigiert mich an den Ortsrand von Altensande, wo wir vor einem großen weiß-gestrichenen Wohnhaus zum Stehen kommen. An der Straße steht ein kleines Schild mit der Aufschrift »Dr Mirco Schröder, Allgemeinmediziner und Kinderarzt.«

»Ist das etwa der Sohn …?«

»… vom alten Schröder? Ja, ist er.« Nina schält sich vorsichtig aus dem Auto, dann wendet sie sich Hannah zu. »Sie schläft, glaube ich. Gehst du schon mal klingeln?«

Ohne auf meine Antwort zu warten, versucht sie, ihre gesunde Hand unter Hannahs Hüfte zu schieben.

Ich schließe die Autotür so leise wie möglich und umrunde den Wagen. »Ich mach das.«

»Das geht schon«, murmelt Nina konzentriert, offensichtlich bemüht, ihre Tochter nicht zu wecken. Aber mit einem Arm hat sie keine Chance. Als sie die zweite Hand dazunehmen will und vor Schmerzen scharf die Luft einsaugt, schiebe ich sie zur Seite. »Kümmere du dich um die Tür.«

»Das schaffe ich …«

»Nina.«

Sie wendet sich mir zu, und in ihren Augen schimmern Tränen. Meine Stimme wird weicher. »Wir kriegen das hin, okay? Zusammen.«

Sie beißt sich auf die Unterlippe, nickt. Dann macht sie sich auf den Weg zur Eingangstür, und ich hebe Hannah vorsichtig aus dem Auto. Ihre Augen sind geschlossen, und ihre Arme hängen schlaff herunter, als ich sie zur Tür trage, wo Nina bereits wartet.

Am Haus gibt es zwei Klingeln: die untere für die Praxis und die obere für die Privatwohnung von Familie Schröder.

»Mama?« Das ist Hannahs Stimme. Sie klingt müde und verwirrt. »Wo sind wir hier? Ich will nach Hause.«

»Wir müssen erst mal zum Arzt, damit es dir wieder besser geht«, antworte ich.

»Nach Hause«, murmelt Hannah und beginnt, leise zu schluchzen. Das Geräusch sticht mir mitten ins Herz.

Nina drückt auf die obere Klingel.

Es dauert nur wenige Sekunden, bis auf der anderen Seite jemand antwortet. »Schröder?«

»Carola, hey. Hier ist Nina Meerbach. Ist dein Mann gerade da? Meine Tochter hat hohes Fieber.«

»O nein, die arme Maus. Ich hole ihn her, kommt rein.«

Die Tür summt, und meine Schwester stemmt sich dagegen. Wir landen in einem dunklen Treppenhaus. Ich suche nach dem Lichtschalter, aber Nina marschiert blind nach oben. Nach zwei Stufen gerät sie ins Schwanken, weil sie mit der Krücke die Treppenstufe verfehlt.

»Was machst du denn da?«

Ich komme gerade noch rechtzeitig, um einen Sturz zu verhindern. Hannah schluchzt lauter.

»Wir müssen uns beeilen, komm schon.« Nina reißt sich los, nimmt die nächste Stufe in Angriff.

»Warte! Lass mich dir doch helfen!«

Mit vereinten Kräften schaffen wir es in den ersten Stock. Dort steht schon eine Frau im Morgenmantel im Türrahmen.

»Bringt sie gleich durch ins Wohnzimmer. Mirco wartet auf euch.«

»Danke, Carola«, keucht meine Schwester. »Ernsthaft, ich schulde euch was.«

Die Frau winkt ab und führt uns durch einen geschmackvoll eingerichteten Flur in ein großes Wohnzimmer mit bodentiefen Glasfenstern. In der Mitte des Raumes steht eine cremefarbene Sofalandschaft, neben der ein Mann mit einer großen Ledertasche steht.

»Kommt einfach hier rüber, dann schauen wir uns das mal an.«

Nina legt Hannah vorsichtig auf die Couch, und der Arzt nimmt neben ihr Platz.

»Hallo, Hannah. Na, was ist los?«

Sie hört auf zu schluchzen. »Doktor Mirco? Was machst du denn hier?«

»Ich wohne hier, Hannah. Du bist gerade sozusagen auf einem Hausbesuch.«

Ihre Augen weiten sich. »Dann gibt es hier keine Gummibärchen?«

Er zwinkert ihr zu. »Für dich mache ich eine kleine Ausnahme und hole welche aus der Praxis. Okay? Aber erst nach der Untersuchung.«

Die Frau im Bademantel taucht neben mir auf. »Möchten Sie was trinken? Einen Tee?«

Nach einem Blick in Richtung Sofa, wo ich gerade nichts mehr tun kann, nicke ich. »Das wäre super, vielen Dank.«

Sie führt mich in die Küche und nimmt vier Tassen aus dem Schrank.

»Schwarz oder mit Milch?«

»Ganz egal. Hören Sie, Frau Schröder …«

»Carola, bitte. Sie sind doch Ninas Schwester, oder? Die auf dem Kreuzfahrtschiff?«

»Ja, genau. Woher …?«

»Ihre Schwester hat mir davon erzählt. Sie ist mächtig stolz auf Sie, aber da sage ich Ihnen ja nichts Neues.«

»Ähm, ich weiß nicht. Also, ich meine, natürlich …«

Ich breche ab, bevor ich mich noch vollkommen lächerlich mache. Scheinbar spricht Nina in meiner Abwesenheit in den höchsten Tönen von mir, will mit mir persönlich aber kaum drei Worte wechseln. Aber das muss ich später mit ihr klären. Jetzt geht es erst mal um Hannah.

»Hier, für Sie.« Carola drückt mir eine dampfende Tasse in die Hand.

»Sandra, bitte.«

»Sehr gerne.«

Wir setzen uns an den Küchentisch. Aus dem Wohnzimmer hören wir gedämpfte Stimmen. Hannah kichert, und der Knoten um mein Herz lockert sich etwas.

»Noch mals vielen Dank für deine Hilfe. Also wirklich, das ist so unfassbar nett, dass ihr euch noch so spät um Hannah kümmert.«

»Ist doch selbstverständlich«, sagt Carola. »Hier auf dem Dorf hilft man sich eben. Weißt du, ich bin vor ein paar Wochen mit dem Fahrrad gestürzt und der Simonis hat mir nach Ladenschluss noch einen neuen Reifen eingebaut. Bei Rosa im Café kannst du auch eine halbe Stunde vor dem Überraschungsbesuch der Schwiegereltern noch anrufen, und sie hat einen Kuchen für dich. So machen wir das eben hier.«

Ich nippe an meiner Tasse. »Bitte entschuldige meine Nachfrage, aber ist das nicht hauptsächlich ein Klischee? Das mit der verschworenen Dorfgemeinschaft, die in Frieden und Harmonie zusammenlebt?«

Carola sieht mich über den Rand der Tasse an. »Du hast auch mal hier gelebt.« Es ist keine Frage, also gebe ich keine Antwort.

»Du weißt, wie es ist. Natürlich gibt es auch hier Streit, Nachbarn, die sich nicht leiden können, Familien, die Krach haben. Mirco hat sie jeden Tag in seiner Praxis.« Sie lehnt sich auf ihrem Stuhl zurück und schaut aus dem Küchenfenster nach draußen in die Nacht. »Und trotzdem ist es anders. Die Leute müssen dich nicht mögen, aber sie kümmern sich um dich. Wenn du ein Problem hast, bist du nicht allein, du musst nur den Mund aufmachen. Ich komme ursprünglich aus Berlin, weißt du? Wir haben in einem Haus mit zwanzig Parteien gewohnt, und als ich zwölf war, stand eines Tages die Feuerwehr im Hausflur, um die Tür einer Nachbarin aufzubrechen. Sie war vor einer Woche in der Wohnung verstorben, und es ist erst aufgefallen, als es angefangen hat zu stinken.«

»Scheiße. Das tut mir leid.«

»Alles, was ich damit sagen will, ist: Hier würde so etwas nicht passieren. Niemals. Die Leute achten aufeinander.«

»Aber ist das nicht manchmal auch erdrückend? Zu wissen, dass man immer irgendwie beobachtet wird? Dass es klare Rollen gibt, die andere einem zuschreiben und dann erwarten, dass man sie erfüllt?« Ich habe keine Ahnung, woher diese Worte plötzlich kommen. Aber ich muss sie aussprechen, sonst würde ich an ihnen ersticken.

Carola sieht mich eindringlich an. Ich kämpfe gegen den Impuls, mich vor diesem Blick unter dem Tisch zu verstecken.

»Ich glaube, dass es tatsächlich schwieriger sein kann, in einer kleinen Gemeinschaft wie dieser seinen Platz zu behaupten. Am Anfang war es für mich auch nicht so leicht.«

Ich hebe überrascht die Augenbrauen. »Nein?«

»Als Frau des Doktors sind einige automatisch davon ausgegangen, dass ich mich mit dieser Rolle zufriedengeben würde. Mittlerweile führe ich einen erfolgreichen Friseursalon neben Rosas Café, und niemand käme mehr auf die Idee, mich in eine Schublade zu stecken, die mir drei Nummern zu klein ist.«

Ich nicke langsam. »Das ist beeindruckend.«

»Alles, was ich damit sagen will, ist, dass es weniger auf dein Umfeld ankommt als auf dich selbst. Man kann in New York leben und in einem unglücklichen Job und einer schrecklichen Ehe feststecken, und man kann in einem kleinen Kaff auf dem Land die Erfüllung finden. Oder eben andersherum. Aber das liegt ganz bei dir. Vor dir selbst kannst du nicht weglaufen, egal, wohin du gehst.«

Ein Teil von mir möchte ihr widersprechen. Ich hätte hier niemals glücklich werden können, wenn ich gezwungenermaßen die Pension meiner Eltern übernommen hätte, statt die Welt zu sehen. Wenn ich mich den Wünschen anderer gebeugt hätte, statt meinen eigenen Weg zu gehen. Aber war mein Weg wirklich der einzig mögliche? Hätte es für mich hier eine Zukunft gegeben, die ich mir selbst hätte gestalten können? Hätte mich das glücklich gemacht?

Bin ich gerade glücklich?

Diese Frage trifft mich völlig unvorbereitet. Gestern hätte ich noch ohne zu zögern Ja gesagt. Ich bin für ein paar Wochen bei meiner Familie und arbeite mich gleichzeitig langsam aber sicher auf die Beförderung zu, die mir meinen Traumjob verschaffen wird. Damit werde ich endlich beweisen, dass ich gut genug für die Spitze der Karriereleiter bin und dafür sorgen, dass alle meine Gäste die Zeit ihres Lebens haben. Wieso sollte ich damit nicht glücklich sein?

Aber dann ist da auch die Tatsache, dass ich Hannah nicht zu meinem Geburtstag einladen kann, weil ich dann schon wieder weg bin. Dass Nina unglücklich ist und nicht mit mir darüber spricht. Dass ich Phillip geküsst habe und es sich angefühlt hat wie Feuerwerk im Kopf.

»Hey. Habt ihr noch eine Tasse für mich?«

Ich fahre herum und schaue in Dr. Schröders Gesicht. Er sieht müde aus, aber er lächelt.

»Was ist mit Hannah? Ist sie okay?«

»Sie hat sich eine fiese Grippe eingefangen, aber das wird schon wieder. Ich habe ihr was gegen das Fieber und die Schmerzen gegeben. In spätestens einer Woche ist sie wieder fit, da bin ich sicher.«

»Danke! Wirklich, noch mal tausend Dank für Ihre Hilfe, wie können wir …?«

Er hebt abwehrend die Hände. »Nennen Sie mich Mirco, bitte. Und das hat Ihre Schwester schon versucht. Kümmern Sie sich einfach mit um Hannah, damit sie schnell wieder auf die Beine kommt.«

»O nein, so einfach kommen Sie mir nicht davon. Eine Torte vom Café Rosa, mindestens.«

»Ich bitte Sie …«

»Sandra.«

»Ich bitte dich …«

»Nein, ich akzeptiere keine Widerworte. Wir laden euch zum Kaffee ein. Auf unserer Terrasse. Basta.«

»Ich sage das wirklich ungern, aber meine Schwester hat recht.« Nina taucht neben Mirco im Türrahmen auf. Ihre Haare sind zerzaust und ihre Augen blutunterlaufen, aber ihr Lächeln ist echt.

»Na gut, dann ergeben wir uns dieser Mehrheit.« Mirco und seine Frau tauschen einen Blick, mit dem sie alle wichtigen Infos auszutauschen scheinen. Wie es sich wohl anfühlt, seinen Partner so gut zu kennen, dass man keine Worte mehr braucht? Wie Phillip wohl …

An dieser Stelle unterbreche ich meine Gedanken, zwinge mich zurück in die Gegenwart. »Wo ist Hannah jetzt?«

»Sie schläft auf der Couch«, antwortet Nina. »Aber ich würde vorschlagen, dass wir sie zurück in ihr eigenes Bett bringen.«

»Sehr gute Idee.« Ich leere die Teetasse in einem Zug und stehe auf. Fünf Minuten später machen wir uns mit der schlafenden Hannah im Arm zurück auf den Heimweg.

»Wieso seid ihr denn schon auf?« Nina tapst verschlafen in die Küche. Der nächtliche Arztbesuch ist auch an ihr nicht spurlos vorbeigegangen. »Du musst doch heute gar nicht in die Schule, Maus.«

Ihre Tochter sitzt zwischen uns auf dem Küchenboden und verwandelt gerade einen Holzlöffel und eine Salatschüssel in ein Schlagzeug.

»Ich konnte aber nicht mehr schlafen. Und mir war langweilig.«

Nina lacht. »Dann kann es dir ja nicht mehr so schlecht gehen.«

»Nein! Ich bin schon fast wieder ganz gesund.«

Sie legt ihrer Tochter eine Hand auf die Stirn und wirft mir einen fragenden Blick zu. »Habt ihr heute schon gemessen?«

»37, 9. Schon besser, aber da ist noch Luft nach oben.« Ich nehme eine zweite Kaffeetasse aus dem Schrank und schalte die Maschine ein.

»Dann machen wir beide heute zusammen einen Krankentag.« Nina küsst Hannah auf den Haarschopf. »Und wir gucken den ganzen Tag *Bob der Baumeister* und essen Kekse, was sagst du dazu?«

»Jaaa! Kekse sind super! Können wir die selber backen?«

»Klar. Ganz, wie du willst.«

»Ihr habt Glück, dass ich gestern erst einkaufen war«, werfe ich ein. »Sonst hätten wir jetzt weder Mehl noch Backpulver.«

»Du bist die gute Seele dieses Haushalts.« Nina gibt mir einen Kuss auf die Wange. Ich bin so überrascht, dass ich beinahe die Tüte mit dem Kaffeepulver fallen lasse. Für einen Moment möchte ich sie am liebsten an mich ziehen und so fest umarmen, dass wir beide keine Luft mehr bekommen. Meiner Schwester wieder so nah sein wie früher, ganz selbstverständlich, als hätte sich nie etwas geändert. Aber wir sind beide erwachsen, und keine Umarmung der Welt kann etwas daran ändern. Carolas Worte von gestern Abend schießen mir wieder durch den Kopf. Es wird Zeit, dass Nina und ich uns mal in Ruhe unterhalten.

»Was hast du heute so vor?«, fragt meine Schwester, während sie drei Müslischüsseln auf den Tisch stellt.

»Frag nicht. In zwei Stunden steht Markus wieder bei mir auf der Matte, um weiter an unserer Präsentation zu arbeiten.«

Nina hält inne. »Sag mal, worum genau geht es da jetzt eigentlich? Was hat es mit diesem Projekt auf sich?«

»Ich darf eigentlich nicht darüber reden …«

»Aber uneigentlich bin ich deine Schwester, und du vertraust mir alles an, richtig?«

»So, wie du mir alles anvertraust?« Das klang schärfer als beabsichtigt. Nina verschränkt die Arme vor der Brust. »Jetzt lenk nicht ab. Worum geht es bei eurem geheimen Projekt?«

»Ich hab es dir doch schon erzählt. Der Bürgermeister will Altensande ein bisschen modernisieren.«

»Ja, aber was heißt das genau? Und warum musst du dafür mit deinem Ex zusammenarbeiten?«

»Er ist der Vorsitzende der Werbegemeinschaft von Altensande. Herr Zylinski scheint zu glauben, er könnte mir dabei helfen, die hiesigen Geschäftsleute von unserem Plan zu überzeugen.«

»Wieso überzeugen?« Nina verengt die Augen. »Ich dachte, ihr wollt den Ort einfach ein bisschen modernisieren. Das sollte doch für uns alle gut sein.«

»Genau. Aber manche Leute scheinen einfach noch nicht bereit für eine Veränderung zu sein. Und das, obwohl sie eine mehr als angemessene Summe dafür bekommen würden.«

»Summe? Wofür?«

»Das kann ich dir nicht sagen, du weißt doch …«

»Wofür?« Ninas Blick bohrt sich in meinen.

»Um ihre Grundstücke zu verkaufen, okay? Damit wir aus Altensande einen begehrten Ferienort machen können, an dem ausgewählte Gäste eine luxuriöse Auszeit genießen können.«

»Ihr wollt was?«

Hannah zuckt zusammen. Nachdem sie ihrer Tochter einen entschuldigenden Blick zugeworfen hat, fährt Nina leiser fort: »Ihr wollt Anwohner rauswerfen, um Häuser für reiche Städter zu bauen?«

»Nein! Darum geht es gar nicht, oder zumindest nicht hauptsächlich. Aber mach dir keine Gedanken, es geht hauptsächlich um Grundstücke an der Promenade und in Strandnähe.«

»An der Promenade. Also Herr Simonis, Schmidts, Frau Matthis.«

»Unter anderem. Aber dieses Haus steht überhaupt nicht zur Debatte, also betrifft uns das alles nicht.«

»Dich betrifft es nicht.« Ninas Stimme ist scharf wie Stahl. »Du bist in ein paar Wochen wieder weg. Aber wir leben hier, in diesem Ort, mit diesen Menschen. Wenn sie Altensande verlassen, würde das alles verändern.«

»Aber muss das denn etwas Schlechtes sein?«, halte ich dagegen. »Keins dieser Geschäfte läuft gut. Die Leute könnten sich von dem Geld woanders eine neue, bessere Zukunft aufbauen.«

»Und wenn sie das nicht wollen? Wenn sie mit ihrem mittelmäßigen Leben hier völlig zufrieden sind?« Nina wird immer lauter. »Ich weiß, jemand wie du kann sich das nicht vorstellen, aber …«

»Jemand wie ich? Was soll das denn bitte heißen?

Hinter uns beginnt Hannah zu schluchzen, und wir verstummen.

»Was ist denn los, Schatz?« Meine Schwester geht mit einem Ächzen neben ihr in die Hocke und streicht ihr über die Haare.

»Ihr sollt nicht streiten«, sagt sie zwischen zwei Schluchzern. »Und ich will nicht, dass Herr Simonis weggeht. Oder Frau Matthis. Sie sollen hierbleiben!«

»Das werden sie auch, mein Schatz. Das verspreche ich dir.«

»Aber Tante Sandra hat doch gesagt …«

»Ich weiß, was sie gesagt hat. Aber du musst dir keine Sorgen machen, hörst du? Es wird alles gut.«

Sie zieht die weinende Hannah in ihre Arme und wiegt sie sanft hin und her.

»Nina, ich …«

»Hast du nicht gleich einen Termin?«

Sie dreht sich nicht zu mir um. Die Botschaft ist klar. Schweigend nehme ich meine Kaffeetasse und verlasse die Küche. Hannahs leises Schluchzen verfolgt mich die Treppe hinauf bis an meinen Schreibtisch.

Kapitel 18

Ich mache mich eine halbe Stunde zu früh auf den Weg ins Büro. Zu Hause halte ich es keine Sekunde länger aus. Nina und Hannah haben sich im Wohnzimmer auf die Couch gesetzt und starten gerade einen *Bob der Baumeister*-Marathon, als ich die Tür hinter mir zuziehe. Immerhin scheint Hannah unser Gespräch vom Frühstückstisch schon wieder vergessen zu haben. Bei Nina wird das nicht so schnell gehen. Dabei verstehe ich gar nicht, wieso sie sich aufregt. Alles, was wir wollen, ist, die Situation in Altensande zu verbessern. Und zwar langfristig für alle Anwohner. Wieso führt sie sich so auf, als wäre das eine unverzeihliche Todsünde? Ich biege auf die Hauptstraße ab und lasse den Blick über die Fassaden der Häuser wandern, die hier schon stehen, seit ich denken kann. Stelle mir das Altensande vor, das Herr Zylinski sich wünscht. Die beiden Bilder sind nicht miteinander zu vereinbaren, egal, wie viel Fantasie ich aufbringe. Wenn wir etwas Neues wollen, muss eben etwas Altes weg. Und es wird Zeit, dass wir den Rest des Ortes davon überzeugen.

Mein Handy brummt in der hinteren Tasche meiner Jeans, und ich ziehe es heraus. Hoffe für einen Moment, dass es Nina ist. Vielleicht hat sie noch mal nachgedacht und eingesehen, dass sie überreagiert hat. Oder es ist Markus, der mir sagt, dass er heute krank ist und wir das Treffen verschieben müssen.

Es ist eine Nachricht von Phillip.

Hey. Ich wollte nur fragen, ob alles okay ist?

Mein Hals schnürt sich zu. Wieso muss dieser Mann auch so verdammt nett sein? Wieso kann er nicht einfach ein arrogantes Arschloch sein, dem ich ohne schlechtes Gewissen sein Grundstück abschwatzen kann?

»Danke fürs Nachfragen, lieb von dir«, tippe ich und wünsche mir plötzlich mehr als alles andere, dass ich einfach ehrlich sein könnte. *»Aber es ist alles okay.«*

Ich sende die Nachricht ab, während die Buchstaben vor meinen Augen verschwimmen. Denn es ist nicht okay. Überhaupt nichts ist okay. Aber das kann ich Phillip nicht sagen. Ich kann mit niemandem darüber reden. Heiße Tränen laufen mir die Wangen hinunter und tropfen in meinen Hemdkragen.

»Signorina?«

Giovanni ist gerade dabei, seine Tische für den Tag nach draußen zu stellen. Als er mich sieht, steckt er den Lappen ein und kommt auf mich zu. »Kann ich Ihnen helfen? Brauchen Sie etwas?«

Die aufrichtige Besorgnis in seiner Stimme lässt Übelkeit in mir hochsteigen. Wäre er immer noch so hilfsbereit, wenn er wüsste, was ich mit seiner Hauptstraße plane?

»Nein, vielen Dank«, schniefe ich, zwinge mich zu einem Lächeln. »Nur eine Allergie, nichts weiter.«

Bevor er nachhaken kann, lasse ich ihn stehen. Im Laufen krame ich ein Taschentuch aus meiner Hosentasche und tupfe die Tränen weg. Das Letzte, was ich jetzt brauche, ist, dass Markus mich weinen sieht.

Ich kneife die Augen zusammen und atme ein paarmal tief durch, um meine Emotionen wieder unter Kontrolle zu bekommen. Es wird alles gut, rede ich mir ein. Ich beende heute mit Markus die Planung für die Präsentation. Wir überzeugen den Rest von Altensande von unserem Vorhaben. Herr Zylinski bekommt seine Investoren und ich den Eintrag in meinem Lebenslauf, und dann gehe ich nach New York, nachdem ich mich mit Nina versöhnt habe.

Gar kein Problem.

»Okay, wir müssen also eindeutig klarmachen, dass ein Verkauf für die Beteiligten der richtige Weg ist.« Markus trommelt mit seinem Bleistift auf der Tischplatte. Es macht mich wahnsinnig.

»Das habe ich doch schon versucht. Die haben mich einfach vor die Tür gesetzt.« Ich unterdrücke den Impuls, mir die Haare zu raufen. Wir sitzen schon seit drei Stunden in dem kleinen Besprechungsraum und sind noch keinen Schritt weitergekommen.

»Die Frage ist ja auch, wie du es gemacht hast.« Er wirft mir über den Rand seiner Kaffeetasse einen Blick zu. Ich balle die Hände zu Fäusten.

»Du hättest es natürlich besser gekonnt.«

»Das wollte ich damit gar nicht sagen. Ich meine ja nur,

du warst lange weg. Du weißt gar nicht mehr, wie die Leute hier ticken.«

Ich schnaube. »O bitte, erleuchte mich. Wie ticken die Menschen hier?«

»Das ist schon ein Teil des Problems.« Er verschränkt die Arme vor der Brust. »Du respektierst die Leute nicht. Du glaubst, nur, weil du aus der großen weiten Welt kommst …«

»Moment«, falle ich ihm ins Wort. »Das ist völliger Unsinn! Natürlich habe ich Respekt vor den Menschen hier. Ich war mal eine von ihnen, schon vergessen?«

»Nein, aber manchmal glaube ich, *du* hast das vergessen.« Er begegnet meinem Blick mit einer Herausforderung, die ich gerne annehme. »Ich weiß nicht, um was es dir hier geht, Markus, aber mir geht es um die Zukunft dieses Ortes. Ich will, dass alle Anwohner ein besseres Leben haben können.«

»Sicher, dass es dir nicht nur um dein Ego geht?«

»Wie bist du denn eigentlich hierhergekommen? Was hat dich dazu gebracht, jetzt hier in diesem Büro mit mir zu sitzen? Wenn ich mich richtig erinnere, hat niemand hier dir eine Pistole auf die Brust gesetzt und dich gezwungen, uns zu unterstützen.«

Er seufzt, und seine Schultern sacken nach unten. »Nein. Aber mir bleibt wohl kaum etwas anderes übrig.«

»Wieso das?«

»Du hast es doch selbst gesagt.« Markus wirft die Hände in die Luft. »Die Geschäfte laufen schlecht. Es kommen zu wenige Menschen nach Altensande. Wenn wir wollen, dass unsere Unternehmen überleben, dann müssen wir uns diesem Wandel stellen, ob wir wollen oder nicht.«

Ich runzele die Stirn. »Und du … willst nicht?«

»Natürlich nicht!« Die Stuhlbeine quietschen auf dem Linoleumboden, als er aufspringt. »Wieso sollte ich ernsthaft wollen, dass Menschen aus diesem Ort vertrieben werden, die hier schon länger leben, als es uns beide gibt? Das hier irgendwelche reichen Schnösel aus Hamburg oder Berlin über die Dünen spazieren, als würden sie ihnen gehören?«

»Wieso kann es denn nicht beides geben?« Ich stehe ebenfalls auf, stelle mich ihm gegenüber. »Menschen aus der Stadt, die die Geschäfte als Kundschaft gewinnen, davon würden doch am Ende alle profitieren.«

»Jetzt tu doch nicht so, als wärest du so naiv. Es gewinnen nur die, deren Grundstücke nicht für Sterne-Restaurants und Ressorts gebraucht werden.« Er schüttelt den Kopf. Als unsere Blicke sich erneut treffen, bin ich überrascht von den Emotionen in seinem Gesicht. »Ich verstehe ja, dass dir das alles hier egal ist. Dass du es nicht erwarten kannst, endlich wieder weg zu sein, aber …«

»Du kennst mich nicht, Markus. Schon lange nicht mehr. Du hast keine Ahnung, was mir Altensande bedeutet.« In den letzten Tagen weiß ich es selbst nicht mehr so genau.

»Dann sei ehrlich: Willst du das für diesen Ort?«

Ich denke an Nina, die die weinende Hannah im Arm hält und ihr verspricht, dass alles wieder gut wird. An Frau Matthis, die schon Kleider genäht hat, als ich noch gekrabbelt bin. An Phillip, der seine Arbeit aufrichtig liebt und für seine Schüler alles gibt.

Und ich bin mir nicht mehr sicher.

»Spielt es eine Rolle, was ich will?«, frage ich schließlich.

»Wir sind beide hier, weil wir einen Job zu erledigen haben. Und je schneller wir damit fertig sind, desto besser.«

Es ist kurz nach vier, als wir endlich eine Präsentation fertiggestellt haben, die einigermaßen vorzeigbar ist. Ob sie am Ende die Altensandener überzeugen wird, kann ich unmöglich beurteilen. Vor allem jetzt, wo ich weiß, dass Markus das eigentlich überhaupt nicht will. Dass er Herrn Zylinski nur hilft, weil es für ihn der einzige Ausweg ist. Als er die Bürotür hinter sich zuzieht, sacke ich auf meinem Stuhl zusammen und lasse den Kopf auf die Tischplatte sinken. Eigentlich sollte ich erleichtert sein. Wir haben erreicht, was wir wollten. Die Präsentation ist fertig, die Werbeflyer für kommenden Samstag sind bestellt und werden im Laufe der nächsten Tage verteilt und alles ist vom Bürgermeister abgesegnet. Ich muss nur noch die Info-Veranstaltung überleben, dann muss ich Markus nie wiedersehen. Aber es fühlt sich nicht wie der Sieg an, den ich erwartet habe. Stattdessen wiederholen sich die Unterhaltungen der letzten Tage in meinem Kopf wie ein Ohrwurm, den ich nicht ausblenden kann. Carola Schröder, die mir bei einer Tasse Tee erzählt, dass man sich auf dem Dorf eben hilft, während ihr Mann im Wohnzimmer Hannah versorgt. Giovanni, der mich auf dem Gehsteig weinen sieht und mir sofort zu Hilfe eilt. Nina, die mich heute Morgen erst auf die Wange geküsst und mir dann entsetzt den Rücken zugewandt hat.

Was, wenn ich hier gerade einen riesigen Fehler mache?

Es ist eine Frage, die ich mir selten stelle. Zumindest, seit ich Altensande verlassen habe. Wenn ich einmal eine

Entscheidung getroffen habe, ziehe ich sie durch. Wenn ich mir einmal etwas vorgenommen habe, gelingt es mir. Einfach, weil es muss. Aber jetzt frage ich mich zum ersten Mal seit Langem, ob ich falschlag, als ich mich im Tourismusbüro beworben habe. Markus' Vorwürfe hallen immer noch nach.

Du respektierst die Leute nicht.

Ich verstehe ja, dass dir das alles hier egal ist.

Je länger ich darüber nachdenke, desto unsicherer fühle ich mich. Ein kleiner Teil von mir hat Angst, dass er vielleicht nicht völlig unrecht hat. Dass ich mit einer Haltung hierhergekommen bin, die den Menschen hier nicht gerecht wird.

Als mein Handy brummt, zucke ich zusammen.

Hey. Die Wellen heute sind wie gemacht für eine Privatstunde. Falls du Zeit hast, würde ich mich freuen.

Phillip. Meine Mundwinkel heben sich wie von allein. Wenn ich die Augen schließe, dann kann ich ihn immer noch vor mir sehen, Haare, die von mir zerwühlt wurden, rotgeküsste Lippen und Augen, die direkt in meine Seele schauen. Eigentlich müsste ich nach Hause. Die Präsentation üben, putzen und mich um Hannah und Nina kümmern.

Stattdessen schreibe ich: *Bin in einer halben Stunde da.*

Kapitel 19

Sobald ich den Strand betrete, sehe ich, was Phillip meint. Der Himmel ist grau und es liegt ein Versprechen von Regen in der Luft, aber die Wellen sind majestätisch. Sie bäumen sich über dem Wasser auf, größer als ich, und weiße Gischt schäumt, wenn sie sich am Strand brechen. Bei dem Anblick schlägt mein Herz schneller. Es ist Jahre her, dass ich bei solchem Wetter auf dem Wasser war, aber jetzt kann ich es kaum erwarten, beschleunige meine Schritte, bis ich über den Sand jogge. Schon von Weitem sehe ich Phillip auf der Veranda stehen. Bei seinem Anblick flattert mein Herz, als wäre ich ein Teenager, der zum ersten Mal verliebt ist. Ich schiebe das Gefühl beiseite und werde wieder langsamer, damit ich nicht völlig außer Atem bei ihm ankomme.

»Hey«, ruft er mir zu.

Ich bleibe am Fuß der Treppe stehen, schaue zu ihm hoch. »Hey.«

»Schön, dass du da bist.« Er lächelt. Meine Gedanken springen wie von selbst zu unserer letzten Begegnung, zu seinem nackten Oberkörper und seinen Händen an meinen Hüften. Ich senke den Blick, bevor er mir ansehen kann, was in mir vorgeht.

»Danke für die Einladung.«

Für einen Moment stehen wir wortlos voreinander, als wären wir beide unsicher, wie es weitergehen soll. Bis gestern war unser Verhältnis für mich klar. Er ist der Mann, der zwischen mir und meinem Erfolg steht. Jetzt schaue ich ihn an, und mein Mund trocknet aus.

»Wollen wir dann?« Seine Stimme klingt rau wie die Wellen, die hinter mir am Strand brechen.

»Ich bin bereit.«

In meiner Tasche stecken ein billiger Bikini und ein Handtuch, die ich eben noch beim Touristenshop an der Ecke gekauft habe, um nicht noch mal nach Hause zu müssen. In Windeseile schlüpfe ich in meine Badesachen und den Neoprenanzug, den Phillip mir wortlos an die Tür zur Umkleide gehangen hat. Als ich wieder nach draußen komme, fallen die ersten Regentropfen auf mein Gesicht.

»Es ist das perfekte Wetter zum Surfen«, sagt Phillip, der meinem Blick gefolgt ist. Er hat zwei Surfbretter unter dem Arm und ein Grinsen im Gesicht, das ihn Jahre jünger aussehen lässt. »Nass werden wir sowieso, wieso dann nicht von oben und unten?«

Ich nehme das Board entgegen, das er mir reicht, und wende mich dem Meer zu.

»Worauf warten wir noch?«

»Eine Sache noch: Wenn es dir da draußen zu wild ist, sag jederzeit Bescheid.« Seine Hand liegt nur für einen Augenblick auf meiner Schulter. »Ich will, dass du dich sicher fühlst.«

Ich drehe mich zu ihm und schaue in blaugraue Augen. Wenn ich heute ertrinke, dann nicht in der Ostsee, sondern in ihnen.

»Das tue ich«, antworte ich und merke im selben Moment, dass es stimmt. Mit ihm fühle ich mich sicher, egal wie hoch die Wellen sind.

Bevor ich über diese Erkenntnis zu lange nachdenken kann, stürze ich mich in die Fluten.

»Wer zuerst an der Bojenkette ist, gewinnt!«

Schon nach wenigen Armzügen wird mir klar, dass mich das Meer heute Abend herausfordern möchte. Schon die erste Welle ist so hoch, dass ich unter ihr durchtauchen muss, um nicht umgeworfen zu werden. Kurz bevor sie über mir ist, drücke ich die Spitze des Boards nach unten und tauche unter Wasser. Es ist eiskalt und zerrt an meinen Gliedern, bis ich auf der anderen Seite prustend wieder durch die Oberfläche stoße. Regen prasselt auf meine Haut, und der Wind wirbelt meine Haare durcheinander.

Ich habe mich schon lange nicht mehr so lebendig gefühlt.

»Na los, worauf wartest du noch?«, rufe ich über meine Schulter, bevor die nächste Welle kommt.

Wir reden nicht, während wir auf die Bojenkette zuhalten. Die Wellen fordern unsere ganze Aufmerksamkeit. Obwohl ich mehrmals fast von meinem Brett gespült werde, habe ich keine Angst. Hier bin ich in meinem Element.

»Alles okay?« Phillip atmet schwer, als er bei mir ankommt. Regen perlt von seinen Wangen und tropft von seinen Lippen. Ich stelle mir vor, wie es sich anfühlen würde, jeden Tropfen wegzuküssen.

»Alles gut.«

»Dann nach dir.«

Das muss er mir nicht zweimal sagen. Sobald ich die

nächste Welle kommen sehe, paddele ich los. Sie baut sich hinter mir auf, und ich spüre, dass sie größer ist als alle, die ich bisher genommen habe. Mein Herz rast, und Blut rauscht in meinen Ohren, als ich mich hochdrücke. Knie ranziehen, Bein zwischen die Hände, aufstehen. Der Wind zerrt an meinem Oberkörper, als ich die Arme zur Seite ausstrecke. Dann fühlt es sich an, als würde ich fliegen. Das Wasser unter mir ist plötzlich auf meiner Seite, trägt mich mühelos in Richtung Strand. Ich bin eins mit ihm, nehme jede kleine Veränderung war und gehe mit, die Knie leicht gebeugt, den Blick nach vorne gerichtet.

»Yeah!« Meine Stimme hallt über das Wasser, laut und kraftvoll. Die einzige Antwort kommt von den Möwen über mir.

Es ist viel zu schnell vorbei. Der Strand kommt näher, die Welle wird kleiner und ich springe ab, bevor ich stürzen kann. Als ich prustend wieder auftauche, surft Phillip auf mich zu. Ich kann den Blick nicht von ihm lösen. Jede seiner Bewegungen ist kontrolliert, elegant. Sein Körper ist der eines Athleten, und er weiß, wie er ihn einsetzen muss, um die Wellen zu beherrschen. Es ist ein berauschender Anblick.

»Wow!« Er springt ein paar Meter neben mir ab, landet im hüfttiefen Wasser. »Das war Wahnsinn! Hast du heimlich trainiert?«

Er kommt auf mich zu, seinen Körper zwischen mir und seinem Board, damit die nächste Welle dessen spitze Kante nicht auf mich zuspülen kann. Stattdessen trägt sie mich näher zu Phillip. Ich stolpere, suche nach Halt und finde ihn unerwartet an seiner Brust.

»Hey.«

»Hey.« Meine Stimme versagt.

»Alles gut?« Er stützt mich ab, die Hände an meinen Unterarmen. Unsere Blicke begegnen sich, verhaken sich ineinander und ich habe das Gefühl, keine Luft mehr zu bekommen.

»Sandra? Bist du in Ord…«

Ich gebe ihm keine Gelegenheit auszusprechen. Wenn unser erster Kuss unter der Weide vorsichtig und erkundend war, dann ist dieser das genaue Gegenteil. Phillip zieht mich an sich und vergräbt die Hände in meinen Haaren. Er küsst mich, als würde er ertrinken und ich wäre der Sauerstoff, der ihn rettet. Gierig schlinge ich meine Arme um seine Schulter, ziehe mich an ihn, bis kein Millimeter Meerwasser mehr zwischen uns passt. Ich versinke in seiner Berührung, vergesse alles um mich herum, das Wasser, die Kälte, den Regen. Es gibt nur noch mich und Phillip.

Bis das Seil an meinem Knöchel mich unsanft daran erinnert, dass da noch ein Surfbrett an mir dranhängt.

»Au! Warte, lass mich kurz …« Ich lasse eine Hand los, um nach dem Gurt um meinen Fuß zu greifen.

»Moment, ich helfe dir.« Phillip beugt sich ebenfalls nach vorne, angelt nach meinem Knöchel. Dabei verlieren wir beide das Gleichgewicht und landen mit dem Gesicht voran im Wasser.

Das Erste, was ich nach dem Auftauchen höre, ist sein Lachen. Ich kann gar nicht anders, als mitzulachen. Immer, wenn ich mich halbwegs beruhigt habe, fange ich seinen Blick auf und pruste wieder los. Als er wieder halbwegs ruhig atmen kann, streckt er seine Hand nach mir aus.

»Wollen wir die Bretter reinbringen?« In seiner Stimme liegt eine zweite, unausgesprochene Frage.

»Unbedingt.« Ich nehme seine Hand und lasse mich auf die Füße ziehen. Keiner von uns lässt los. Hand in Hand kommen wir aus dem Meer, unsere Bretter unter dem Arm. Sobald wir an der Surfschule angekommen sind, greife ich mit der freien Hand zu Eimer und Lappen, aber Phillip schüttelt den Kopf. »Dafür ist später noch Zeit.«

Er nimmt mir den Lappen aus der Hand und lässt ihn achtlos in den Sand fallen. Dann nimmt er mein Gesicht in die Hände, als wäre es aus zerbrechlichem Porzellan, streicht mit seinem nassen Daumen eine Spur über meine Lippen.

»Weißt du eigentlich, wie schön du bist?«

Ich senke den Blick, starre auf meine nackten Zehen. »Du solltest mich mal sehen, wenn ich nicht gerade klatschnass bin und in einem zu engen Neoprenanzug stecke und …«

Sein Kuss bringt mich zum Schweigen. In drei Schritten stehe ich mit dem Rücken an der Hauswand. Seine Zunge spielt mit mir, lässt meine Knie zu Wachs werden. Meine Hände zittern, als ich versuche, den Reißverschluss seines Neos zu öffnen, um endlich seine Haut auf meiner zu spüren. Er hält inne. »Was hältst du davon, wenn wir das Ganze unter die warme Dusche verlegen.« Seine Stimme ist nur ein raues Flüstern, das mich die Kälte um uns herum vergessen lässt.

»Klingt verlockend.«

Dieses Mal übernehme ich die Führung. Ich ziehe ihn hinter mir her, und wir hinterlassen nasse Fußspuren im

Aufenthaltsraum, im Flur, in der Umkleide. Sobald ich im Duschraum der Frauen bin, drehe ich die erste Dusche auf und stelle das Wasser so heiß es geht. Als ich mich umdrehe, steht Phillip in der Tür und sieht mich an. Seine Wangen sind gerötet, und seine sandbraunen Haare hängen ihm nass in die Stirn. Ich habe noch nie etwas Schöneres gesehen.

»Worauf wartest du noch?«

»Normalerweise darf ich hier nicht rein.« Ein Grinsen umspielt seine Lippen.

»Wenn du nicht gleich hier bist, komme ich raus und hole dich.«

Er gibt ein Geräusch von sich, das ich nur als Knurren bezeichnen kann. Im nächsten Moment steht er vor mir, und seine Lippen übernehmen die Kontrolle. Wie nebenbei öffnet er mit flinken Fingern den Reißverschluss meines Anzugs.

»Hey, warte.« Ich schiebe an seiner Schulter. »Du auch.«

Sich aus einem nassen Neopren zu schälen ist schon unter normalen Umständen nicht einfach. Aber an dieser Situation ist nichts normal. Wir sind ungeduldig, zerren und ziehen und verlieren mehrmals fast das Gleichgewicht auf den nassen Fliesen. Unser Gelächter hallt durch den Raum, während heißer Wasserdampf uns umhüllt. Als wir uns endlich aus den Anzügen befreit haben, gibt es kein Halten mehr. Ich verliere den Überblick darüber, wo Phillips Hände gerade sind, gebe mich ihnen einfach hin. Gebe im gleichen Maße zurück. Erkunde jeden Zentimeter seines Körpers, als würde ich zum ersten Mal jemanden berühren. Genau so fühlt es sich an.

Er arbeitet sich nach unten, presst eine heiße Linie aus Küssen an meinen Hals, mein Schlüsselbein, meinen Bauchnabel. Ich vergrabe die Hände in seinen Haaren, ziehe ihn näher an mich heran, ungeduldig. Es reicht nicht. Ich brauche mehr.

Als er an meiner Bikinihose ankommt, hält er inne, schaut zu mir hoch.

»Sandra, ich …« Er schluckt, seine Stimme ein Flüstern. Sein warmer Atem streift meinen Bauch. »Sag mir jetzt, wenn ich aufhören soll.«

»Wage es ja nicht«, antworte ich heiser, greife haltsuchend nach der Armatur der Dusche. Auf seinem Gesicht breitet sich ein Grinsen aus, das mir die Luft nimmt. »Das wollte ich hören.«

Seine Hände wandern tiefer, sein Mund folgt ihnen und die Welt verschwimmt vor meinen Augen.

Kapitel 20

»Gib es zu«, flüstert Phillip, zufriedene Erschöpfung in der Stimme. »Du bist früher schon mal gesurft, oder? Nie im Leben wärst du sonst so gut.«

Wir liegen in seinem Bett, unsere Klamotten ein chaotischer Stapel neben der Tür und seine Arme um meinen nackten Oberkörper geschlungen. Wir sind direkt von der Surfschule hierhergekommen, um uns etwas zu essen zu bestellen, aber so weit sind wir nicht gekommen und stattdessen direkt in seinem Bett gelandet. Nicht, dass ich das bereuen würde. Zumindest noch nicht. Irgendwann morgen früh werde ich mich der Realität stellen müssen, dass ich mit jemandem geschlafen habe, der mich gar nicht wirklich kennt. Der ein rein geschäftlicher Kontakt sein sollte. Dem ich niemals so nahe hätte kommen dürfen. Aber heute Nacht werde ich diesen Fehler auskosten, so lange wie es geht.

Ich weiche der Antwort aus, indem ich ihn ausgiebig küsse. Als wir uns voneinander lösen, lasse ich meinen Kopf auf seine Brust sinken. Er zieht mich an sich, drückt mir einen sanften Kuss auf die Stirn. Wenn ich in irgendeinem Hafen jemanden mit auf mein Zimmer genommen habe, wurde hinterher nicht gekuschelt. Wir gingen duschen und danach unserer Wege, meistens ohne große Verabschiedung. Wenn doch mal jemand anhänglich wurde, machte ich sehr schnell deutlich, dass ich noch einen dringenden Folgetermin hatte: mit mir und einem großen Glas Wein. Aber mit Phillip verspüre ich nicht das Bedürfnis, so schnell wie möglich zu verschwinden. Ganz im Gegenteil.

Diese Erkenntnis ist äußerst beunruhigend. Ich rutsche zur Seite, bringe etwas Platz zwischen uns.

»Alles in Ordnung?«

Der Mond scheint durch die offenen Gardinen ins Zimmer und wirft sanftes Licht auf sein Gesicht. Er sieht mich an, offen und ohne Scheu, und ich bringe es nicht fertig, ihn anzulügen.

»Das alles ist ein bisschen … unerwartet.«

»Das kann man wohl sagen.« Er legt sich neben mich auf den Rücken. Gemeinsam starren wir an die Holzdielen an der Decke.

»Wenn ich bedenke, dass ich dich bei unserer ersten Begegnung vom Fahrrad geholt habe …«

»… und ich dich belehrt habe, was Rücksicht bedeutet …«

Wir kichern beide.

»Aber ich muss dir was gestehen.« Seine Hand berührt meine, der Daumen malt sanfte Kreise auf meinen Handrücken. »Ich fand dich schon damals umwerfend.«

»Ich dich auch«, rutscht es mir heraus. Ich beiße mir auf die Unterlippe, suche schnell nach einem Themenwechsel. »Darf ich dich etwas fragen?«

»Klar. Was immer du willst.«

»Wieso bist du damals nach Australien gegangen?«

Es ist tatsächlich eine Frage, die ich mir schon stelle, seit er es das erste Mal erwähnt hat. Wollte er am Ende vielleicht auch aus einer beengten Kleinstadt flüchten? Gab es für ihn auch erdrückende familiäre Pflichten, die ihn in die Welt getrieben haben?

Phillip seufzt kaum hörbar. »Die Geschichte ist ein ziemlicher Stimmungskiller. Sicher, dass du sie hören willst?«

»Wenn du sie erzählen möchtest, dann ja.«

Sein Adamsapfel hüpft, als er schluckt. »Ich bin hier in der Nähe aufgewachsen, in Eckernförde, bei meiner Mutter. Sie und mein Vater lebten getrennt, und ich habe ihn erst als Teenie überhaupt kennengelernt. Trotzdem, ich hatte es echt gut bei meiner Mutter. Zumindest, bis ich in die Schule kam.«

Der Daumen auf meinem Handrücken hält inne.

»Du musst das nicht erzählen, wenn du nicht willst«, flüstere ich.

»Doch. Ich will es dir erzählen. Es ist nur …«

»Nimm dir so viel Zeit, wie du brauchst.«

Für ein paar Sekunden ist nur unser Atem zu hören.

»Ich war ein schreckliches Schulkind. Die Art, die alle Lehrer hassen. Ich habe nicht zugehört, konnte nicht stillsitzen, war laut und aufgedreht und einfach … zu viel. Das haben mir die Lehrer, aber auch meine Mitschüler schnell zu verstehen gegeben.« Er schmunzelt, aber in seiner Stimme liegt keine Spur von Humor. »Meine Mutter war auch wenig begeistert. Sie schickte mich zur Nachhilfe, verbot mir, zum Fußball zu gehen, aber es wurde nicht besser. Eher im Gegenteil. Je älter ich wurde, desto weniger kam ich zurecht. Ich vergaß ständig meine Hausaufgaben, meine Noten waren eine Katastrophe. Irgendwann bat

Mama meinen Vater um Rat, weil sie nicht mehr weiterwusste. So haben wir uns kennengelernt. Aber auch er war schnell mit seinem Latein am Ende. Meine Eltern wussten also nichts mehr mit mir anzufangen, und ich hatte kaum Freunde, weil niemand etwas mit dem nervigen Zappelphilipp zu tun haben wollte. Das war übrigens mein Spitzname. Sehr kreativ, oder?«

Ich lache nicht. »Kinder können ganz schön scheiße sein.«

»Rückblickend kann ich sie verstehen. Es war ziemlich anstrengend mit mir, dabei habe ich mich wirklich bemüht. Jeden Tag gab ich mein Bestes, einfach so zu sein wie die anderen, aber es hat nie gereicht. Als ich in der neunten Klasse auf dem Schulhof in eine Rauferei verwickelt wurde, zogen meine Eltern einen Schlussstrich.«

»Was ist passiert?«, flüstere ich.

»Sie schickten mich zu einem Jugendpsychologen. Rückblickend war das die beste Entscheidung, die sie hatten treffen können. Nach unserem ersten Gespräch äußerte er den Verdacht, dass ich ADHS haben könnte. Die Untersuchungen haben das schnell bestätigt. Für mich war diese Diagnose wie eine Erlösung. Das klingt heutzutage vielleicht komisch, aber damals hatte man hier auf dem Land noch nicht viel von der Krankheit gehört. Nachdem ich jahrelang gedacht hatte, irgendwas ist grundlegend falsch mit mir, hatte ich endlich einen Namen für das Problem. Es lag gar nicht an mir, sondern an einer psychischen Erkrankung, die man behandeln konnte. Was wir dann auch gemacht haben. Mit den richtigen Medikamenten und einer Psychotherapie habe ich es doch irgendwie durch die Schule und bis zum Abitur geschafft.«

»Darauf kannst du sehr stolz sein.« Ich drehe den Kopf und sehe ihn an. Sein Profil wird vom Mondlicht beleuchtet, aber seine Augen liegen im Dunkeln.

»Vielleicht. Nein, du hast recht. Ganz sicher sogar. Auch wenn ich zugeben muss, dass Organisation und Planung bis heute nicht zu meinen Stärken gehören. Was ziemlich schwierig ist, wenn man ein Unternehmen führt.«

Das Chaos auf seinem Schreibtisch taucht wieder vor meinem inneren Auge auf. Die übereinandergestapelten Mahnungen. Mein Herz zieht sich zusammen.

»Aber du hast es trotzdem bis hierher geschafft.« Ich greife nach seiner Hand, drücke sie fest. Er führt sie zum Mund und haucht einen Kuss auf meine Fingerknöchel.

»Stimmt. Irgendwie bin ich heute hier gelandet, obwohl das überhaupt nicht der Plan war.«

»Wie sah der Plan denn aus?«

»Nach meiner Diagnose habe ich einen Entschluss gefasst: Ich wollte dafür sorgen, dass es andere Kinder wie ich in Zukunft besser haben. Deshalb wollte ich eigentlich Psychologie studieren. Mit meinen Noten war das allerdings nicht drin. Dann habe ich mich für Soziale Arbeit entschieden und bin beim Jugendamt gelandet.«

Ich versuche, mir Phillip im Hemd hinter einem Schreibtisch vorzustellen, aber es gelingt mir nicht. »Wirklich?«

Er küsst meinen Handrücken ein zweites Mal, bevor er unsere Finger miteinander verschränkt und sie zwischen uns ablegt. »Ich war nicht immer der sonnengebrannte Surferboy, den du kennengelernt hast.«

Ich schmunzele. »Kommt jetzt der Punkt, an dem du mir von deiner düsteren Vergangenheit erzählst?«

Er lächelt nicht. »Wie man's nimmt.«

Sofort werde ich wieder ernst. »Was ist passiert?«

»Die Arbeit auf dem Jugendamt war … das Anstrengendste, was ich jemals gemacht habe. Wir waren immer zu wenig Leute, und es gab immer zu viele Feuer, die wir gleichzeitig löschen mussten. Gleichzeitig habe ich es gern gemacht, weil ich das Gefühl hatte, wirklich etwas verändern zu können. Kinder zu schützen, ihnen ein besseres Leben zu ermöglichen, Familien zu fördern. Eine Zeit lang hat es mich wirklich erfüllt, weißt du?« Er klingt so, als wäre er in Gedanken weit weg.

»Was ist dann passiert?«

»Zuerst gar nichts Konkretes. Es wurde einfach immer mehr Arbeit, aber wir waren nicht mehr Leute. Wir kamen kaum über die Runden und die Ersten, die darunter gelitten haben, waren die Kinder. Eigentlich wäre es unsere Aufgabe gewesen, das zu verhindern, aber irgendwann kamen wir erst, nachdem jemand von zu Hause weggelaufen war, auf der Polizeiwache gelandet ist oder eine Überdosis genommen hat. Nachdem es zu Gewalt gekommen ist oder jemand missbraucht wurde.« Er stockt, räuspert sich. »Meine letzte Klientin war ein Mädchen, das direkt in der Nachbarschaft des Amts gewohnt hat. Maja. Eigentlich ein ziemlich klassischer Fall. Sie war verdammt klug, immer gut in der Schule, engagiert in der Gemeinde, bis sie durch widrige Umstände in zweifelhafte Gesellschaft geraten ist. Und Heroin interessiert es nicht, wie schlau du bist. Es nagt an dir, bis irgendwann nichts mehr von dir übrig ist. Wir haben alles versucht, wollten ihr einen Therapieplatz vermitteln, einen Platz in einer Suchtklinik für sie finden.

Aber es war alles voll, wir wurden immer wieder vertröstet, und sie rutschte tiefer in die Abhängigkeit. Obwohl sie bei mir im Büro immer so tat, als hätte sie alles im Griff. Dass sie bei ihren Eltern rausgeflogen ist, habe ich erst erfahren, als ich sie beim Rewe um die Ecke beim Klauen aus dem Mülleimer erwischt habe.«

Der Stoff des Kissens raschelt, als er den Kopf schüttelt. »Gott, wenn ich daran denke, dass alles anders gelaufen wäre, wenn …«

Ich warte ein paar Sekunden, aber er spricht nicht weiter.

»Wenn was?«

»Wir hatten gerade einen Platz für sie gefunden. Eine Suchtklinik in Bayern wollte sie aufnehmen, wir sollten sie schon am nächsten Tag losschicken. Aber sie kam nicht zu ihrem Termin auf dem Amt. Ich habe sie angerufen, aber sie ging nicht dran. Dann habe ich es bei ihren Eltern versucht, aber da hob auch keiner ab. Eigentlich wäre die Sache damit für mich durch gewesen, denn ich hatte noch mehr als genug andere Fälle zu bearbeiten. Aber ich hatte ein schlechtes Gefühl bei der Sache. Also ging ich nach der Arbeit noch mal los, suchte die Orte ab, an denen sie öfter herumhing.«

Ich ahne, wohin diese Geschichte führt. Mein Hals schnürt sich zu.

»Ich fand sie erst am späten Abend, neben einer alten Gartenhütte bei einem ihrer Freunde. Sie hatte die Nadel noch im Arm. Der Krankenwagen kam zu spät, um noch etwas für sie tun zu können.«

Seine Stimme zittert. Als ich den Kopf drehe, schimmern Tränenspuren auf seinen Wangen.

»Danach habe ich gekündigt.« Er räuspert sich und nimmt einen tiefen Atemzug. »Meine damalige Freundin hat das nicht verstanden. Und rückblickend habe ich mir wahrscheinlich auch nicht viel Mühe gegeben, es ihr zu erklären. Stattdessen habe ich Schluss gemacht, meine Sachen gepackt und einfach den nächstbesten Flieger genommen. Als ich in Vietnam wieder ausgestiegen bin, hatte ich all meinen hohen Idealen abgeschworen und nahm den ersten Job, der sich mir anbot. Danach den nächsten, und so weiter. Erst, als ich in Sydney auf einem Surfbrett stand und gesehen habe, wie viel Freude es den Kids gemacht hat, fiel mir wieder ein, was ich eigentlich wollte.«

»Also bist du zurückgekommen«, fahre ich langsam fort. »Hast die Surfschule übernommen und sie zu einem Ort gemacht, an dem die Menschen hier sich wohlfühlen.«

Er lächelt zaghaft. »Meinst du …?«

»Ja, meine ich. Hast du dich mal umgeschaut? Es ist immer Leben in der Bude, die Kinder würden am liebsten nie wieder nach Hause gehen und selbst mürrische Teenager wie Thommy hängen freiwillig bei dir rum.«

»Wenn man es so sieht … Aber das mit Thommy ist ein bisschen komplizierter.«

Sofort habe ich wieder unser Gespräch auf der Bank im Kopf. Den Geruch nach Zimt und Kirschen. »Inwiefern?«

»Er kommt hier aus dem Ort und hat ziemliche Probleme mit seinem Vater. Er hat mir mal gesagt, er wäre lieber auf der Straße als bei ihm, und zu seiner Mutter kann er nicht, weil sie mit einer neuen Familie woanders lebt. Natürlich habe ich versucht, ihn mit zum Jugendamt zu nehmen, aber davon wollte er nichts wissen.«

Ich schlucke. »Das kann ich mir vorstellen.«

»Also habe ich ihm angeboten, dass er statt auf der Straße in der Surfschule abhängen kann und ihm einen Job angeboten. Er ist echt super mit den Kindern. Und mittlerweile kommen auch seine Freunde öfter am Nachmittag vorbei, spielen Karten oder helfen mir bei Renovierungsarbeiten im Austausch für Surfbretter.«

»Das klingt so, als hättest du dein Ziel erfüllt. Die Welt für andere etwas besser zu machen, meine ich.«

Er zuckt mit den Schultern. »Es ist ein Anfang. Aber es gibt noch so viel zu tun. Deshalb muss das mit dem Kurs unbedingt klappen!« Seine Stimme nimmt einen entschlossenen Tonfall an. »Dafür muss das Jugendamt unser Konzept einfach absegnen.« Er lehnt sich zu mir und drückt mir einen Kuss auf die Nasenspitze. Ich lasse es geschehen, während meine Gedanken sich überschlagen.

Schon bei meinem ersten Gespräch mit Frau Matthis war da dieses Gefühl. Ich habe es so lange wie möglich ignoriert, aber spätestens mein Streit mit Nina heute Morgen, das Gespräch mit Markus im Büro, machen das unmöglich. Und jetzt liege ich hier neben diesem Mann, der so viel Herzblut in seine Arbeit steckt, und die Erkenntnis trifft mich nun wie ein Vorschlaghammer:

Ich muss meinen Job im Tourismusbüro kündigen.

Sobald ich diesen Gedanken zulasse, fühle ich mich plötzlich leichter. Als wäre ich von stürmischer See plötzlich in ruhigeren Gewässern angekommen. Ich überwinde den Abstand zwischen mir und Phillip und lege meinen Kopf an seine Brust. Höre den regelmäßigen Schlag seines Herzens. Gleich morgen früh werde ich Markus und dem

Bürgermeister mitteilen, dass ich aufhöre. Damit bleiben mir noch drei Wochen, um Phillip dabei zu helfen, seinen Kurs auf Spur zu bringen.

Und dann?, fragt eine kleine Stimme in meinem Kopf. Was passiert dann?

Ich blende sie aus, indem ich den Mann neben mir so intensiv küsse, dass in meinem Kopf für nichts anderes mehr Platz ist.

Kapitel 21

Ich wache in mehreren Schritten auf. Zuerst wird mir bewusst, dass ich auf etwas Warmem liege. Es ist ein schönes Gefühl, und ich versuche, mich ihm hinzugeben und einfach wieder einzuschlafen. Dann höre ich draußen die ersten Vögel zwitschern. Es sind schon ganz schön viele, und sie sind ziemlich laut. Dann bewege ich die Beine, und mir wird klar, dass ich nackt bin.

Das weckt mich mit einem Schlag auf. Ich reiße die Augen auf und fahre hoch, nur um festzustellen, dass das hier nicht mein altes Kinderzimmer ist. Die Wände sind in einem freundlichen Hellblau gestrichen, und auf dem Boden vor der Tür liegen noch immer meine Klamotten so da, wie ich sie am Abend zuvor habe fallen lassen. Ich blicke zum Wecker auf dem Nachttisch, der 09:12 anzeigt. *09:12!*

In fünfzehn Minuten bin ich mit Markus verabredet.

»Scheiße! Mist, Mist, Mist!«

So leise wie möglich schlage ich die Bettdecke zurück und wühle im Klamottenhaufen nach meiner Unterwäsche. Ich kämpfe gerade mit dem Verschluss des BHs, als hinter mir die Bettdecke raschelt.

»Sandra?« Phillips Morgenstimme ist rau und tief und

verdammt einladend. »Was wird das? Wolltest du dich vor dem Frühstück davonmachen?«

»Nein! Also, ja, aber nicht so, wie du denkst …«

»Okay.« Er richtet sich auf, und die Decke rutscht in seinen Schoß. Auch er ist immer noch nackt. »Was denke ich denn?«

Ich werfe meine Bluse nach ihm. »Du weißt genau, was ich meine. Aber ich muss jetzt wirklich los. Ich habe einen wichtigen Termin.«

»Im Urlaub?« Er fängt die Bluse mühelos auf.

Dieser Satz holt mich mit einem Schlag zurück auf den harten Boden der Realität. Ich habe echt Scheiße gebaut. Und zwar so richtig. Bei der Vorstellung davon, dem Mann vor mir noch einmal ins Gesicht zu lügen, wird mir übel. Aber ich bin ja dabei, das wieder geradezubiegen. Erst kündige ich, dann erzähle ich Phillip die Wahrheit. Eins nach dem anderen.

Gestärkt von diesem Entschluss, setze ich ein Lächeln auf. »Erzähle ich dir später. Jetzt muss ich erst mal weg.«

»Verstehe.« Er zieht das Wort in die Länge, ein schelmisches Grinsen auf dem Gesicht. »Aber brauchst du dafür nicht die hier?«

Meine Bluse baumelt von seinem Zeigefinger. Ich greife danach, aber er zieht sie im letzten Moment weg. Ich versuche es noch einmal. Er hebt sie hoch über seinen Kopf

»Phillip.«

»Sandra.«

»Gib sie her.«

»Was bekomme ich dafür?«

Ich muss mir auf die Zunge beißen, um ernst zu bleiben.

»Wie wäre es mit keinem Tritt in den Hintern?«

Er legt den Kopf schief, als würde er mein Angebot ernsthaft überdenken. »Durchaus verlockend. Aber ich hatte mir da etwas Liebevolleres vorgestellt.«

Die Uhr tickt auf 09:15 Uhr.

»Du kriegst einen Kuss, mehr nicht.« In drei schnellen Schritten bin ich bei ihm und küsse ihn. Auf seiner Haut rieche ich einen Hauch meines Deos von gestern.

»Sehen wir uns heute noch?«, fragt er.

»Klar, zur Surfstunde.«

»Ich dachte an etwas … Privateres.«

Ich verkneife mir ein Grinsen. »Ich kann eine halbe Stunde früher da sein?«

»Deal.«

Er zieht mich für einen letzten Kuss an sich, dann stolpere ich eilig aus der Tür.

Ich bin zehn Minuten zu spät im Büro. Zum Glück war fast niemand auf der Straße, um meinen Walk of Shame durch Altensande zu beobachten. Als ich über die Schwelle zum Besprechungsraum trete, sitzt meine Bluse und meine Haare liegen so gut es ohne Spiegel und Bürste möglich ist. Markus wartet bereits auf mich, das Hemd bis oben hin zugeknöpft, die Hände auf dem Tisch gefaltet. Er tut mir beinahe ein bisschen leid.

»Entschuldige die Verspätung.«

»Kein Problem. Bitte setz dich. Ich habe schon Kaffee gemacht.«

»Danke, das ist wirklich nett von dir«, sage ich und bleibe stehen. »Aber das ist wahrscheinlich nicht mehr nötig.«

»Was?« Er runzelt die Stirn. »Wovon sprichst du?«

Ich atme tief durch. »Ich werde kündigen und aus dem Projekt aussteigen.« Die Worte fühlen sich ungewohnt auf meiner Zunge an. Ich habe noch nie irgendwo gekündigt. Es ist ein unerwartet befreiendes Gefühl.

»Wie bitte?« Markus sieht mich entgeistert an. »Wieso das denn?«

»Persönliche Gründe«, gebe ich zurück. »Ich bin einfach nicht mehr davon überzeugt, dass Herrn Zylinskis Vision wirklich das Beste für den Ort ist.«

»Ach, auf einmal?« Markus springt auf. »Woher denn dieser plötzliche Sinneswandel?«

Ich verschränke die Arme vor der Brust. »Du hast doch selbst gesagt, du bist eigentlich gegen die Idee.«

»Ja, aber es ist nun mal die einzige, die wir haben! Wenn du jetzt aussteigst, was wird dann aus dem Projekt? Und aus Altensande?«

»Ich bin sicher, dass ihr das ohne mich schaffen werdet. Die Veranstaltung ist geplant, die Präsentation steht, die Investoren sind eingeladen, was soll da noch schiefgehen?«

Er atmet langsam aus, als müsste er sich sammeln, bevor er antwortet. »Ich verstehe ja, dass es unter deiner Würde ist, mit mir zusammenzuarbeiten, aber könntest du dich nicht wenigstens noch eine Woche zusammenreißen?«

Ich starre ihn entgeistert an. »Du glaubst, es geht hier um dich?«

»Was soll ich sonst bitte glauben? Ich weiß ja, ich war nie gut genug für dich, aber …«

»Bitte? Du hast mich verlassen, wenn ich mich recht erinnere.«

»Damit bin ich dir doch nur zuvorgekommen!«

Ich hebe die Hände. »Okay, stopp. Wovon redest du?«

Wir stehen voreinander wie zwei Boxer, kurz bevor die Glocke den Start freigibt. Markus fixiert mich, als würde er nach meiner ungedeckten Stelle suchen. Aber da wird er nichts finden. Dafür habe ich schon vor langer Zeit gesorgt.

»Nina ist damals zu mir gekommen«, beginnt er. »Direkt nach unserem Abschlussball. Ich war im siebten Himmel, weißt du? Habe mir unsere Zukunft in Altensande in den buntesten Farben ausgemalt.«

Ich schlucke. »Was glaubst du, was ich gemacht habe?«

»Du hast geplant wegzugehen! Einfach so! Ohne jemals mit mir darüber gesprochen zu haben, hast du dir Unis in Hamburg und Berlin angesehen und von der großen weiten Welt geträumt. Wenn Nina mir nicht davon erzählt hätte, hätte ich es wahrscheinlich erst erfahren, nachdem du schon über alle Berge warst!«

Ich taumele zurück, als hätte er tatsächlich einen Schlag in meine Magengrube gelandet. »Was? Wie hat sie …? Also, wieso …?«

»Sie stand einfach abends bei mir vor der Tür und hat gefragt, ob wir reden können. Ich habe sie reingelassen, und sie hat mir erzählt, dass du unbedingt aus Altensande weg möchtest. Dass nur ich dich noch überzeugen könnte zu bleiben. Sie hat mich angefleht, alles zu versuchen.« Markus klingt nicht mehr wütend, nur noch müde.

»Aber … so war das nicht«, protestiere ich schwach.

»Du wolltest nicht weggehen?«

»Doch, schon. Also, zumindest war das im Rahmen des Möglichen. Ich habe darüber nachgedacht, okay?«

Er sieht mich an, als wäre das alles an Antwort, was er braucht.

»Du weißt doch, wie es bei uns zu Hause war, wie hoch die Erwartungen meiner Eltern waren. Sie hatten meine Zukunft schon vorgeplant, bevor ich überhaupt laufen konnte. Für sie stand schon fest, dass ich die Pension übernehme, einen netten Altensandener heirate und ihr Lebenswerk fortführe.«

»Das klingt ja wirklich furchtbar.« Seine Stimme trieft vor Sarkasmus.

»Für dich vielleicht nicht, aber für mich war es das! Es kam mir vor wie ein Glaskäfig. Niemand konnte ihn sehen, aber ich lief ständig gegen die Wand. Ich konnte das nicht mehr, okay? Das musst du doch verstehen!«

»Das hätte ich ja vielleicht sogar. Aber du hast ja nie mit mir darüber gesprochen!«

Ich öffne den Mund, um etwas zu erwidern, aber mir fällt nichts ein. Denn er hat recht. Er deutet mein Schweigen als Zustimmung und fährt fort: »Du hast mich immer auf einer Armlänge Abstand gehalten, Sandra. Wenn man dich gefragt hat, wie es dir geht, war immer alles bestens. Es gab keine Probleme. Dabei hättest du immer mit mir reden können! Wir hätten für alles eine Lösung gefunden …«

»Ach, tatsächlich? Und wie hätte die ausgesehen. Wärst du im Zweifel mit mir weggegangen?«

Jetzt ist er es, der mit offenem Mund dasteht. »Vielleicht«, sagt er schließlich. »Vielleicht wäre ich das.«

»Wirklich?« Ich hebe die Augenbrauen.

»Ich weiß es nicht. Aber du hast mir ja nie eine Chance

gegeben, es herauszufinden. Ich musste das alles ja von deiner Schwester erfahren!«

»Markus, hör mir zu. Was du da sagst, ist absurd.«

Er setzt zum Widerspruch an, aber ich gebe ihm keine Chance. »Ich hatte überlegt, was ich mir vom Leben wünsche, ja. Ich habe auch mit dem Gedanken gespielt, Altensande irgendwann zu verlassen, und ich habe mit meiner Schwester hin und wieder darüber geredet. Nichts davon hatte etwas mit dir zu tun, oder mit uns. Ich habe dich geliebt, das weißt du doch.«

»Wie kann es nichts mit mir zu tun gehabt haben, wenn du überlegt hast, Altensande zu verlassen?«

»All das war rein hypothetisch! Ich hatte nicht fest geplant wegzugehen. Es war erst ...« Mein Hals schnürt sich zu, aber ich kämpfe dagegen an. »Es war erst unsere Trennung, die meine Entscheidung besiegelt hat.«

Für einen Moment stehen wir schweigend voreinander. Wenn das hier wirklich ein Kampf war, dann haben wir ihn beide verloren.

»Eins verstehe ich nicht«, sage ich schließlich. »Wieso hast du damals nicht mit mir geredet? Nicht um mich gekämpft, gar nichts?«

Es ist eine Frage, die ich mir schon seit zehn Jahren stelle. Sie endlich laut auszusprechen schmälert meine Angst vor der Antwort nicht im Geringsten.

»Ich konnte es nicht«, murmelt Markus, den Blick fest auf seine Füße gerichtet. »Ich weiß, das klingt feige und kindisch. Das war es auch. Aber als Nina mir von deinem Vorhaben erzählt hat, war ich einfach so verletzt. Ich dachte, die Frau, die ich ... geliebt habe, will mich einfach heimlich im Stich lassen. Da sind mir die Sicherungen durchgebrannt.« Er hebt den Kopf, sucht meinen Blick. In seinen Augen schimmern Tränen. »Es tut mir leid, Sandra.«

»Mir tut es leid«, presse ich hervor. »Einfach ...« Ich suche nach Worten, die meinen Gefühlen Ausdruck verleihen könnten, einer wilden Mischung aus Wut und Bedauern und Reue, die seit zehn Jahren auf meinen Schultern lastet. »Einfach alles.«

Ich drehe mich um, bevor er meine Tränen sieht.

»Sandra, warte ...« Markus steht plötzlich hinter mir, will nach meinem Arm greifen.

Ich schüttele seine Hand ab und greife nach der Türklinke.

Die Kollegen schauen auf, als ich schniefend durchs Büro marschiere und wortlos die Flucht ergreife, aber ich bemerke es kaum. In meinem Kopf spielen sich die letzten Minuten in Dauerschleife ab. All die Jahre habe ich in einer bestimmten Version der Vergangenheit gelebt. Ich habe mich darüber definiert, all meine früheren Unsicherheiten und später mein beruflicher Ehrgeiz sind daran geknüpft. Nur, um auf einmal zu erfahren, dass nichts so ist, wie ich geglaubt habe? Die Welt wankt unter meinen Füßen, und es gibt nichts, an dem ich mich festhalten könnte.

Ich merke erst, wohin ich gehe, als ich schon in unsere Straße einbiege. Meine Sicht ist tränenverschleiert, und ich kann keinen klaren Gedanken fassen. Nur eine Frage hebt sich aus dem Chaos in meinen Kopf mit jedem Schritt deutlicher ab: Wieso hat Nina Markus angelogen? Ihn in dem Glauben gelassen, mein Weggang wäre bereits beschlossene Sache?

Das macht überhaupt keinen Sinn. Meine Hoffnungen für die Zukunft, meine wilden Pläne und Träume habe ich im Vertrauen mit ihr geteilt. Sie hatte kein Recht dazu, sie weiterzugeben.

Wut ist besser als Trauer, also stürze ich mich auf dieses Gefühl. Als ich an unserer Haustür ankomme, tobt sie in meinen Adern, brodelt unter der Oberfläche meiner Haut. Nina öffnet die Tür. Als sie mich sieht, weiten sich ihre Augen. »Sandra? Was ist passiert? Wo warst du gestern Abend? Ich hab mir schon Sorgen gemacht.«

»Da bin ich mir sicher«, fauche ich, schiebe mich an ihr vorbei.

»Was soll das denn … Sandra? Was ist los?« Sie hüpft auf einem Bein hinter mir her, aber ich verlangsame mein Tempo nicht, marschiere weiter in die Küche. Sobald sie im Raum ist, schließe ich die Tür hinter ihr.

»Wo ist Hannah?«

»Bei einer Freundin, spielen.«

»Gut.«

»Sandra, was ist los? Du machst mir langsam Angst.«

Ein bitteres Lächeln breitet sich auf meinen Lippen aus. »So, wie du Angst hattest, dass ich mit Markus reden könnte?«

Sie wird mit einem Schlag leichenblass. »Was?«

»Ich habe es am Anfang nicht verstanden. Wieso du dich so sehr dafür interessiert hast«, sage ich langsam. »Habe sogar gedacht, du bist einfach nur eine gute Schwester. Die auf meiner Seite ist und sich für mich einsetzt.«

»Das bin ich ja auch …«

»Dabei hattest du eigentlich nur die ganze Zeit Angst, dass ich dahinterkommen könnte, was du getan hast.«

Ihre Züge verhärten sich. »Na schön. Dann los, sag's mir. Was habe ich getan?«

Die Wut schäumt nach oben, platzt aus mir heraus wie ein Korken aus einer Sektflasche. »Du hast Markus erzählt, ich wollte ihn verlassen! Du hast Dinge, die ich dir im Vertrauen gesagt habe, benutzt, um unsere Beziehung zu manipulieren.« Meine Stimme klingt schrill in meinen Ohren. »Nur wegen dir hat er mich verlassen!«

Nina ballt die Hände zu Fäusten. »Ach, hat er das? Wenn er dich wirklich geliebt hätte, wäre das Ganze anders gelaufen, oder?«

»Du hast ihm Lügen erzählt! Hast ihn glauben lassen, ich hätte meine Entscheidung längst getroffen und wäre mit einem Fuß bereits im Zug nach Hamburg. Und da wundert es dich, dass er nicht um mich gekämpft hat?«

»Ich dachte, er liebt dich wirklich! Er könnte dich davon abhalten, etwas Dummes zu tun. Ich wollte dich nur beschützen!«

»Ich brauche deinen Schutz nicht. Offensichtlich habe ich damals genau das Richtige getan, als ich gegangen bin. Du bist wirklich die Tochter deiner Mutter, was emotionale Manipulation angeht.« Ich atme tief durch, hole zum finalen Schlag aus. »Außerdem bist du die Richtige, von wahrer Liebe zu sprechen. Wo ist er denn, der Mann, der dir ewige Treue geschworen hat?«

Rote Flecken prangen auf Ninas Wangen, und ihr Atem geht stoßweise, aber sie bleibt stumm. Für einen Moment genieße ich ein Gefühl von eiskaltem Triumph. Dann dreht sie sich weg und stürmt davon, Tränen in den Augen. Der Triumph weicht einer bleiernen Traurigkeit, die mich an Ort und Stelle zu Boden zieht, bis ich auf dem Küchenboden sitze. An diesem Punkt kann ich die Tränen nicht mehr aufhalten. Ich schluchze in den Ärmel meiner Bluse und wünsche mir trotz allem nichts mehr als die Arme meiner Mutter, die Schulter meines Vaters. Aber sie leben schon lange nicht mehr in diesem Haus, das mir noch nie so einsam vorkam.

Kapitel 22

Ich weiß nicht, wie lange ich auf dem Küchenboden sitze, bis ich wieder ruhig atmen kann. Aber meine Gedanken drehen sich im Kreis. Am liebsten würde ich mit irgendjemandem über alles sprechen, meine Gefühle ordnen, aber ich habe niemanden. Was ich schon länger befürchtet habe, wird mir jetzt schmerzhaft bewusst. Ich habe keine engen Freunde. Die Menschen auf der *Evrima* sind gute Kollegen, aber mehr nicht. Zu den Kommilitonen aus meinem Studium habe ich seit Jahren keinen Kontakt mehr. Zu den alten Schulfreunden aus Altensande erst recht nicht. Die neue Clique aus der Surfschule kennt nur meine Fassade. Und der einzige Mensch, der wirklich dahinter sehen kann, ist gerade weinend davongestürmt, weil ich ihr ins Herz gestoßen habe.

Aber so ganz stimmt das nicht. Denn seit gestern gibt es auch noch Phillip. Sobald sein Name in meinem Kopf auftaucht, will ich nichts mehr, als bei ihm zu sein. Ich raffe mich auf und krame in der Handtasche nach meinem Handy. Wir sind zwar erst in ein paar Stunden verabredet, aber vielleicht erwische ich ihn zwischen zwei Surfstunden. Ich schiebe Taschentücher, Concealer, Lippenstift und Deo von rechts nach links, aber da ist kein Handy. Mit einem frustrierten Stöhnen drehe ich die Tasche um und schütte ihren Inhalt auf den Fußboden. Dabei kommen alte Parktickets und ein geschmolzenes Pfefferminzbonbon zum Vorschein, aber mein Handy bleibt verschwunden. Jetzt, wo ich darüber nachdenke, hatte ich es heute noch überhaupt nicht in der Hand. Das letzte Mal, dass ich es bewusst wahrgenommen habe, war gestern vor meiner Surfstunde. Danach war ich möglicherweise ein bisschen zu abgelenkt, um daran zu denken.

Immerhin verschafft mir das eine Ausrede, jetzt sofort bei Phillip vorbeizufahren. Ich schiebe die Küchentür auf und riskiere einen Blick nach draußen, aber von Nina keine Spur. Erleichterung mischt sich mit Traurigkeit und kämpft mit Wut um die Vormacht in meiner Brust. Ich schiebe sie alle beiseite, schließe die Haustür hinter mir und schwinge mich aufs Fahrrad.

In der Surfschule herrscht reger Betrieb. Schon von Weitem kann ich mehrere Gruppen von Kindern sehen, die Boards tragen, Neoprenanzüge zum Trocknen aufhängen und sich mit Seetang bewerfen. Ihr Anblick fühlt sich wie Balsam auf meiner Seele an. Wie eine Bestätigung dafür, dass ich die richtige Entscheidung getroffen habe. Jetzt muss ich nur noch Phillips Gesicht sehen, dann ist alles wieder in Ordnung. Ich halte Ausschau, aber keine Spur von ihm. An seiner Stelle erkenne ich Thommy, der die Kinder dirigiert und den Seetang wieder einsammelt. Als er mich kommen sieht, verdunkelt sich sein Gesicht.

»Was willst du hier?«

Ich bleibe stehen, überrascht von der Feindseligkeit in seiner Stimme.

»Ich wollte mit Phillip sprechen. Ist er gerade da?«

»Er will aber nicht mit dir sprechen.«

Mir bleibt der Mund offen stehen. »Also entschuldige mal, ich glaube nicht, dass du das entscheiden kannst …«

»Findest du nicht, dass du schon genug Schaden angerichtet hast?«, fährt er mir über den Mund.

»Aber …«

»Lass gut sein, Thommy. Ich regele das.«

Das ist Phillips Stimme. Ich wirbele herum. Er steht im Türrahmen, sein Gesicht vollkommen ausdruckslos. Kälte steigt in mir hoch.

»Phillip, was ist los? Was gibt es zu regeln?«

Anstelle einer Antwort dreht er sich um und verschwindet im Hausinneren. Ich werfe einen letzten Blick auf Thommy und die Kinder. Selbst die Kleinen starren mich an, als wäre ich der Teufel persönlich. Angst umschließt mein Herz wie eine eiserne Faust, als ich Phillip nach drinnen folge.

Der Aufenthaltsraum ist leer, aber ich sehe die Tür zu seinem Büro aufstehen, also folge ich ihm den kleinen Flur entlang. Als ich durch die Tür trete, sitzt er hinter seinem Schreibtisch, die Hände vor sich auf der Tischplatte gefaltet.

»Phillip? Ich verstehe das nicht …«

»Ich würde dir ja mein Büro zeigen, aber wie sich herausstellt, kennst du es schon.« Seine Stimme ist hart.

Ich vergesse, wie man atmet. Ihm scheint meine Stille als Antwort zu genügen, denn er zieht einen kleinen Flyer aus dem wilden Stapel an Unterlagen. »Als ich heute Morgen hier angekommen bin, war ich so glücklich wie schon lange nicht mehr. Man könnte sagen, ich habe auf der verdammten Wolke sieben geschwebt. Wie ein ahnungsloser Idiot.« Bitternis mischt sich in seine Worte. Mein Magen zieht sich zusammen. »Was auch immer du denkst, so ist es nicht …«

»Denn was finde ich in meinem Briefkasten? Einen Flyer des Tourismusbüros, das mich zu einer Infoveranstaltung einlädt. Da sollen die hiesigen Unternehmer mehr über den geplanten Transformationsprozess für Altensande erfahren und es werden ihnen neue Business-Perspektiven aufgezeigt.«

Aus seinem Mund klingen die Worte, die Markus und ich uns überlegt haben, zynisch.

»Es ist auch eine Zeichnung dabei, weißt du? Und da ist meine Surfschule leider nicht mehr drauf. Aber das ist nicht der schlimmste Teil.« Er sieht mich an, und der Schmerz in seinem Blick fühlt sich an wie ein Messer zwischen meinen Rippen.

»Phillip, bitte …«

»Denn vorne auf dem verdammten Ding ist dein Gesicht.«

Er wirft den Flyer vor mir auf den Boden. Ich muss mich nicht mal bücken, um zu sehen, dass er recht hat. Direkt unter der Einladung prangen Fotos von Markus, Zylinski und mir.

Woher hatte er die? An diese Frage klammere ich mich, wie eine Ertrinkende auf hoher See. Solange ich an nichts anderes denke, kann das Wasser mich nicht nach unten ziehen.

Wie kommt mein Foto auf diesen Flyer?

»Ich weiß, wie das auf dich wirken muss, aber so einfach ist es nicht«, stottere ich. »Lass mich dir doch bitte erklären …«

»Du willst mir das erklären? Gerne. Dann fang doch am besten hier an.«

Phillip zieht einen vertrauen Gegenstand aus seiner Hosentasche. »Du musst es heute Morgen in der Eile vergessen haben. Also habe ich es eingesteckt, wollte es dir später zurückgeben. Dummerweise hat dich genau in dem Moment jemand angerufen. Ich dachte, vielleicht ist es wichtig, schließlich gab es ja vor Kurzem erst einen Notfall. Deshalb bin ich drangegangen. Du kannst dir meine Überraschung vorstellen, als sich die Sekretärin des Bürgermeisters meldete.«

Ich beiße die Zähne zusammen. »Phillip, das ist alles sehr kompliziert.«

»Tatsächlich? Das trifft sich gut, denn ich bin noch nicht fertig. Als ich auflegen wollte, habe ich versehentlich auf das falsche Symbol getippt und landete hier.«

Er hält mir den Bildschirm entgegen wie ein Richter das finale Beweisstück. Genauso fühlt es sich auch an. Auf dem Foto ist der Schreibtisch abgebildet, vor dem ich gerade stehe, und die Kamera zoomt heran auf das Wort »Mahnung.«

Ich weiß nicht, was ich sagen soll. Wortlos sehe ich zu, wie er das Handy sinken lässt. Suche in seinem Gesicht nach Spuren des Mannes, in dessen Armen ich vor nicht mal vierundzwanzig Stunden gelegen habe und finde nichts als bodenlose Enttäuschung.

»Bitte«, flüstere ich, ohne überhaupt zu wissen, um was ich bitte.

»Es ist besser, wenn du jetzt gehst«, antwortet er knapp. Als er mir das Handy in die Hand drückt, berühren sich unsere Finger und es ist diese Berührung, die das Fass zum Überlaufen bringt. Mein Blick verschwimmt, und heiße Tränen fließen mir über die Wangen. Ich versuche, etwas zu sagen, irgendetwas, aber mein Hals ist wie zugeschnürt. Als er die Bürotür hinter mir schließt, zerbricht mein Herz in tausend kleine Stücke.

Ich stürme aus der Surfschule. Die Kinder sind schon im Wasser, aber das ist nur ein schwacher Trost. Es kostet mich meine ganze Selbstbeherrschung, nicht in aller Öffentlichkeit schluchzend zusammenzubrechen. Und die wird nicht mehr lange halten. Ich muss hier weg, sofort. Die Frage ist nur, wohin? Nach Hause, wo Nina mich wahrscheinlich nicht mehr reinlässt? Ins Büro, in dem ich heute Morgen meine Kündigung in Aussicht gestellt habe? Die Surfschule war mein letzter Ankerpunkt, und jetzt habe ich auch ihn verloren.

So, wie ich Phillip verloren habe.

Tränenblind stolpere ich über den Strand, lasse meine Füße den Weg bestimmen. In meinem Kopf ist nur er. Seine Lippen auf meinen, seine Hände an meinem Körper, mein Name aus seinem Mund. Noch vor wenigen Stunden war das alles meins. Wie durch ein Wunder habe ich ausgerechnet an diesem Ort, den ich eigentlich so schnell wie möglich wieder verlassen wollte, jemanden gefunden, neben dem ich nicht nur einschlafen, sondern auch aufwachen will. Jemanden, für den ich all meine Pläne über den Haufen werfen wollte. Und jetzt ist es vorbei, für immer. Weil ich alles falsch gemacht habe.

Als ich das nächste Mal aufsehe, stehe ich vor der alten Weide in der kleinen Bucht, unter der Phillip und ich uns zum ersten Mal geküsst haben. Ist das wirklich erst ein paar Tage her? Wie kann es dann jetzt schon so wehtun?

Meine Knie geben nach, und ich sinke neben dem Baumstamm zu Boden. Die Rinde bohrt sich hart in meinen Rücken. Ich heiße den Schmerz bereitwillig willkommen. Ich habe ihn verdient.

Die letzten zehn Jahre hatte ich mein Leben vollkommen unter Kontrolle. Ich wusste, was ich wollte und wie ich es erreichen konnte: harte Arbeit und Disziplin. Ich habe eine Stufe nach der anderen erklommen, immer nach dem nächsten Schritt gesucht, war immer in Bewegung. Wollte nichts mehr, als mir selbst und meinen Eltern beweisen, dass ich es geschafft habe. Aber am Ende ist es egal, wie weit man flüchtet, man hat sich selbst immer im Gepäck. Ich sitze heute wieder unter dem gleichen Baum wie früher und bin trotz allem nicht mehr als das verängstigte Mädchen, das Altensande vor zehn Jahren den Rücken gekehrt hat, voller Schuldgefühle und Angst, einen Fehler zu machen.

Nur dieses Mal habe ich ihn wirklich gemacht.

Ich weine, bis meine Augen verquollen sind und meine Schläfen pochen, aber der Schmerz in meiner Brust wird nicht leichter. Ich vermisse meine Eltern, mit denen ich mich nie aussöhnen konnte. Ich vermisse meine Schwester, die mich nicht mehr sehen will. Ich vermisse Phillip und sein Lächeln und seine Stimme und den Geruch nach Salzwasser in seinen Haaren. Und es tut einfach nur unfassbar weh.

»Sandra? Sandra, wo bist du?«

Ich schrecke auf. Kühler Wind zerrt an meinen Haaren, und der Boden unter mir ist feucht. Über dem Wasser färbt sich der Himmel bereits rosa. Ich muss eingeschlafen sein. Wie lange sitze ich schon hier? Und war da nicht eben eine Stimme?

»Sandra? Hallo?«

Mit einem Satz bin ich auf den Füßen. »Nina? Bist du das?«

Rechts von mir raschelt es im Gebüsch. Jemand tritt auf einen Ast, flucht leise. Diese Stimme würde ich überall erkennen.

»Nina, bleib, wo du bist! Ich komme zu dir.«

Bevor ich auch nur einen Schritt machen kann, bricht eine Gestalt auf Krücken aus dem Unterholz hervor und stolpert auf die Lichtung zu.

»Vorsicht!« Ich greife nach ihrer gesunden Schulter und schaffe es gerade noch rechtzeitig, einen Sturz zu verhindern.

»Was zur Hölle machst du hier?«

»Das Gleiche könnte ich dich fragen.« Meine Schwester sieht vielsagend an mir herab. Ich folge ihrem Blick, und feine Blätter rieseln mir aus den Haaren. Meine Hose zieren Grasflecken, und dem Gefühl nach macht meine Nase der eines Clowns Konkurrenz.

»Du bist einfach nicht nach Hause gekommen, nicht an dein Handy gegangen, nichts! Ich habe mir wahnsinnige Sorgen gemacht. Und der Rest war ziemlich einfach. Das hier war schon immer dein Lieblingsplatz.«

»Wo ist Hannah? Und wie bist du hierhergekommen?«, frage ich schwach.

»Die sitzt friedlich vor dem Fernseher. Und diese Krücken sind geländegängiger, als sie aussehen.« Trotz ihres flapsigen Tonfalls atmet sie schwer, und ihre Haare kleben ihr verschwitzt auf der Stirn. »Schluss mit der Ablenkung. Was machst du hier?«

»Ich brauchte … ein bisschen Abstand.« Meine Stimme bricht, und ehe ich etwas dagegen tun kann, weine ich schon wieder.

»Hey, hey. Es wird alles gut.« Nina legt einen Arm um mich und zieht mich an sich. Ich lasse es willenlos geschehen. »Was ist denn passiert, mh?«

Ihre Stimme ist warm und beruhigend, und ich lasse mich von ihr einhüllen, bis mein Atem sich beruhigt.

»Hannah hat echt eine tolle Mutter«, murmele ich in den Tränenfleck auf ihrem T-Shirt.

»Und auch eine tolle Tante.« Ninas Stimme ist belegt, und sie schwankt in meinen Armen. Mein Große-Schwester-Instinkt schlägt Alarm.

»Komm, setzen wir uns erst mal.« Ich führe sie zurück zu der Bank neben der Weide. »Was hast du dabei gedacht? Alleine hierherzukommen? Wie hast du das überhaupt gemacht? So, vorsichtig hinsetzen. Hast du Wasser dabei? Sehr gut, dann trink mal was.«

Mich um Nina zu kümmern ist mir so vertraut wie mein eigenes Spiegelbild, die Routine eine willkommene Abwechslung von der emotionalen Achterbahnfahrt der letzten Stunden. Meine Schwester lässt alles stoisch über sich ergehen. Erst, als ich mehrmals sichergestellt habe, dass ihr Fuß hochliegt, ihre Krücken keinen Schaden genommen habe und sie genug Wasser getrunken hat, klopft sie mit der freien Hand neben sich auf die Bank.

»Setz dich. Wir müssen reden.«

Ihr Tonfall lässt keinen Widerspruch zu. Wortlos sinke ich auf die Kante der Bank und nehme die halbvolle Flasche entgegen, die sie mir hinhält. »Trink. Du hast mindestens so viel verweint wie ausgeschwitzt.«

»Aber das ist dein Wasser …«

»Es ist unser Wasser. Du kümmerst dich um mich, aber dann darf ich mich auch um dich kümmern. Das ist keine Einbahnstraße mehr, okay?«

»Das war es nie«, murmele ich und nehme dankbar einen großen Schluck.

»Ich sage nur: McDonalds-Trip.« Nina lächelt wehmütig. »Aber wir sind keine Kinder mehr. Du musst mich nicht beschützen.«

»Nicht, dass ich das die letzten Wochen besonders gut gemacht hätte.«

Sie zuckt mit den Schultern. »Ich habe es dir auch nicht gerade leicht gemacht.«

»Trotzdem.« Ich räuspere mich. »Was ich heute Mittag gesagt habe, das mit Jan … das war furchtbar von mir.«

Sie presst die Lippen zusammen. »Es war nicht dein bester Moment.«

»Das tut mir wirklich leid. Ich war nur so wütend und so verwirrt, und ich wusste einfach nicht …«

»Nein, mir tut es leid.«

Ich öffne den Mund, aber Nina lässt mich nicht zu Wort kommen. »Was auch immer du sagen willst, lass mich das erst loswerden.« Sie atmet tief ein, und ich sehe, wie ihre Lippen zittern. »Es tut mir so leid, Sandra. Ich hätte damals nicht zu Markus gehen dürfen. Das war falsch von mir, und wenn ich gewusst hätte, was ich damit auslöse, wäre ich niemals auch nur auf die Idee gekommen.«

Sie zögert einen Moment. Ich nutze diese Pause, um einzuhaken. »Aber wieso hast du es überhaupt getan? Das verstehe ich einfach nicht.«

»Wirklich nicht? Du hast keine Idee?« Ninas Stimme nimmt einen selbstironischen Tonfall an. »Deine Meinung von mir ist eindeutig besser, als ich es verdient habe.«

»Was redest du denn …«

»Ich hatte einfach Angst, okay? Keine Ahnung, ob du es bemerkt hast, aber unsere Eltern waren nicht die präsentesten Figuren in meiner Erziehung. Das soll kein Vorwurf sein, ich weiß, dass sie ihr Bestes gegeben haben. Aber du hast mich großgezogen. Mir die Welt erklärt, mich an die Hand genommen, mich immer begleitet. Ein Leben ohne dich konnte ich mir nicht vorstellen.« Sie wischt sich über die Augen. »Aber dir schien das anders zu gehen. Je älter wir wurden, desto häufiger hast du vom Weggehen gesprochen. Mir stundenlang von Hamburg oder Berlin vorgeschwärmt, mir die Unis gezeigt, auf denen du mit deinen Noten locker studieren konntest. Ich wusste nicht, wie ich ohne dich klarkommen sollte.«

»Aber das hatte doch nichts mit dir zu tun«, protestiere ich. »Dich alleinzulassen war das Letzte, was ich wollte!« Ich suche ihren Blick, aber sie weicht mir aus, starrt vor uns auf den Waldboden.

»Nina, ich musste gehen. Ich habe es hier nicht mehr ausgehalten. Mama und Papa hatten schon den perfekten Plan für mein Leben überlegt, aber das konnte ich nicht. Ich wäre sowieso niemals gut genug für sie gewesen.« Den letzten Satz richte ich mehr an mich als an sie.

Ninas Kopf fährt herum. »Wovon redest du? Sie waren verdammt stolz auf dich, dass muss dir doch klar sein! Mama hat all deine Postkarten ans schwarze Brett der Pension gehangen. Papa hat allen im Ort immer von seiner erfolgreichen Tochter erzählt, die gerade in Sydney arbeitet oder in London oder sonst wo.«

Ich starre sie mit offenem Mund an. »Was?«

»Was dachtest du denn?«

»Ich dachte ... ich weiß nicht ...« Ich schlucke um den Kloß, der sich in meinem Hals eingenistet hat. »Ich dachte, dass sie sauer auf mich wären. Enttäuscht, dass ich gegangen bin. Enttäuscht von mir.«

»Nein. Nicht eine Sekunde.« Nina greift nach meinen Händen, drückt sie fest. »Das musst du mir glauben.«

Ich fühle mich, als hätte jemand das Bild, das ich mir in den letzten Jahren von meinem Leben gemacht habe, in feine Stückchen zerrissen. All die Zeit, in der ich dachte, meine Eltern würden sich von mir im Stich gelassen fühlen, haben sie den anderen von mir erzählt. All die Zeit hätte ich hierher zurückkommen und unsere Beziehung kitten können.

Eine Welle aus Reue überkommt mich. Obwohl ich mir bis gerade sicher war, dass ich keine Tränen mehr übrig habe, fließen sie mit einem Mal wieder in Strömen. Nina sagt nichts, aber ich spüre ihre warme Schulter an meiner.

»Gott, ich habe alles falsch gemacht«, murmele ich zwischen zwei Schluchzern.

»Nein, hast du nicht. Wir haben alle unseren Anteil daran gehabt.«

»Und jetzt ist es zu spät, um ihnen zu sagen ...« Meine Stimme bricht an einem Schluchzen.

»Sie wussten es.« Nina greift nach meiner Hand, drückt sie fest. »Und es ist nie zu spät. Wir haben immer noch uns.«

Sie reicht mir ein Taschentuch, und ich schniefe lautstark hinein. Dann frage ich mit einem schiefen Lächeln: »Heißt das, du verzeihst mir? Trotz allem, was ich gesagt und getan habe? Und allem, was ich nicht getan habe?«

Hannahs Geburt mitzuerleben. Nach Ninas Trennung für sie da zu sein. Ein aktiver Teil ihres Lebens zu sein.

Ich setze mich auf, stopfe das Taschentuch in meine Hosentasche. »Ich war dir keine gute Schwester in den letzten Jahren. Dabei hatte ich mir geschworen, dass wir niemals den Kontakt verlieren, aber dann ist es irgendwie passiert. Bis ich irgendwann das Gefühl hatte, du willst mich nicht mehr in deinem Leben haben. Du teilst deine Gedanken nicht mehr mit mir. Noch nicht einmal, wenn wir unter einem Dach leben.«

»Ich war sauer auf dich, das gebe ich zu. Länger, als mir lieb war. Habe mich von dir verraten gefühlt, obwohl ich kein Recht dazu hatte. Aber das war noch nicht alles. Ich war auch unfassbar neidisch. Du hast Karriere gemacht, bist rausgekommen, hast etwas von der Welt gesehen. Ich liebe mein Leben, meine Arbeit, meine Tochter. Über alles. Aber irgendwo tief in mir drin wusste ich immer, dass ich das nicht gekonnt hätte, was du getan hast. Dass ich viel zu viel Angst gehabt hätte.«

»Glaubst du vielleicht, ich hatte keine Angst?«

Sie sieht mich skeptisch an. »Du? Angst? Das wäre mir neu.«

Obwohl die Tränen auf meinen Wangen noch nicht getrocknet sind, muss ich lachen. »An meinem ersten Tag in Hamburg hatte ich so viel Schiss, dass ich einem meiner Dozenten im Seminarraum vor die Füße gekotzt habe. Ein halbes Jahr lang habe ich mich fast jede Nacht in den Schlaf geweint, weil ich solches Heimweh hatte. Glaub mir, ich hatte Angst. Wenn Markus sich damals nicht von mir getrennt hätte, wer weiß, ob ich es jemals gewagt hätte.«

In dem Moment, in dem ich den Satz ausspreche, wird mir erst klar, wie wahr er ist. »Du hast einen verdammt seltsamen Weg gewählt, aber am Ende habe ich es wahrscheinlich dir zu verdanken, dass ich nicht Markus' verbitterte Ehefrau geworden, sondern auf einem Kreuzfahrtschiff in der Karibik gelandet bin.«

Jetzt lacht Nina ebenfalls. »Die verrückten Wege des Schicksals. Vielleicht hätte ich vorher mal im Kaffeesatz lesen sollen oder sowas.«

»Nein, viel besser: Du hättest die alte Wahrsagerin befragen müssen. Die vom Mittelaltermarkt.«

Wir prusten los. Es fühlt sich unfassbar befreiend an. Als sie wieder atmen kann, sagt Nina leise: »Kannst du mir auch verzeihen?«

Anstelle einer Antwort nehme ich sie in den Arm. Die Frau, die ihren Kopf in meiner Schulter vergräbt, ist zu einem Teil immer noch das kleine Mädchen, das sich bei Gewitter in meinem Bett versteckt hat. Gleichzeitig ist sie auch die Frau, die allein ein Kind großzieht, die sich um unser Elternhaus kümmert und die für mich da ist, wenn ich es zulasse.

»Ab jetzt keine Geheimnisse mehr zwischen uns, okay?«

»Deal.«

Ich löse mich von ihr, krame noch mal nach dem verweinten Taschentuch. »Gut, ich habe nämlich noch etwas zu beichten.«

»Ich auch.«

»Okay, fang an.«

Nina schlingt die Arme um ihren Oberkörper. »Jan will Hannah zu sich holen und ihr ein Leben in einem Hamburger Vorort mit Wochenend-Trips nach Ibiza ermöglichen.«

»Bitte was?« Plötzlich macht alles Sinn. Ihr abwesendes Verhalten, die heimlichen Tränen. »Dieses Arschloch! Aber mach dir keine Sorgen, wir finden eine Lösung, dass …«

»Ah, ah, ah!« Meine Schwester hebt mahnend den Zeigefinger. »Zuerst dein Geheimnis.«

Ich vergrabe mein Gesicht in den Händen und murmele durch meine Finger: »Ich glaube, ich habe mich Hals über Kopf in Phillip Sommer verliebt. Der mich jetzt hasst.«

Kapitel 23

Ich erzähle Nina alles. Von meiner Lüge über meinen Nachnamen über unseren ersten Kuss unter der Weide bis zu unserem Streit. Sie hört schweigend zu, unterbricht nur hin und wieder für eine kurze Nachfrage. Als ich fertig bin, lehnt sie sich mit einem nachdenklichen Gesichtsausdruck zurück.

»Na los, jetzt sag schon was. Ich bin ein furchtbarer Mensch. Ich habe es versaut. Er hat jedes Recht, mich zu hassen.«

»Du hast echt Mist gebaut«, sagt sie langsam. »Keine Frage. Vielleicht hast du es auch endgültig versaut.«

»Vielleicht?« Ich erlaube mir einen winzigen Hoffnungsschimmer.

»Es ist noch nicht zu spät, um den angerichteten Schaden wiedergutzumachen. Indem du diesen Zylinski aufhältst.«

»Wie soll ich das bitte anstellen?«

Sie sieht mich von der Seite an. »Ganz ehrlich? Keine Ahnung. Aber wenn ich eine Person kenne, die jedes Problem lösen kann, dann bist du es.«

Ich schnaube. »Dein Vertrauen in die Zukunft möchte ich haben. Der Mann ist vollkommen entschlossen, seinen Plan durchzuziehen.«

»Dann brauchst du eben einen besseren Plan!«

»Mmh. Und du meinst, dass Phillip …?«

»Ob er dir verzeihen wird? Ich weiß es nicht. Darauf hast du keinen Einfluss, das kann nur er selbst entscheiden. Aber vielleicht kannst du dir verzeihen.«

Ich schüttele den Kopf. »Wann bist du eigentlich so verdammt weise geworden, Schwesterherz?«

Sie schmunzelt, bevor ihr Gesicht einen gespielt ernsthaften Ausdruck annimmt. »Ach weißt du, Kind, wir hier im Norden leben eben im Einklang mit der Natur«, sagt sie mit gespielt tiefer Stimme. »Sie lehrt uns ihre Geheimnisse.«

Ich pruste los. Aber noch während ich lache, beginnen sich die Zahnräder in meinem Kopf zu drehen. Mit einem Satz springe ich auf. »Du bist ein Genie! Du hast mich gerade auf eine Idee gebracht!«

»Na, dann nichts wie ab an den Schreibtisch mit dir.« Nina streckt mir ihre gesunde Hand entgegen. »Vorausgesetzt, wir schaffen es, mich irgendwie wieder aus diesem Wald herauszubekommen.«

Mit neugewonnenem Elan lege ich mir ihren Arm über die Schulter. »Wir schaffen das. Wie hast du das eben noch gesagt? Wir finden für alle Probleme eine Lösung.«

Die geplante Infoveranstaltung ist nächsten Samstag. Damit bleibt mir nur noch eine Woche, um einen Plan zu schmieden, der absolut wasserdicht ist. Und mir ist jetzt schon klar, dass ich das nicht alleine schaffen werde. Sobald ich geduscht habe und der Rest meiner kleinen Familie versorgt ist, ziehe ich mir eine Jacke über und verlasse noch mal das Haus. Sanfter Nieselregen fällt mir aufs Gesicht, als ich auf den Bürgersteig trete. Von Nina weiß ich, dass Markus immer noch in dem alten Backsteingebäude direkt neben dem Supermarkt wohnt. Auf dem Weg zu ihm lege ich mir die richtigen Worte zurecht, um ihm meine Idee zu verkaufen. Denn in einer Sache hatte Herr Zylinski absolut recht: Altensande hat jede Menge ungenutztes Potenzial. Aber um das auszuschöpfen, müssen wir nicht gegen die Anwohner arbeiten, sondern mit ihnen und mit der Natur. Genau, wie Nina gesagt hat. Und dafür gibt es jede Menge Ansatzpunkte. Rosas Café zum Beispiel, ein inklusiver Arbeitsplatz, der seine Milch direkt von einem Bauern in Eckernförde bezieht. Frau Matthis' Schneiderei, die Klamotten anpasst und weiterverkauft, statt sie wegzuwerfen. Giovanni, der sein Eis immer noch von Hand macht und stolz ist auf seine Bio-Zutaten. Der alte Sven und sein Sohn unten im Hafen, die ihren Fisch noch jeden Tag frisch fangen. Das Ehepaar Rütgers, deren Campingplatz fast vollständig über Solarenergie versorgt wird. Und natürlich Phillip, dessen Surfschule so viel mehr ist als eine Sportstätte. Jeder Gedanke an ihn fühlt sich an wie ein Nadelstich ins Herz. Aber Nina hat recht: Ich kann nicht kontrollieren, ob er mir verzeihen wird. Ich kann nur das Richtige tun, einfach, weil es das Richtige ist.

Das Haus der Familie Walters hat sich kein bisschen verändert. Nur der Vorgarten ist etwas weniger ordentlich, als ich ihn in Erinnerung habe. Wo sich früher die penibel gepflegten Rosenbeete von Markus' Mutter befanden, liegen heute Fußbälle, Schaufeln und Eimerchen und ein umgekipptes Dreirad.

Markus hat Kinder.

Bei dem Anblick steigt unerwartet ein warmes Gefühl in mir hoch. Ich weiß, dass er sich genau das hier immer gewünscht hat. Zu sehen, dass er es bekommen hat, erfüllt mich nicht länger mit der Mischung aus Traurigkeit und Wut, die ich die letzten zehn Jahre mit seinem Namen verbunden habe. Stattdessen erinnere ich mich wieder an den Menschen, den ich damals geliebt habe. Hoffentlich will er mich nach unserem Streit heute Morgen überhaupt noch sehen. Ein kurzer Blick auf mein Handy zeigt, dass es schon kurz nach zehn ist, aber hinter den roten Vorhängen im Wohnzimmer brennt noch Licht. Also recke ich das Kinn und marschiere auf die Eingangstür zu.

Die Klingel schallt durch das ganze Haus, und ich zucke zusammen. Zum Glück höre ich kein Kindergeschrei, sondern Schritte auf der anderen Seite der Eingangstür. Ich wappne mich innerlich für den Anblick von Markus' Ehefrau, aber als sich die Tür öffnet, schaut er mir entgegen, in nichts außer einer Boxershorts und Badeschlappen.

»Sandra? Was machst du denn hier?« Seine Stimme klingt kratzig und verschlafen. Als wäre er auf dem Sofa eingenickt und ich hätte ihn unsanft geweckt. Ein bisschen so wie früher.

»Sorry für die späte Störung, aber das ist echt wichtig.«

»Okay.« Nach dieser Ankündigung wirkt er schon etwas wacher, macht aber immer noch keine Anstalten, mich hereinzubitten.

»Darf ich reinkommen? Ich verspreche auch, nicht wieder mitten im Gespräch davonzulaufen.«

Ein Lächeln huscht über sein Gesicht. »Das wäre

schon mal ein Anfang.« Sein Blick wandert an meiner eilig übergeworfenen Jacke, den feuchten Haaren und der Dokumentenmappe hinab, die ich wie ein Baby im Arm trage.

»Du siehst aus, als könntest du einen starken Grog vertragen.«

»Unbedingt.«

Ihm durch den Flur zu folgen fühlt sich an wie eine Reise in die Vergangenheit. Die Kinderbilder an der Treppe zeigen heute nicht mehr ihn und seine kleine Schwester, sondern zwei pausbäckige Jungs, die ihrem Papa wie aus dem Gesicht geschnitten sind. Am Kleiderständer hängen ein paar Kinderjacken, und ich muss einen großen Schritt machen, um nicht über ein Spielzeugauto zu stolpern, aber ansonsten hat sich seit meiner Jugend nichts verändert.

Das Wohnzimmer ist leer, und er führt mich zum Sofa, auf dem noch eine eilig zur Seite geworfene Decke liegt.

»Entschuldige bitte, ich habe heute Abend keinen Besuch mehr erwartet.« Er schlüpft in ein T-Shirt und macht Anstalten, die Decke zur Seite zu räumen, aber nach einem weiteren Blick auf mich hält er sie mir entgegen. »Du bist nass. Das Letzte, was du jetzt brauchst, ist eine Lungenentzündung.«

Ich nehme die Decke entgegen und schlinge sie mir um die Schultern. »Danke.«

Er sieht für ein paar Sekunden überrascht aus, bis er mein Lächeln vorsichtig erwidert. Nach wenigen Minuten stehen zwei dampfende Tassen Grog vor uns auf dem Tisch.

»Ist das Oma Walters Spezialmischung?«

»Frei nach dem Motto: Rum muss, Zucker kann, Wasser darf.«

Er hebt seine Tasse, und ich stoße meine dagegen. Der Grog brennt auf meiner Zunge und den ganzen Weg bis in meinen Bauch, wo sich eine angenehme Wärme ausbreitet. Es sollte seltsam sein, mit meinem halbnackten Ex-Freund im Wohnzimmer seiner aktuellen Familie zu sitzen und Grog zu trinken, aber das ist es nicht.

»Gut?« Markus beobachtet mich mit einem amüsierten Funkeln in den Augen.

»Wunderbar. Fast so wie in alten Zeiten.«

Für einen Moment bereue ich den letzten Satz. Aber warum eigentlich? Vielleicht waren Markus und ich nicht füreinander bestimmt. Aber wir hatten eine gute Zeit zusammen. Er war meine erste Liebe, aber auch einer meiner besten Freunde und für einen Moment erlaube ich mir die Vorstellung, dass wir wieder Freunde sein könnten.

»Stimmt«, antwortet er leise. »Wie in alten Zeiten.«

Für einen Moment sind wir beide still, nippen an unserem Grog. Dann fällt sein Blick auf die Dokumentenmappe zwischen uns auf dem Tisch.

»Du hast gesagt, es sei wichtig?«

Er stellt die Tasse ab und lehnt sich nach vorne.

Ich setze mich aufrecht hin und schiebe ihm meine Unterlagen hin. »Absolut wichtig. Ich habe noch mal nachgedacht. Wir wissen beide, dass Herrn Zylinskis Idee für Altensande nicht das ist, was wir wollen. Was das Beste für den Ort und seine Menschen wäre. Aber wir wissen auch, dass der Mann sich nicht aufhalten lassen wird. Das Einzige, was ihn stoppen könnte, wäre eine noch bessere Idee.

Eine, die sowohl die Investoren als auch die Anwohner sofort überzeugt.«

Markus nickt langsam. »Klingt plausibel. Aber gleichzeitig so gut wie unmöglich.«

Ich deute mit dem Kinn in Richtung der Dokumentenmappe. »Da bin ich mir nicht so sicher.«

Er blättert langsam durch die Unterlagen, während ich mich an meine Tasse klammere und versuche, so unauffällig wie möglich seine Reaktion zu beobachten. Aber sein Pokerface hat er eindeutig perfektioniert. Bis auf die kleine Falte zwischen seinen Augenbrauen, die mit jeder Seite, die er liest, etwas tiefer wird, bekomme ich nicht den kleinsten Hinweis auf seine Gedanken.

Ich rutsche ungeduldig auf dem Sofa hin und her und muss mir auf die Zunge beißen, um ihn nicht zu unterbrechen. Gerade als er die letzte Seite umschlägt, öffnet sich mit einem leisen Knarren die Wohnzimmertür.

»Schatz? Was ist denn los, ich dachte, du wolltest … Oh, hi.«

Im Türrahmen steht eine braunhaarige Frau in meinem Alter, die Haare zu einem Zopf geflochten. Sie trägt ein blassblaues Nachthemd und hat eine Schlafmaske in der Hand. Trotz der späten Stunde wirkt sie eher neugierig als verärgert über meine Anwesenheit.

»Laura, hey. Das ist Sandra.« Mehr sagt er nicht zur Erklärung, aber es scheint seiner Frau zu genügen. Peinlich berührt, mustere ich meine Fingerspitzen. Aber sie streckt mir nur lächelnd die Hand entgegen. »Freut mich. Ich würde dir ja was zu trinken anbieten, aber ich sehe, du bist schon versorgt.«

»Setz dich, das hier musst du dir ansehen.« Markus klopft neben sich aufs Sofa und gibt ihr einen schnellen Kuss auf die Wange, als sie neben ihm Platz nimmt.

»Laura arbeitet beim Amt für Natur und Umwelt in Eutin«, erklärt er mir, während sie die Seiten überfliegt. »Und wir streiten uns schon seit Wochen darüber, dass wir die Dünen für ein Luxushotel abtragen wollen.«

»Das ist ja auch eine absolute Umweltsünde«, murmelt Laura abgelenkt. Er greift nach ihrer Hand und drückt sie. Die beiden so selbstverständlich zusammen zu sehen versetzt mir einen heftigen Stich. Nicht, weil ich Markus immer noch zurückwill. Aber ich will das, was sie haben. Mit jemandem, der mich vermutlich nie mehr wiedersehen will.

Ich schlucke meine Gefühle runter, als Laura die Unterlagen zuschlägt. »Das nenne ich doch mal ein Konzept. Es ist bisher zwar nur eine grobe Skizze, aber wenn ihr so plant, kann ich euch versichern, dass das Amt euch unterstützen wird. Mehr als unterstützen. Das ist genau die Art nachhaltiger Tourismus, den wir suchen.«

Markus und ich tauschen einen Blick aus. Sein Grinsen ist noch breiter als meins.

»Dann gehen wir es an?«

»Wir gehen es an.«

»Ich kann gern helfen, wenn ihr noch ein drittes Paar Augen braucht.« Laura sieht uns fragend an.

»Ja, unbedingt! Wir können jede Hilfe gebrauchen.«

Wie hat Carola noch gesagt: Hier auf dem Land hilft man sich. Vielleicht ist es doch mehr als eine hohle Phrase.

»Dann werden wir aber etwas anderes brauchen als das hier.« Markus' Frau deutet auf unsere Tassen mit Grog und steht auf. »Ich glaube, ich schalte mal lieber die Kaffeemaschine an.«

Kapitel 24

Ich spähe zum dritten Mal hinter dem improvisierten Vorhang aus alten Gardinen hervor, den Herr Zylinski gestern Abend präsentiert hat, um unseren Auftritt »professioneller« zu machen. Die Hälfte der Stühle ist schon besetzt. Etwa dreißig Gäste stehen am Büfett und probieren sich durch die Schnittchen, die wir geschmiert haben. Meine Hände sind schweißnass, als ich den Kragen meines Blazers richte.

»Das letzte Mal, als die Gemeindehalle so voll war, hat Altensande den Regionalpokal in der Kreisliga gewonnen«, sagt Nina anerkennend. Sie und Hannah haben uns den ganzen Vormittag dabei geholfen, die Halle vorzubereiten. Nina saß auf einem gepolsterten Stuhl und hat mit hochgelegtem Fuß Aufgaben delegiert, während Hannah für jeden Tisch einen Strauß Blumen hinter der Halle gepflückt hat.

Ich liebe sie beide dafür.

»Ist er schon da?« Sie senkt ihre Stimme zu einem verschwörerischen Flüstern. Ich schüttele nur wortlos mit dem Kopf. Seit unserem Streit letzte Woche habe ich nichts von Phillip gehört. Ich habe anfangs jeden Tag versucht, ihn anzurufen und Dutzende SMS geschrieben, aber er hat nicht reagiert. Offensichtlich will er nichts mehr mit mir zu tun haben. Die Aussicht, ihn womöglich gleich in der Halle wiederzusehen, lässt mein Herz rasen. Aber noch ist gar nicht klar, ob er überhaupt kommt.

»Sind wir vorbereitet? Fühlt ihr euch gut?« Herr Zylinski taucht neben mir auf und verteilt Schulterklopfer an alle. »Ihr seht auf jeden Fall super aus. Sehr lässig. Genau wie auf den Fotos. Social Media ist doch was Tolles, oder?«

Ich balle die Hände zu Fäusten und presse die Lippen zusammen.

»Die Leute werden es lieben und die Investoren auch, das verspreche ich euch.«

Markus, der gerade seinen Laptop an den Beamer anschließt, wirft mir einen vielsagenden Blick zu. Er sieht so aus, als täte ihm der Bürgermeister fast ein bisschen leid. Schließlich hat er noch überhaupt keine Ahnung, was hier gleich passieren wird. Er ist immer noch der Meinung, dass wir die Präsentation halten werden, die wir letzte Woche geschickt haben.

»Es ist wichtig, dass wir die ganze Sache zügig über die Bühne bringen«, sagt Herr Zylinski und nimmt noch einen großen Schluck aus seiner *Bürohengst*-Kaffeetasse. »In zwei Stunden treffen wir die Investoren im Tourismusbüro. Bis dahin will ich hier alle Unterschriften sehen.« Er schwenkt ein schwarzes Klemmbrett durch die Luft. »Ich verlasse mich ganz auf Sie, Schätzchen. Bezirzen Sie sie. Lassen Sie all Ihren Charme sprühen.«

Mein Lächeln ist zuckersüß. »Darauf können Sie sich verlassen.«

Sobald er hinter dem Vorhang verschwunden ist, lasse

ich es fallen. »Ich kann es kaum erwarten, ihm dieses Grinsen aus dem Gesicht zu wischen.«

»Du sprichst mir aus der Seele.« Markus tritt zu uns. »Der Laptop ist bereit, wir können anfangen. Wie viel Zeit haben wir noch?«

Ich muss nicht mal auf die Uhr schauen, um die Antwort zu kennen. »Noch vier Minuten.«

Und Phillip ist immer noch nicht da.

»Alles okay?« Markus wirft mir einen fragenden Blick zu. Die letzten drei Tage haben wir mehr Zeit zusammen verbracht als in den letzten zehn Jahren und irgendwo zwischen der Kaffeemaschine in seiner Küche und dem Grog auf seinem Sofa unseren alten Rhythmus wiedergefunden. Nicht den der beiden verliebten Teenager, sondern den der Freunde, die zusammen aufgewachsen sind. Das hat nur diesen einen Nachteil: Es ist deutlich schwieriger für mich, meine Gefühle vor ihm zu verbergen.

»Alles gut«, presse ich hervor. »Ich bin nur aufgeregt.«

Nina drückt meine Hand. »Das wird schon.«

»Und wenn nicht, weiß ich wenigstens, dass ich das Richtige getan habe«, antworte ich mit einem gequälten Lächeln.

»Ich habe auch noch eine Blume für dich.« Hannah kommt angelaufen, einen kleinen Strauß Wildblumen in der Hand. Sie sehen schon etwas mitgenommen aus, aber sie überreicht sie mir mit großer Sorgfalt. »Für deinen großen Auftritt gleich«, sagt sie ernst. Ich gehe in die Knie und nehme sie entgegen. »Danke, meine Große. Die werden mir bestimmt Glück bringen.«

»Du brauchst kein Glück.« Markus hält mir seine Hand

hin und zieht mich wieder auf die Füße. »Du hast etwas viel Wichtigeres.«

»Tatsächlich?« Ich presse mir mit gespielter Rührung eine Hand an die Brust. »Du meinst Talent, Charme, Überzeugungskraft?«

»Nein.« Er zwinkert mir zu. »Mich.«

Erst, nachdem ich ihn in die Seite geboxt und mit den Augen gerollt habe, wird mir klar, dass er genau das erreichen wollte: mich ablenken. Und jetzt ist es zu spät für weitere Gedanken, denn vor dem Vorhang quietscht ein Mikrofon.

»Meine Damen und Herren, wir freuen uns sehr, dass viele von Ihnen so zahlreich erschienen sind. Ich verspreche Ihnen, Sie werden es nicht bereuen.« Herrn Zylinskis Stimme dröhnt durch den Raum. »Ich erlaube mir nun, Ihnen die beiden Redner des heutigen Nachmittags vorzustellen.«

Ich trete hinter der Bühne von einem Fuß auf den anderen, während er erst Markus und dann mich in den höchsten Tönen lobt. Er spricht von einer »welterfahrenen Fachfrau« mit »bestechendem Know-how« und »unvergleichlicher Ortskenntnis«, und ich zucke bei jedem Wort zusammen. Stelle mir Phillips Gesicht vor, spöttisch verzogen, und spüre Übelkeit in mir hochsteigen. Am liebsten würde ich einfach den Vorhang zur Seite zerren und Zylinski das Mikro aus der Hand reißen.

»Tief durchatmen«, flüstert mir Markus ins Ohr. »Wir schaffen das.«

»Natürlich schaffen wir es«, flüstere ich zurück. »Wenn ich nicht vorher auf die Bühne kotze.«

In der nächsten Sekunde zieht der Bürgermeister mit großer Geste den Vorhang zurück. Ich meißele mir ein Lächeln ins Gesicht und trete als Erste in den kleinen Lichtkegel vor dem Rednerpult.

Der Scheinwerfer, den Markus und ich gestern zusammen angebracht haben, blendet mich und ich muss mehrmals blinzeln, bis ich die Leute in der Halle erkennen kann. Herr Zylinski gesellt sich gerade zu Frau Strathaus in der ersten Reihe, er im Anzug mit siegesgewissem Grinsen, sie im roten Kostüm mit Pokerface. Hinter ihnen ist fast jeder Platz gefüllt, aber niemand klatscht. Ich spüre trotzdem einen kleinen Teil Anspannung abfallen. Es sind fast alle gekommen. Offenbar haben Markus und ich die Flyer so formuliert, dass selbst diejenigen, die mich empört vor die Tür gesetzt haben, neugierig geworden sind. So unauffällig wie möglich lasse ich meinen Blick über die Sitzreihen schweifen. Mit jeder weiteren Reihe rutscht mein Herz ein Stückchen tiefer. Als ich ganz hinten angekommen bin, befindet es sich auf Höhe meiner Kniekehlen.

Phillip ist nicht da.

Vielleicht kommt er ja später. Vielleicht wurde er aufgehalten oder sein Fahrradreifen war platt oder er hat in den Wellen die Zeit vergessen.

Vielleicht ist es noch nicht zu spät.

Markus' Stimme holt mich zurück in die Gegenwart. »Moin, ihr Lieben. Vielen Dank, dass ihr heute hier seid. Ich weiß, ihr habt alle viel zu tun und könntet diese zwei Stunden bestimmt auch für etwas anderes gebrauchen. Und wenn es nur ein gutes Stück Friesenstreußel mit Kaffee ist.«

Vereinzeltes Schmunzeln in der Menge. Markus weiß,

mit welchem Publikum er es zu tun hat, und sie kennen ihn. Die Atmosphäre taut langsam auf. Als er die Präsentation startet und das Wort an mich übergibt, richten sich Dutzende Augenpaare auf mich. Ich räuspere mich. Mein Mund ist plötzlich staubtrocken, und meine Hände schwitzen.

»Hallo.« Meine Stimme klingt dünn und unsicher. Dann fällt mein Blick auf Nina und Hannah, die in der vierten Reihe sitzen und mir zulächeln. Ich nehme die Schultern zurück und starte von vorn. »Moin. Ich würde mich auch für eure Zeit bedanken, aber noch wisst ihr ja gar nicht, ob es sich überhaupt gelohnt hat. Deshalb fange ich direkt an. Und zwar mit dem Thema, das uns allen hier am Herzen liegt: Der Zukunft von Altensande.«

Es ist totenstill in der Halle. Herr Zylinskis selbstzufriedenes Lächeln aus der ersten Reihe spornt mich an weiterzumachen, und ich klicke zur nächsten Folie. »Ich weiß, dass ich in den Augen vieler gar nicht das Recht habe, über dieses Thema zu sprechen. Schließlich bin ich weggegangen. Als ich vor ein paar Wochen wieder hierherkam, war mir das Schicksal von Altensande offen gesagt ziemlich gleichgültig.« Das Lächeln von Herrn Zylinski wird etwas unsicher. Dafür gewinne ich mit jedem Wort an Stärke. »Aber dann ist etwas passiert, das ich nicht erwartet habe. Dieser Ort hat mich für sich gewonnen. Mit seiner Natur, die noch niemand in ordentliche, touristenfreundliche Pfade gezwängt hat. Mit seinen Geschäften, die mit Leidenschaft geführt werden. Aber vor allem mit seinen Menschen, die füreinander da sind, wenn es drauf ankommt. Die zusammenhalten und jedem die Hand reichen, der sie braucht.

Altensande hat mir nach all den Jahren wieder ein Zuhause geboten.« Dieser Satz steht nicht in meinem Skript, aber sobald ich ihn ausspreche, merke ich, dass er wahr ist.

»Deshalb freue ich mich, dass ich heute vor euch stehen und eine Idee vorstellen darf, die unseren Ort in eine nachhaltige Zukunft führen könnte, von der wir alle profitieren.« Der Bürgermeister runzelt die Stirn. Markus lächelt mir aufmunternd zu. Also klicke ich zur nächsten Folie, die wir vor drei Tagen mitten in der Nacht in Markus' Wohnzimmer aufgesetzt haben.

»Altensande hat unfassbar viel Potenzial und mit euch allen auch Menschen, die dieses Potenzial für die Zukunft erhalten wollen. Denen Nachhaltigkeit, Regionalität und Umweltfreundlichkeit wichtig sind, die in ihren Geschäften darauf achten, dass sowohl ihre Produkte und Preise als auch ihre Arbeitsbedingungen fair sind. Denen es um echten Mehrwert geht, für ihre Kundinnen und Kunden, aber auch für die ganze Gemeinschaft.« Die Zuschauer beginnen zu murmeln. Ich ernte das erste zustimmende Nicken, sehe zögerliches Lächeln. Die Falten auf Herrn Zylinskis Stirn vertiefen sich.

»Genau das könnte unsere wertvollste Ressource sein«, fahre ich fort. »Natürlich wäre es möglich, aus Altensande einen weiteren polierten Hochglanzort für wohlhabende Touristen zu machen, die hier für ein paar Tage die Welt vergessen möchten. Und vor ein paar Wochen hielt ich das auch noch für eine gute Idee. Aber das war, bevor mir klar wurde, was wir damit verlieren würden: Alles, was Altensande heute ausmacht.« Aus den Augenwinkeln sehe ich Herrn Zylinski aufspringen, aber Frau Strathaus packt ihn am Ärmel und zieht ihn wieder nach unten. Ich bilde mir ein, ein winziges Lächeln auf ihren Lippen zu sehen.

»Was wir hier wirklich brauchen, sind Gäste, denen die Natur am Herzen liegt. Die auch in ihrem Urlaub darauf achten wollen, dass sie ihr keinen Schaden zufügen. Und die gerne nach Altensande kommen, weil sie wissen, dass sie hier Gleichgesinnte finden.«

Applaus brandet auf. Dem Bürgermeister bleibt nichts anderes übrig, als mir dabei zuzusehen, wie ich eine Folie weiterklicke. In der nächsten halben Stunde stelle ich den Anwohnern das Konzept vor, das Markus und ich seit Mittwochnacht gemeinsam ausgearbeitet haben. Das aus Altensande einen nachhaltigen und inklusiven Ferienort machen wird, indem Investoren in die bereits vorhandene Infrastruktur investieren. Herr Zylinski wird immer blasser, aber er bleibt still, denn der Rest der Besucher hängt an meinen Lippen. Als ich am Ende meines Vortrags angekommen bin, schießen Dutzende Hände hoch. Die Altensandener wollen es ganz genau wissen: Welche Änderungen müssten vorgenommen werden? Wie können wir sicherstellen, dass die geplanten Investitionen wirklich nachhaltig sind? Wie können einzelne Geschäfte in das Gesamtkonzept integriert werden? Markus und ich beantworten geduldig jede Frage, so gut wir können. Als die Uhr auf dem Rathausplatz gegenüber dem Gemeindesaal vier schlägt, lege ich das Klemmbrett mit der Unterschriftenliste vor der Bühne aus. Innerhalb von zehn Minuten haben wir über fünfzig Unterschriften gesammelt. Die Rütgers nicken mir anerkennend zu, als sie unterschreiben. Rosa tätschelt mir die Hand und sagt: »Wusste ich doch, dass du es draufhast.«

Und Frau Matthis schreibt ihren Namen auf die Liste und fragt, ob ich nicht in den nächsten Tagen noch mal auf einen Tee vorbeikommen möchte. Ich habe das Gefühl, mit jeder Unterschrift ein paar Millimeter zu wachsen.

Nur Phillip fehlt.

Als ich das nächste Mal dazukomme, von der Liste aufzusehen, steht Herr Zylinski vor mir. Sein Gesicht ist wutrot.

»Sind Sie von allen guten Geistern verlassen?«

Da leugnen keinen Zweck hat, zucke ich mit den Schultern. »Mein Kollege und ich haben das Konzept kurzfristig noch mal angepasst.«

»Angepasst? Das ist ja eine bodenlose Frechheit! Was Sie da eben vorgetragen haben, war das komplette Gegenteil von unserem Plan! Nichts davon war abgesprochen!«

»Den Leuten scheint es aber gefallen zu haben«, halte ich dagegen.

»Es interessiert mich nicht, was den Leuten gefällt! Wir hatten hier eine klare Vision, die Sie einfach nur umsetzen sollten!« Speicheltropfen landen auf seinem Hemdkragen, und ich trete einen Schritt zurück, um die Gefahrenzone zu verlassen.

»In einer halben Stunde treffen wir uns mit den Investoren.«

»Und Sie haben eine volle Liste mit Unterschriften.« Ich schiebe ihm das Klemmbrett rüber, aber er wirft nicht mal einen Blick darauf.

»Was soll ich damit? Die haben ja alle Ihrem vollkommen schwachsinnigen Nonsens zugestimmt!«

»Es ist das hier oder gar nichts«, sage ich, halte seinem

Blick stand. Seine Nasenflügel beben. »Ich hoffe sehr, dass Sie wissen, was Sie da tun.«

»Darauf können Sie sich verlassen.«

»Im Büro. In dreißig Minuten.«

Damit macht er auf dem Absatz kehrt und stürmt davon. Inmitten der Menschenmenge, die langsam aus der Halle strömt, fange ich Frau Strathaus' Blick auf. Sie nickt mir zu, bevor sie Herrn Zylinski nach draußen folgt.

Kapitel 25

Markus und ich halten eine leicht abgewandelte Version unseres Vortrags vor einem Raum voller Anzugträger und ernten begeisterten Zuspruch. Irgendwann im Lauf des Abends scheint Herr Zylinski einzusehen, dass er verloren hat. Sobald die ersten Investoren interessierte Nachfragen stellen, beginnt er, all unsere Ideen als seine eigenen zu verkaufen. Bevor wir wissen, wie uns geschieht, schüttelt er Hände, ein salbungsvolles Lächeln auf den Lippen, und streicht Komplimente für seine »unternehmerische Weitsicht« bezüglich der »Trendwende zur Nachhaltigkeit hin« ein. Markus und ich schweigen und lächeln, und antworten nur, wenn wir gefragt werden. Aber sobald die anderen sich wegdrehen, tauschen wir amüsierte Blicke, beißen uns auf die Zunge, um nicht in Gelächter auszubrechen. Die Erkenntnis trifft mich wie ein Blitzschlag: Wir haben es tatsächlich geschafft! Es ist ein berauschendes Gefühl, wie Sekt in meinen Adern. Wie eine perfekte Welle. Es trägt mich mühelos durch den Abend, bis alle Investoren wieder in ihre teuren Autos gestiegen und Richtung Hamburg gefahren sind. Als Herr Zylinski die Tür hinter ihnen schließt und sich zu uns umdreht, gebe ich mir keine Mühe, meinen Triumph zu verbergen.

»Hatten wir recht, oder hatten wir recht?«

»Da haben Sie noch mal Glück gehabt«, antwortet der Bürgermeister knapp. »Glauben Sie nicht, dass Sie sonst so einfach davongekommen wären. Wir hatten eine klare Abmachung, die Sie gebrochen haben und …«

»Da bin ich tatsächlich anderer Meinung«, hakt Markus ein. »Unsere Aufgabe war es, ein zukunftsfähiges Konzept für den Tourismus in Altensande vorzustellen und sowohl Anwohner als auch Investoren davon zu überzeugen. Und genau das haben wir gemacht. Dass am Ende nicht Ihre Idee überzeugt hat, ändert nichts an dieser Tatsache.«

»Aber … also … so war das nicht …« Herr Zylinski öffnet den Mund, schließt ihn wieder. »Wie dem auch sei. Sie haben sich das eingebrockt, Sie müssen es auslöffeln. Am Montagmorgen will ich Sie beide im Büro sehen. Dann starten wir in die nächste Phase.« Damit dreht er sich um und rauscht mit großen Schritten aus dem Büro. Wir brechen in atemloses Gelächter aus.

»Willst du da wirklich am Montag noch mal aufschlagen?«, fragt Markus, nachdem er sich einigermaßen beruhigt hat. »An deiner Stelle würde ich diesen aufgeblasenen Gockel einfach sitzenlassen. Wie lange bist du überhaupt noch hier?«

»Noch eineinhalb Wochen.« Was mir am Anfang wie eine Ewigkeit vorkam, ist auf einmal schon fast zu Ende. Bei dem Gedanken muss ich schlucken.

»Aber wer weiß?«, sage ich mit einer Leichtigkeit, die ich nicht fühle. »Ich traue es dem Kerl zu, auch die beste Idee zu ruinieren. Da wäre es besser, wenn ich zumindest am Anfang noch ein Auge auf ihn habe.«

Ein feines Lächeln breitet sich auf Markus' Gesicht aus. »Das kann gut sein. Du bist hier willkommen, egal, wie lange du bleibst.«

Seine Worte folgen mir hinaus in die kühle Abendluft, wo Nina und Hannah auf mich warten, und mir jubelnd um den Hals fallen. Bis nach Hause an den Küchentisch meines Elternhauses, wo wir eine Flasche Wein öffnen und auf unseren Erfolg trinken. Bis in meine Träume, in denen es Phillip ist, der Markus' Worte zu mir sagt.

Die nächste Woche fliegt vorbei. Während Nina mit der Physiotherapie anfängt und sich langsam auf ihre Rückkehr in die Schule vorbereitet, verbringe ich jede freie Sekunde im Büro. Denn die Zustimmung von Investoren und Anwohnern ist erst der Anfang. Jetzt muss ein genaues Finanzierungskonzept geschrieben, die ersten Architekturbüros sowie das Landes- und Umweltamt kontaktiert und persönliche Treffen zwischen einzelnen Investoren und Anwohnern vorbereitet werden. Es ist viel Arbeit, aber es kommt mir keine Sekunde lang so vor. Ganz im Gegenteil: Zu sehen, wie begeistert die Altensandener von unserem neuen Plan sind, wie engagiert sich alle beteiligen, um etwas Sinnvolles und Nachhaltiges zu schaffen, ist mehr als genug Motivation. Es könnte alles perfekt sein, wenn ich nicht bei jedem Signalton meines Handys alles stehen und liegen lassen würde, weil ich immer noch hoffe, es könnte Phillip sein. Nur um dann eine Viertelstunde melancholisch aus dem Fenster zu starren, wenn er es nicht ist. Vergiss ihn, sage ich mir selbst in der Damentoilette des Tourismusbüros, nachdem ich mir die Tränen weggewischt habe. Vergiss ihn. Er wird dir vergeben, wenn er es für richtig hält. Oder eben nicht. Du kannst nichts tun. Aber mein Herz ist schwieriger zu überzeugen als ein Büro voller Investoren, und es hängt sich immer wieder an Erinnerungen auf. An das Salzwasser auf meiner Haut, als wir uns zum zweiten Mal geküsst haben. An den Geruch seiner Bettwäsche. An den Klang meines Namens aus seinem Mund. Jeden Abend kämpfe ich gegen den Impuls an, den Weg zur Surfschule einzuschlagen und so lange an der Tür zu klopfen, bis er mich reinlässt. Jeden Abend fällt es mir ein bisschen schwerer, mich umzudrehen und stattdessen in die entgegengesetzte Richtung nach Hause zu gehen. Am Mittwoch begegne ich zufällig Sybille, als ich gerade aus dem Supermarkt komme.

»Sandra, hey! Na, wie geht es dir? Du warst die letzten Male gar nicht bei der Surfstunde.«

Wie versteinert bleibe ich stehen. »Ähm. Nein, ich … ich habe da so eine … ich habe leider keine Zeit mehr.«

Ich weiche ihrem Blick aus, betrachte das Blumenmuster auf ihren Flip-Flops.

»Oh. Das ist aber schade.« Sie schürzt die Lippen. »Wir vermissen dich schon.«

»Wir?«, wiederhole ich und verfluche die vorsichtige Hoffnung, die in mir hochsteigt.

»Klar! Deborah hat schon letzte Woche nach dir gefragt. Und Phillip …«

»Ja?«, frage ich atemlos.

Sie zuckt mit den Schultern. »Irgendetwas stimmt nicht. Er war ganz anders als sonst. Hat kaum was gesagt. Vielleicht kriegst du ja aus ihm raus, was los ist.«

»Das glaube ich weniger«, sage ich mit rauer Stimme.

Sie runzelt die Stirn. »Wieso nicht? Ist irgendetwas passiert?«

Anstelle einer Antwort schaue ich auf meine Uhr und schiebe mich mit gespielter Eile an ihr vorbei. »Ich muss leider los. Grüß mir die anderen, ja?«

Wenn sie darauf noch etwas entgegnet, höre ich es schon nicht mehr.

Wenn Nina bei der Physio ist und Hannah nicht gerade zum Fußballtraining muss, begleitet sie mich zur Arbeit. Mit ihrem kindlichen Charme und ihrer ersten Zahnlücke verzaubert sie Anwohner und Investoren gleichermaßen. Als wir Freitagabend nach Hause laufen, ihre kleine Hand in meiner, befinden sich bereits drei beidseitig abgesegnete Geschäftspläne in meiner Tasche. Das *Café Rosa* wird in Zukunft noch stärker auf Regionalität setzen und durch die Unterstützung ihres Investors die Gelegenheit bekommen, Ausbildungsplätze für Menschen mit Behinderung zu schaffen. Frau Matthis wird in ihrer Änderungsschneiderei einen Second-Hand-Laden betreiben und mithilfe einer neuen Angestellten Upcycling für Kleidungsstücke anbieten, die sie nicht mehr verkaufen kann. Die Rütgers werden ihr Solarstromsystem ausbauen und dazu eine Regenwasserwiederverwertungsanlage einrichten, um ihren Campingplatz weitgehend autark und emissionsfrei betreiben zu können.

»Ich bin schon so gespannt, wie das alles aussieht, wenn es fertig ist!«, sagt Hannah. »Kann ich dann wohl auch mit den kaputten Kleidern von meiner Puppe zu Frau Matthis gehen?«

»Ganz bestimmt sogar«, antworte ich. »Mit ihren Nähkünsten kriegt sie die wieder hin. Das ist überhaupt eine richtig gute Idee!« Mit meiner freien Hand hole ich mein Handy heraus und tippe »Puppen- und Kuscheltier-Praxis« in meine Notizen-App. Meine Erfahrungen sagen mir, dass in jedem Urlaub mit Kind mindestens ein kuscheliger Begleiter das Zeitliche segnet, sodass ein solcher Service auf großen Bedarf stoßen wird. »Du bist ein Genie, meine Große.«

Sie strahlt mich an. »Dann habe ich sogar noch eine Idee: Wir haben doch so viele Zimmer in unserem Haus, die wir nie benutzen. Vielleicht könnten ja da wieder Leute wohnen? Zum Urlaubmachen, meine ich?«

Ich wende den Blick ab. »Das ist ein schöner Gedanke. Aber deine Mama wird bald wieder in der Schule arbeiten. Wer soll sich denn dann darum kümmern?«

»Was ist denn mit dir? Kannst du das nicht machen?«

Ich stolpere über meine Füße, ziehe beinahe uns beide auf den Asphalt.

Hannah kichert. »Das war knapp. Du musst besser aufpassen, Tante Sandra.«

Anstelle einer Antwort ziehe ich sie in meine Arme, vergrabe die Nase in ihren blonden Haaren. Sie riecht nach Kindershampoo und Heimat, und meine Augen beginnen zu brennen.

»Ist alles okay?«, fragt sie leise.

»Alles super, meine Große«, murmele ich mit erstickter Stimme. »Aber ich kann die Pension nicht führen.«

Meine Nichte zieht den Kopf zurück und sieht mich neugierig an. »Warum denn nicht?«

Es ist eine Frage, unbedarft und unschuldig wie nur ein Kind sie stellen kann. Aber als ich wieder aufstehe und wir unseren Heimweg fortsetzen, spukt sie mir weiterhin im Kopf herum. *Warum nicht?*

Sie verfolgt mich beim Abendessen, das Nina heute das erste Mal wieder mit beiden Händen selbst gekocht hat, auch wenn ich ihr beim Abschütten der Kartoffeln aus dem großen Topf zur Hand gegangen bin. Als meine Schwester und Hannah neben mir auf dem Sofa einschlafen, bis ich die eine ins Bett trage und die andere so sanft wie möglich wecke. Als ich wach liege und mich frage, was Phillip wohl gerade macht.

Ich schiebe es so lange wie möglich vor mir her, aber am Samstagmorgen zwinge ich mich dazu, meinen Koffer aus dem Schrank hervorzuholen, in den ich ihn vor sechs Wochen verstaut habe. Ich muss langsam anfangen zu packen. Als ich von der *Evrima* aufgebrochen bin, habe ich einfach wahllos meine ganzen Klamotten in den Koffer geworfen. Schließlich hatte ich einen Flug zu erwischen. Dieses Mal gehe ich Schritt für Schritt alle Schränke und Schubladen in meinem alten Kinderzimmer durch, selbst, wenn ich weiß, dass sie leer sein müssen. Warte auf die Vorfreude, die Kofferpacken früher immer in mir ausgelöst hat. Schließlich heißt es, dass ein neues Ziel vor mir liegt, ein weiteres Abenteuer. Aber sie kommt nicht.

Zum ersten Mal seit langer Zeit ist da nur der Wunsch, noch ein bisschen länger bleiben zu können. Ich öffne nach und nach alle Schubladen meines alten Schreibtisches und finde neben den Ladekabeln, die ich in die oberste Schublade geworfen habe, nur Staubflusen und eine Spinne, die vom Licht verschreckt davonkrabbelt. Bis ich bei der untersten Schublade ankomme. Ganz hinten, unter einer dicken Staubschicht, liegt ein Briefumschlag. Er ist schon angelaufen, das ehemals weiße Papier gelblich und er trägt meinen Namen.

Sandra Meerbach.

Ich nehme ihn in die Hand, wende ihn, aber da steht kein Absender. Nicht, dass das nötig wäre. Die Schrift meiner Mutter würde ich überall erkennen.

Ich starre ihn an. Warte darauf, dass eine Erinnerung zurückkommt, dass mir irgendein plausibler Grund einfällt, wieso meine Mutter mir einen alten Brief in den Schreibtisch gelegt hat. Aber da ist nichts. Sie muss ihn geschrieben haben, nachdem ich gegangen bin.

Für einen Moment überlege ich, Nina zu fragen. Vielleicht weiß sie ja, was es mit dem Brief auf sich hat. Aber ich tue es nicht. Irgendwo tief in mir drin weiß ich, dass der Inhalt des Umschlags für mich ist und für niemand anderen.

Jetzt muss ich mich nur noch überwinden, ihn zu öffnen.

Was könnte sie geschrieben haben? Wieso? Und warum hat sie den Brief nie abgeschickt?

Fragen überschlagen sich in meinem Kopf, aber ich kann mich nicht rühren. Ich knie vor dem Schreibtisch auf dem Boden, den Umschlag in der Hand, bis meine Beine einschlafen.

Sandra Meerbach.

Ihre Schrift wiederzusehen versetzt mich mit einem Schlag zurück in die Vergangenheit. Mit genau dieser Handschrift hat Mama meine Entschuldigungen für die Schule unterzeichnet, Einkaufszettel geschrieben, den Kuchen des Tages auf der kleinen schwarzen Kreidetafel auf der Veranda festgehalten. Mir eine Weihnachtskarte geschrieben, als ich in Sydney war. Ich habe unzählige Male begonnen, einen Antwortbrief zu schreiben, aber am Ende nie die richtigen Worte gefunden. Es war das letzte Mal, dass ich von ihr gehört habe.

Zumindest dachte ich das.

Bevor ich noch weiter darüber nachdenken kann, reiße ich den Umschlag auf. Mehrere, eng beschriebene Blätter fallen zu Boden. Ich greife nach dem Ersten und beginne zu lesen.

Meine liebe Sandra,
dein Papa wollte nicht, dass ich dir diesen Brief schreibe. Er sagt, du sollst dir keine Sorgen um uns machen, sondern dich um dein eigenes Leben kümmern. Das finde ich auch. Und trotzdem schreibe ich dir jetzt. Ich sitze am Küchentisch, während er draußen die Äpfel vom Rasen aufsammelt und deine Schwester in ihrem Zimmer für die Uni lernt.

Ich habe sie sofort vor meinem inneren Auge. Die rotbraunen Haare mit den grauen Strähnen fallen ihr ins Gesicht, während sie sich über den Tisch beugt, einen Kugelschreiber in der Hand und eine dampfende Tasse Tee neben sich. Der schnelle Blick, den sie über ihre Schulter wirft, um sicherzugehen, dass Papa immer noch draußen im Garten ist. Nicht, dass er ihr jemals ernsthaft böse sein könnte.

Ich könnte dir so viel erzählen, mein Kind. Was sich verändert hat, seit du weg bist, aber auch, was gleich geblieben ist. Was mir Frau Brockmann heute Morgen beim Bäcker erzählt hat und wen der Sohn vom Holzmeyer heiraten wird. Aber ich will weder meine noch deine Zeit verschwenden, also komme ich gleich zum Punkt: Die Pension steckt in Schwierigkeiten.

Ich runzele die Stirn. Die Pension hat uns allen schon immer sehr viel abverlangt, uns Urlaube und Familienfeste gekostet, aber sie lief jahrelang gut. Dass sie Probleme haben, hat Mama nie erwähnt, wenn wir gesprochen haben. Andererseits kam das im Laufe der Zeit immer seltener vor.

Wir mussten letzten Winter das Dach reparieren. Dann ging die Zentralheizung kaputt. Und gleichzeitig verreisen die Leute auf einmal an andere Orte als in unser kleines Kaff an der Küste, wie du es immer genannt hast.

Es kommt mir so vor, als würde sie mir gegenübersitzen. Beinahe habe ich ihre Stimme im Ohr. Ich lege das erste Blatt zur Seite, greife zum nächsten.

Es läuft schon länger nicht mehr gut, aber das letzte Jahr hat uns hart getroffen. Und ich fürchte, noch ein solches Jahr könnte uns den Rest geben. Du weißt ja, wie dein Vater ist, für ihn ist erst Flut, wenn er schon mit den Knöcheln im Wasser steht. Aber ich mache mir Sorgen. Große Sorgen. Und ich dachte, vielleicht kannst du uns helfen? Als studierte Expertin mit deiner Erfahrung.

Ungläubig starre ich auf das Papier, lese den letzten Satz noch einmal. Mama bittet mich um Hilfe bei der Pension? Trotz allem? Als wüsste sie genau, was ich beim Anblick dieser Worte denke, fährt sie fort:

Ich weiß, du willst mit diesem Laden nichts zu tun haben. Die Pension ist unser Schicksal, nicht deins. Und auch wenn es eine Weile gedauert hat, verstehe ich dich. Du sollst dein eigenes Leben haben und deine eigenen Erfahrungen machen. Dich an uns ketten zu wollen war ein Fehler, den ich mir nicht verzeihen werde. Aber ich hoffe, dass du es vielleicht eines Tages kannst. Meine große Tochter, die hinaus in die weite Welt gegangen ist. Hamburg, London, Sydney. Wir verfolgen deinen Weg ganz genau, seit Nina uns gezeigt hat, wie diese App funktioniert. Die mit den Fotos, die du manchmal postest. Und ich weiß, dass ich auch für deinen Vater spreche, wenn ich sage, dass wir unfassbar stolz auf dich sind.

Die Buchstaben verschwimmen vor meinen Augen. Eilig lege ich das Papier zur Seite, bevor Tränen die Schrift verschmieren können. Sieht so aus, als hätte Nina recht gehabt. Meine Eltern waren nicht mehr sauer auf mich. Sie waren stolz. Mit dem Handrücken wische ich die Tränen weg und lese den letzten Absatz.

Ich weiß, ich könnte dich auch einfach anrufen. Irgendwann am frühen Morgen, dann würde ich dich vielleicht direkt am Ende deiner Schicht erwischen. Aber du kennst mich. Im richtigen Moment fehlen mir immer die Worte. Oder auch der Mut. Der fehlt dir nicht, mein Kind, und ich frage mich bis heute, woher du das hast. Falls diese Zeilen dich erreichen, würde es mich freuen, von dir zu hören. Apropos hören, dein Vater scheint im Garten fertig zu sein. Ich muss also Schluss machen. Pass gut auf dich auf, Sandra.

Damit endet der Brief. Ich wende das Blatt, aber da steht nichts mehr. Langsam lasse ich mich zurücksinken, bis mein Rücken an die Bettkante stößt. Versuche, zu verarbeiten, was ich gerade gelesen habe: Meine Eltern hatten finanzielle Schwierigkeiten mit der Pension. Sie wollten meine Hilfe, mir aber gleichzeitig keine Sorgen bereiten. Sie haben verstanden, warum ich gegangen bin. Sie waren stolz auf mich. Die Erkenntnis ist bittersüß, denn sie kommt zu spät. Ein weiteres Kapitel der Geschichte, die ich mir selbst über mein Leben erzählt habe, war vollkommen falsch. Beruhte auf nichts anderem als Missverständnissen, falschem Stolz und unterschiedlichen Zeitzonen.

Mama hat diesen Brief nie abgeschickt. Vielleicht hat sie sich am Ende doch nicht getraut. Oder es kam ihr die Arbeit dazwischen, oder Papa hat es ihr ausgeredet, um mich nicht zu belasten. Am Ende macht es keinen großen Unterschied. Wir haben alle Fehler gemacht, Anrufe nicht erwidert, Briefe nicht verschickt. Und jetzt ist es zu spät, sie in den Arm zu nehmen und mich für meinen Anteil an dem Schweigen, das zwischen uns herrschte, zu entschuldigen. Als die Tränen zurückkommen, lasse ich sie fallen. Es fühlt sich beinahe heilsam an zu weinen, bis meine Nase rot ist und meine Schläfen pochen. Bis der Schmerz in meiner Brust sich nicht mehr so anfühlt, als würde er mir die Luft nehmen, sondern nur noch dumpf pocht. Wie eine Wunde, über der sich der erste Schorf gebildet hat. Vielleicht wird es nie ganz aufhören wehzutun. Aber ich kann lernen, wie ich mit dieser Narbe umgehe. Und damit kann ich jetzt anfangen. Also stehe ich auf, wasche mir das Gesicht mit eiskaltem Wasser, und mache mich mit einer Kerze auf den Weg zum Friedhof.

Den Rest des Wochenendes ertappe ich mich immer wieder dabei, wie ich Altensande plötzlich mit neuen Augen betrachte. Ich sehe eine Bank am Strand und stelle mir vor, nach Feierabend zusammen mit Nina hier zu sitzen und Wein zu trinken. Hannah erzählt von dem nächsten großen Fußballturnier Ende August, und ich male mir aus, wie ich zusammen mit meiner Schwester am Rand stehe und ihr zujubele. Ich entdecke von Weitem, wie meine Surfklasse zusammen in Richtung Strand schlendert, die Handtücher erwartungsvoll über die Schultern gelegt, und will nichts lieber tun, als mich ihnen anschließen. Ich laufe durch die leeren Flure im ersten Stock unseres Hauses und stelle mir vor, wie es sich anfühlen würde, sie wieder mit Leben zu füllen.

»Hast du schon mal darüber nachgedacht, die Pension wiederzueröffnen?«

Nina und ich sitzen am Sonntag noch zusammen am Frühstückstisch, während Hannah draußen im Garten spielt.

Meine Schwester lässt ihre Kaffeetasse sinken. »Was?«

»Ich meine ja nur … Wir könnten auch Solarpanele aufs Dach bauen lassen. In unserem Garten selbst Gemüse anbauen für die Mahlzeiten, oder ein paar Hühner halten. Nachhaltige Ferien anbieten.«

Ich sehe ihr an, dass sie für einen Moment ernsthaft darüber nachdenkt. Sich dieselben Bilder in ihrem Kopf formen, die mich seit Tagen verfolgen. Dann zuckt sie mit den Schultern. »Neben der Schule würde ich das niemals schaffen.«

»Du könntest ja noch jemanden einstellen. Ich bin sicher, wir würden einen Investor finden, der dich unterstützt.«

Nina schüttelt den Kopf. »Selbst wenn, das würde sich irgendwie … falsch anfühlen. Jemand anderen die Pension unserer Eltern betreiben zu lassen. Wenn, dann müssten wir es schon selbst machen. Aber das ginge nur …«

Sie beendet den Satz nicht, nimmt stattdessen noch einen großen Schluck Kaffee. »Das geht eben nicht.«

»Aber wieso …«

»Wann geht eigentlich nächste Woche dein Flug?«

»Jetzt lenk nicht ab.«

Sie hebt vielsagend die Augenbrauen.

Ich seufze. »Am Mittwoch um 16 Uhr ab Hamburg.«

»Mh. Das wird also wirklich nichts mit dem Geburtstag?« Anders als noch vor ein paar Wochen ist da kein Vorwurf in ihrer Stimme. Nur leidlich versteckte Enttäuschung – was sich fast noch schlimmer anfühlt.

»Der ist erst in zwei Wochen«, wende ich ein. »Meine Chefin würde durchdrehen, wenn ich so lange fehle. Wenn es nach ihr ginge, dann wäre ich jetzt schon wieder auf dem Rückweg in Richtung Karibik.«

Der Schatten eines Lächelns huscht über Ninas Gesicht. »Du bist in letzter Zeit nicht gerade bekannt dafür gewesen, auf deinen Chef zu hören.«

»Stimmt.« Ich schmunzele. »Herr Zylinski kommuniziert übrigens immer noch ausschließlich über E-Mail mit mir.«

»Das ist kein großer Verlust, würde ich sagen.«

Wir kichern los. Mit Nina zu lachen fühlt sich immer noch an wie eine kleine Reise in die Vergangenheit. Aber mittlerweile sind wir beide erwachsen und das heißt auch, dass wir uns nicht länger vor unbequemen Wahrheiten verstecken können.

»Meine richtige Chefin ist anders«, sage ich leise. »Wenn ich ihrer Aufforderung nicht nachkomme, habe ich keinen Job mehr. Und erst recht keine Chance auf meine Beförderung.«

Als ich Nina davon erzählt habe, war sie völlig aus dem Häuschen, genau wie ich es immer war, wenn ich an New York gedacht habe. Was ich in letzter Zeit immer weniger tue.

Sie wird mit einem Schlag wieder ernst. »Natürlich. Das verstehe ich. Hannah und ich werden das beste Geburtstags-Videotelefonat der Welt organisieren.« Sie greift über den Tisch nach meiner Hand, drückt sie kurz. »Verlass dich drauf, Schwesterherz.«

Ich blinzele ein paarmal, um die ungebetenen Tränen zu vertreiben. »Mache ich, Schwesterherz.«

In diesem Moment ruft Hannah uns von draußen, weil sie einen Igel im hohen Gras gefunden hat.

Ich nutze die Ablenkung und springe auf. »Lass mich eben nachsehen.« Bis ich im Garten bei meiner Nichte ankomme, habe ich alle Tränenspuren weggewischt.

Am Sonntagnachmittag steht ein großer Moment im Hause Meerbach an. Nina hat von ihrer Physiotherapeutin die Erlaubnis bekommen, ihre Krücken wegzulegen und wieder selbstständig zu laufen. Damit steht dem ersten gemeinsamen Sonntagsspaziergang nichts mehr im Weg.

»Können wir uns ein Eis holen, Mama? Und an den Strand gehen? Oder zum Spielplatz? Oder beides?« Hannah hüpft aufgeregt auf und ab, während Nina sich auf der Treppe ihre Schuhe anzieht. Trotz des warmen Wetters trägt sie knöchelhohe Stiefel, um ihrem Fuß mehr Stabilität zu geben.

»Deine Mama braucht immer noch ein bisschen Schonung«, gebe ich zu Bedenken. »Wir müssen erst mal schauen, wie weit wir kommen.«

»Pff, Unsinn.« Ninas Augen funkeln abenteuerlustig. »Wenn ihr beide mit mir mitkommt, laufe ich auch bis nach Scharbeutz.«

Sie streckt ihre Hand nach mir aus, und ich ziehe sie vorsichtig auf die Füße.

»Geht es?«

»Und wie es geht.«

»Ganz sicher?«

Sie rollt mit den Augen. »Es ist alles in Ordnung. Mach dir keine Sorgen, große Schwester. Ich schaffe das.«

Wenn sich das mit dem Sorgenmachen nur so leicht abstellen lassen würde.

Hannah öffnet die Haustür, und wir folgen ihr den Kiesweg vor dem Haus entlang bis auf den Bürgersteig. Warmer Sommerwind wirbelt ihr gelbes Kleid durcheinander und zieht spielerisch an dem Zopf, den ich ihr nach dem Mittagessen geflochten habe. Nina hakt sich mit ihrem gesunden Arm bei mir unter, und wir schlagen den Weg in Richtung

Hauptstraße ein. Bis zur Straßenecke gehen wir langsam und vorsichtig, danach zieht Nina das Tempo an. Sie wird mit jedem Schritt sicherer, setzt die Füße selbstbewusster auf und lockert ihren Griff um meinen Ellenbogen.

Mittlerweile haben fast überall die Sommerferien begonnen, deshalb herrscht auf der Hauptstraße Hochbetrieb. Ich nehme Hannah an die Hand, und zusammen schlängeln wir uns durch die Leute. Es ist schwer vorstellbar, dass ich bei meinem ersten Spaziergang durch diese Straße nur darauf bedacht war, bloß niemandem zu begegnen, den ich kennen könnte. Oder dass mich fast jeder Anwohner hier entschieden vor die Tür gesetzt hat, als ich Herrn Zylinskis Konzept vorstellen wollte. Jetzt ist die Stimmung eine gänzlich andere. Nina wird überall freudig begrüßt und bekommt meistens schon einen Stuhl und einen Tee angeboten, bevor sie überhaupt Moin sagen kann. Aber auch ich finde mich plötzlich im Zentrum der Aufmerksamkeit wieder, werde überall willkommen geheißen und über die neuesten Entwicklungen ausgefragt. Giovanni will unbedingt von mir wissen, welche Eissorte diese Saison im Trend ist. Herr Simonis erzählt mir begeistert von den E-Bikes, die er mithilfe seiner Investorin kaufen will, um die E-Mobilität voranzubringen. Frau Matthis gibt Hannah ihre frisch geflickten Puppenkleider zurück und schwärmt von der Idee, in ihrem Laden bald eine kleine Praxis für kaputte Kuscheltiere und beschädigtes Spielzeug zu eröffnen. Markus fegt gerade den Eingang des Supermarkts, als wir vorbeigehen, und besteht darauf, uns auf Ninas baldige Genesung ein Bier auszugeben.

»Ich will auch eins!« Hannah springt auf und ab.

»Nix da, du kleiner Frechdachs.« Nina wuschelt ihr durch die Haare. »Für dich gibt's Limonade.«

Nachdem Hannah einmal an meinem Radler gerochen hat, kommt sie zu der Erkenntnis, dass »Limonade eh viel besser schmeckt« und prostet uns mit ihrer Kirschlimo zu. Bis wir es an die Strandpromenade geschafft haben, sind fast zwei Stunden vergangen.

»Okay, ich brauche eine kurze Pause.« Nina lässt sich langsam auf eine Bank sinken und streckt die Füße von sich. »Wenn du schon an den Strand willst, dann bleib da, wo wir dich sehen können.«

Das lässt Hannah sich nicht zweimal sagen. Während sie sich mit nackten Füßen und begeistertem Quietschen in den Sand stürzt, setze ich mich neben meine Schwester und lasse den Blick schweifen. Der Strand ist gut besucht, Handtücher und kleine Wurfzelte in allen Farben bedecken den Sand wie Wildblumen eine Wiese. Eltern sonnen sich, Kinder und Hunde tollen gemeinsam umher, Drachen steigen über ihren Köpfen und flattern mit der Flagge auf dem DLRG-Wachturm um die Wette.

Es ist nicht Belize, und es ist nicht New York, aber es fühlt sich verdammt richtig an.

Und in drei Tagen muss ich wieder gehen.

Wie von selbst wandert mein Blick weiter, hinaus aufs Wasser. Trotz der sommerlichen Lufttemperaturen ist das Wasser noch kühl, hat laut Seewetterbericht gerade mal 18 Grad, also trauen sich nicht viele Menschen weiter als bis zum Bauchnabel hinein. Bis auf die Surfer. Hinter den weißen Bojen, fast zweihundert Meter vom Strand entfernt, wartet eine Reihe von ihnen auf die nächste perfekte Welle.

Ich erkenne Phillip sofort. Er ist ganz rechts im Line-Up, und als wüsste er, dass ich ihn beobachte, paddelt er genau in diesem Moment los. Ich blinzele und im nächsten Moment steht er auf dem Board, gleitet mühelos übers Wasser, während um ihn herum Gischt schäumt. Uns trennen nur wenige Hundert Meter, aber es könnten genauso gut Tausende Seemeilen sein. Ihn nur aus der Ferne zu sehen löst eine solche Sehnsucht in mir aus, dass es körperlich wehtut.

»Hey.« Nina stößt mich sanft mit der Schulter an. »Tief durchatmen.«

Ich habe nicht mal gemerkt, dass ich die Luft angehalten habe.

»Sorry. Es ist nur …«

»Du musst dich nicht entschuldigen.«

»Ich vermisse ihn. Jeden Tag, jede verdammte Minute, wie ein liebeskranker Teenie. Dabei kenne ich ihn gerade mal ein paar Wochen. Was ist falsch mit mir?«

»Du bist verliebt. Nicht mehr und nicht weniger.«

Seufzend lasse ich den Kopf auf ihre Schulter sinken. »Kann man dagegen irgendetwas machen?«

»Ganz viel Schokoeis essen und traurige Filme gucken? Melancholisch aus dem Fenster starren und Celine Dion hören?«

Obwohl mir immer noch elend zumute ist, muss ich schmunzeln. »Ich hatte mir etwas konstruktivere Ideen erhofft.«

»Nimm diesen Rat von einer geschiedenen, alleinerziehenden Mutter, die von der Liebe in etwa so viel Ahnung hat wie von Astrophysik: Du kannst nicht gegen sie ankämpfen. Du kannst nur entscheiden, wie du mit ihr leben willst, um dir und anderen möglichst wenig Schaden zuzufügen.«

»Klingt verdammt anstrengend.«

»Ist es auch.« Sie lehnt sich an mich, schmiegt ihre Wange an meine Stirn. »Aber es gibt immerhin Eis und Celine Dion.«

Kapitel 26

Es ist Montagmorgen, und ich bin schon bei meinem dritten Kaffee, während ich mich durch Flugbuchungsportale klicke. In zwei Tagen verlässt mein Flieger in Hamburg deutschen Boden in Richtung Karibik. Die Mails in meinem Posteingang machen mehr als deutlich, dass Clarice Biles mich am liebsten schon gestern wieder an Bord der *Evrima* gehabt hätte. Und trotzdem suche ich gerade nach Flügen, die mir zumindest noch einen weiteren Tag in Altensande ermöglichen würden. Nicht, dass dieser eine Tag irgendetwas ändern würde. Meinen dreißigsten Geburtstag werde ich trotzdem allein in einer kleinen Kajüte in der Karibik feiern, vermutlich nach einer 12-Stunden-Schicht. Hannahs großes Fußballspiel werde ich verpassen. Phillip wird sich nicht innerhalb von weiteren vierundzwanzig Stunden dazu entscheiden, mir doch noch zu verzeihen. Und doch lässt mich der Gedanke nicht los.

Ich will nicht weg.

»Wenn mir das vor zwei Monaten jemand erzählt hätte, ich hätte ihn für verrückt erklärt«, murmele ich kopfschüttelnd.

»Wer ist verrückt?« Freya steckt den Kopf zur Tür herein, einen Stapel Briefe in der Hand.

»Wir offensichtlich, sonst würden wir nicht immer noch hier arbeiten.« Ich werfe ihr ein schwaches Lächeln zu. »Was hast du denn heute für mich?«

»Das herauszufinden ist ja Gott sei Dank deine Aufgabe.« Mit einem Stöhnen legt sie den Stapel auf meinem Schreibtisch ab. »Ehrlich gesagt habe ich keine Ahnung, wie wir das alles ohne dich machen sollen. Kannst du dir vorstellen, wie Tim sich mit unseren Investoren trifft? Er wird schon rot, wenn die Reinigungskräfte ihm einen schönen Nachmittag wünschen. Dagmar sagt, sie kann mit diesen Anzugträgern nichts anfangen. Und ich, na ja, ich hätte schon das Charisma, keine Frage«, sie zwinkert mir zu, »aber wir wissen beide, dass ich manchmal den Kopf in den Wolken habe.«

»So schlimm bist du nicht«, widerspreche ich halbherzig. Ihr Blick ist Antwort genug.

»Vielleicht schließen wir dich ja morgen Nachmittag einfach in der Toilette ein, und ich verliere den Schlüssel. Nur, bis dein Flieger weg ist«, sagt sie, und es klingt nur halb wie ein Scherz. Sie schließt die Tür hinter sich und lässt mich mit einem Stapel Post und einem zunehmend schlechten Gewissen zurück. Natürlich war von Anfang an klar, dass meine Stelle hier nur vorübergehend sein würde. Aber das war, bevor ich ein riesiges Modernisierungsprojekt an den Start gebracht habe. Meine in dieser Hinsicht völlig unerfahrenen Kollegen jetzt damit allein zu lassen fühlt sich falsch an. Gleichzeitig habe ich aber auch gegenüber den Menschen auf der *Evrima* eine Verpflichtung. Und dann ist da noch mein dämliches Herz, das sowieso seine ganz eigene Meinung dazu hat, was ich tun sollte.

Mit einem tiefen Seufzen nehme ich einen weiteren Schluck kalten Kaffee und wende mich dem Poststapel zu. Die ersten drei Briefe sind Modellzeichnungen von den beauftragten Architekturbüros für eine nachhaltige Neugestaltung des Campingplatzes. Ich lege sie rechts von mir auf einen Stapel und klebe ein Post-It mit der Aufschrift *An Familie Rütgers* darauf. Danach kommen unterzeichnete Kooperationsverträge und Rechnungen. Der letzte Brief ist ein DIN-A4-Umschlag aus braunem Papier, der ziemlich offiziell aussieht. Als ich den Empfänger sehe, stolpert mein Herz für einen Moment.

Herrn Phillip Sommer

Der Brief kommt vom Jugendamt, und durch das kleine Sichtfenster im Umschlag kann ich die ersten Worte des Textes erkennen.

»Bezüglich Ihres eingereichten Konzepts …«

Es geht um Phillips Surfprojekt. Seinen großen Traum. Ich springe auf und reiße die Tür zum Nachbarbüro auf. »Freya? Wir haben hier einen Brief, der falsch zugeordnet wurde.«

Meine Kollegin sieht von ihrer Tastatur auf. »Schon wieder? Der alte Franz wird langsam tüdelig. Leg ihn einfach in den Postausgang, dann geht er heute Abend wieder mit raus.«

»Aber der ist wichtig!« Meine Stimme klingt schärfer, als ich beabsichtig hatte.

»Verstehe.« Freya schürzt die Lippen. »Wenn die Adresse hier in Altensande ist, kannst du ihn ja einfach selbst vorbeibringen.«

Ich betrachte den braunen Umschlag in meiner Hand,

auf dem Phillips Name steht und beschließe, dass das der Wink des Schicksals ist, auf den ich gewartet habe.

»Falls ihr mich sucht, ich bin in einer halben Stunde wieder da.«

Ich gehe nicht zurück in mein Büro, um den PC auf Standby zu schalten oder meine Jacke zu holen. Irgendetwas sagt mir, dass ich jetzt sofort gehen muss, bevor ich doch noch den Mut verliere. Wie in Trance marschiere ich an Freya und Tim vorbei, den Flur hinunter und aus der Tür hinaus auf die Straße. Meine Füße schlagen automatisch den richtigen Weg ein, tragen mich die Hauptstraße entlang in Richtung Strand. Schwitzende Finger umklammern den Brief, als wäre er der heilige Gral, der mich zur Erlösung führen wird. Dabei könnte er auch genauso gut das Tor zur Hölle öffnen. Was mache ich, wenn Phillip ihn mir aus der Hand reißt und mich wieder wegschickt? Oder wenn er mir nicht mal die Tür aufmacht? Meine Schritte geraten ins Stocken. Ich bin mittlerweile an der Strandpromenade angekommen und kann die Surfschule sehen. Nach dem sonnigen Wochenende weht heute ein kühler Wind, der graue Wolken vor sich hertreibt. Im Moment ist kein Surfer im Wasser und auch niemand draußen vor der Tür. Ich suche mit den Augen den ganzen Strand ab, begierig darauf, Phillip endlich wiederzusehen. Auch wenn es wahrscheinlich das letzte Mal sein wird.

»Es ist besser, wenn du jetzt gehst.«

In meinen Ohren dröhnen seine letzten Worte, übertönen das Rauschen der Wellen und das Geschrei der Möwen. Immerhin diesem Wunsch werde ich nachkommen können.

Es dauert ein paar Sekunden, bis ich das Klingeln aus meiner Hosentasche bemerke. Auf meinem Display wird eine unbekannte Nummer angezeigt. Am liebsten würde ich den Anruf ignorieren. Ich kann jetzt nicht mit einem Investor über seinen Finanzierungsplan reden oder Presseanfragen beantworten. Aber der letzte Rest Pflichtbewusstsein in mir zwingt mich, auf den kleinen grünen Hörer zu tippen.

»Ja?«

»Frau Meerbach? Hier spricht Paul Clark vom *Ritz-Carlton* in New York.«

Mit einem Ruck bleibe ich stehen. »Ha… hallo.«

»Ich habe ausgezeichnete Neuigkeiten für Sie. Vor einer halben Stunde ist die Stelle in unserem Management-Team wieder frei geworden, auf die Sie sich beworben haben.«

»Ähm …« Mein Gehirn setzt aus. »Bitte was?«

»Die Stelle, auf die Sie sich beworben haben. Tourismusmanagerin im *Ritz-Carlton*.« Mr. Clarks Stimme wird ungeduldig. »Erinnern Sie sich?«

»Ja. Ja, natürlich«, beeile ich mich zu sagen. »Bitte entschuldigen Sie, das ist nur so unerwartet. Wie ist es denn dazu gekommen?«

Mr. Clark schnalzt abschätzig mit der Zunge. »Nicht jeder kann mit dem hohen Druck umgehen, den ein Arbeitsplatz bei uns mit sich bringt. Wir erwarten nichts geringeres als Perfektion. Und Ihre Vorgängerin konnte diesem Anspruch am Ende nicht gerecht werden.«

Ich schlucke. »Verstehe.«

»Deshalb wende ich mich jetzt an Sie. Sie könnten nächste Woche anfangen, aber ich brauche eine schnelle

Entscheidung von Ihnen. Es stehen noch andere auf meiner Liste.«

»Von wie schnell reden wir hier?«

»Am besten sofort.«

Er klingt, als wäre er im Kopf schon beim nächsten Punkt auf seiner To-do-Liste, als wäre der Ausfall einer neuen Mitarbeiterin nur ein kleines Ärgernis, das ihn von wichtigeren Dingen abhält. Aber das kann mir ja egal sein. Das hier ist mein Traum. Alles, was ich wollte, seit ich Altensande damals verlassen habe.

Das *Ritz-Carlton* in New York.

Ich warte auf die Freude, den Triumph, den Jubel. Aber da kommt nichts. Ich beschwöre die hohen weißen Fassaden vor meinem inneren Auge herauf, die tiefen Fenster mit Blick über den Central Park. Erinnere mich an all die Nächte, in denen ich wach gelegen und von genau dieser Chance geträumt habe. Aber da ist nur eine schmerzhafte Leere irgendwo zwischen meinem Hals und meinem Bauchnabel.

Was, wenn ich die ganze Zeit einer Illusion hinterhergejagt bin?

Ich schließe die Augen und stelle mir mein Leben in New York vor. Nicht in den glitzernden Farben, in denen ich es mir bisher ausgemalt habe, sondern gestochen scharf, gnadenlos realistisch. New York ist eine wundervolle Stadt voller Leben, faszinierender Menschen, Kultur. Und ich wäre mittendrin, hetzte blind für all das von einem Termin zum nächsten, Mr. Clarks prüfende Blicke stets im Nacken, nur um Kaviar für irgendeinen Mops aufzutreiben, der angeblich kein normales Hundefutter verträgt. Käme nach einem 14-Stunden-Tag in ein einsames Appartement, in dem keine Hannah auf mich wartet, keine Nina mit mir Wein trinkt. Würde zwar in einer Stadt am Ozean leben, aber keine Zeit haben, mir abends den Sonnenuntergang über dem Wasser anzusehen.

»Also?«

»Vielen Dank, dass Sie an mich gedacht haben«, sage ich langsam. »Aber ich lehne ab.«

»Bitte?« Mr. Clark klingt völlig irritiert. Er ist offensichtlich kein Mann, der Absagen gewohnt ist.

»Ich lehne ab«, wiederhole ich. Es fühlt sich mit einem Mal ganz leicht an. »Ich habe andere Aufgaben, denen ich mich dringender widmen muss. Aber ich wünsche Ihnen weiterhin viel Erfolg bei der Suche nach einem passenden Kandidaten.«

Schweigen in der Leitung. Mr. Clark ist offensichtlich sprachlos. Ich nutze die Chance und lege einfach auf.

»Scheiße«, murmele ich. »Ich muss verrückt sein.« Ein Kichern steigt meine Kehle hoch, und ich bin machtlos, es aufzuhalten. Ich muss aussehen, als hätte ich den Verstand verloren, wie ich da am Strandübergang stehe, einen Briefumschlag an meine Brust gepresst und lauthals lache. Aber das ist mir egal. Wenn es nach mir geht, kann mich die ganze Welt hören. Denn ich weiß jetzt endlich, was ich will. Und ich weiß auch, wie ich es erreichen kann. Damit liegen noch viel Arbeit und mehr als ein unbequemes Gespräch vor mir, aber das hat mich noch nie aufgehalten.

Meine Hände zittern, als ich mein Handy wieder in die Hosentasche stecke und meinen Weg fortsetze. Trotzdem fühle ich unter all dem Adrenalin auch einen inneren Frieden, den ich sonst nur empfinde, wenn ich auf dem Wasser bin, ein Surfbrett unter mir. Ich weiß, dass ich die richtige Entscheidung getroffen habe.

Diese Gewissheit verleiht mir den nötigen Antrieb, um die Stufen zur Surfschule hochzusteigen. Das Holz knarzt unter meinen Füßen, und mein eigener Herzschlag donnert mir in den Ohren. Ich halte den Brief vor mich wie einen Schutzschild und nehme einen letzten, zittrigen Atemzug, dann klopfe ich an die Tür.

Sekunden vergehen. Auf der anderen Seite bleibt es still. Ich klopfe ein zweites Mal, etwas lauter.

»Phillip?«

Etwas poltert, dann ertönen Schritte. Die Tür öffnet sich langsam, und dahinter kommt der Mann zum Vorschein, der seit Wochen durch meine Träume spukt. Phillip trägt seine Badeshorts und ein hellblaues T-Shirt, als wüsste er genau, wie gut diese Farbe seine sonnengebräunte Haut betont. Er hat sich noch nicht rasiert, die ersten Schatten eines Dreitagebarts geben seinem Gesicht einen verwegenen Ausdruck. Der wird allerdings von der grünen Brille auf seiner Nase etwas getrübt.

»Du trägst eine Brille?«, rutscht es mir heraus.

»Lesebrille«, antwortet er knapp. »Nur für die Buchhaltung.« Seine Stimme ist rau, als hätte er sie heute noch nicht benutzt. Ich stelle ihn mir vor, wie er seit dem frühen Morgen allein am Schreibtisch sitzt und sich durch den Stapel an Briefen und Mahnungen arbeitet. Mein Herz zieht sich zusammen.

»Wie läuft es mit …«

»Was willst du hier?« Er verschränkt die Arme vor der

Brust und mustert mich mit einem schwer zu deutenden Gesichtsausdruck. Sein Blick fühlt sich an wie ein Suchscheinwerfer. Mir bricht der Schweiß aus.

»Das hier wurde für dich abgegeben.« Ich halte ihm den Umschlag entgegen, als wäre er ein Beweis für meine guten Absichten. »Im Tourismusbüro, heute Morgen. Keine Ahnung, wieso, da steht ja deine Adresse drauf. Aber Freya meint, der alte Franz wird langsam tüdelig und ich könnte es ja selbst vorbeibringen und der sah wichtig aus, also dachte ich mir …«

Ich beiße mir auf die Unterlippe, um meinen Redefluss zu bremsen.

»Also habe ich mich auf den Weg gemacht.«

Er nimmt mir den Brief kommentarlos ab, studiert den Absender. Die Farbe weicht ihm aus dem Gesicht. »Es geht um das Projekt?«

»Sieht so aus.«

Für einen Moment stehen wir wortlos voreinander. Er wendet den Brief in seinen Händen, ein Mal, zwei Mal, als könnte er irgendwo am Umschlag erkennen, ob dieser positive Nachrichten beinhaltet. Ich weiß, das hier wird meine letzte Chance sein, also setze ich alles auf eine Karte: »Hör zu, ich wollte noch etwas sagen. Jetzt, wo ich sowieso schon hier bin.«

Ich gebe ihm die Möglichkeit, mich zu unterbrechen oder mich direkt zum Teufel zu jagen. Wenn es das ist, was er will, dann werde ich es respektieren. Aber er hält weiterhin den Brief fest, sieht mich abwartend an.

»Ich will mich bei dir entschuldigen. Für alles, was zwischen uns geschehen ist.«

Er verzieht keine Miene. »Für alles?«

Hitze steigt mir in die Wangen. »Nicht dafür. Niemals dafür. Aber dafür, dass ich dich belogen habe. Dir verschwiegen habe, wer ich wirklich bin und was ich ursprünglich vorhatte. Ich kann dir nicht sagen, wie sehr ich es bereue. Aber du verdienst es, dass ich es versuche.«

Ich suche seinen Blick, aber er weicht mir aus. »Es tut mir unfassbar leid. Wenn ich es irgendwie rückgängig machen könnte, ich würde es tun. Aber weil ich das nicht kann, bleibt mir nur, dir zu sagen, wie dumm ich war. Wie naiv und selbstbezogen und verwirrt darüber, was ich eigentlich will. Was mir wirklich wichtig ist.« Meine Augen beginnen zu brennen. »Verdammt, selbst diese kleine Rede hier ist egozentrisch! Dabei geht es nicht um mich, es geht darum, was ich dir angetan habe. Was ich dem ganzen Ort antun wollte, weil ich nicht kapiert habe, wie wichtig er euch ist. Aber jetzt verstehe ich es.«

»Tatsächlich?« Seine Stimme ist kühl.

»Zumindest glaube ich das. Aber mir wird noch genügend Zeit bleiben, das herauszufinden.«

Endlich bekomme ich eine Reaktion. Er runzelt die Stirn. »Was ist mit deinem Luxus-Schiff in der Karibik? Mit New York?«

»Woher weißt du von New York?« Ich habe ihm nie davon erzählt. Das heißt, er hat andere über mich ausgefragt. Bei dem Gedanken glimmt ein Funken Hoffnung in meiner Brust auf.

Er verschränkt die Arme vor der Brust. »Das spielt keine Rolle. Was ist damit?«

»Was soll damit sein?« Ich zucke mit den Schultern, als

wäre es keine große Sache. Und das ist es auch nicht. Zumindest nicht mehr.

»Ich werde nicht zurückgehen. Mittlerweile habe ich andere Ziele.«

»Und die wären?«

»Ich will dabei helfen, aus Altensande einen nachhaltigen Ferienort zu machen. Einen Ort, an dem sich Urlauber und Anwohner wohlfühlen und an dem die Umwelt geschützt ist. Das Konzept haben wir vorgestellt, bei der …«

»Ich habe davon gehört.«

»Und? Was denkst du?«

Er sieht mich an, als koste es ihn Überwindung, Blickkontakt zu halten. »Es ist … ein Anfang.«

Ich nicke langsam. »Vielleicht machst du ja jetzt den nächsten Schritt.«

Wir schauen beide auf den Umschlag in seiner Hand, dessen Inhalt darüber entscheiden wird, ob sein Traum wahr wird. Ich gehe vorsichtig auf ihn zu. Er weicht nicht zurück. »Ich wünsche dir von Herzen, dass es funktioniert. Du hast es verdient. Die Kinder hier haben es verdient.«

Er fährt sich mit der Zunge über die Unterlippe. Meine Augen verfolgen die Bewegung. Wir stehen so dicht voreinander, dass ich ihn riechen kann, den Duft nach Salz und Zitronenshampoo und Phillip. Ich müsste nur die Hand ausstrecken, um ihn zu berühren. Aber dieses Privileg habe ich verspielt. Also nehme ich den letzten Rest meiner Würde zusammen und trete den Rückzug an. »Was auch immer da drinsteht, ich werde dich nie wieder belästigen. Du musst also keine Angst haben, dass ich noch mal unangekündigt vor deiner Tür stehe.« Ich warte darauf, dass er mir widerspricht, aber er bleibt still. Obwohl ich es schon geahnt habe, fühlt sein Schweigen sich an wie ein Schlag in die Magengrube.

»Ich wünsche dir alles Gute.« Meine Stimme bricht. »Und es tut mir unendlich leid.«

Die Treppe verschwimmt vor meinen Augen. Blind stolpere ich sie hinunter in den Sand, der unter meinen Füßen nachgibt. Ich dachte, ich wäre darauf vorbereitet gewesen, abgewiesen zu werden. Aber ich habe mich getäuscht. Ihn noch mal vor mir zu sehen, so nah, dass ich ihn berühren könnte und es nicht tun zu dürfen, ist die reinste Folter. Aber ihn von jetzt an nie wieder zu treffen, nie wieder mit ihm zu reden oder sein Lachen zu hören ist so viel schlimmer. Heiße Tränen laufen mir über die Wangen, und ich presse die Lippen aufeinander, um nicht zu schluchzen. Zumindest nicht hier, wo er mich hören kann.

»Sandra!«

Ich wirbele herum. Phillip lässt den Umschlag achtlos auf die Stufen fallen und ist in vier langen Schritten bei mir. »Warte.«

Seine Arme fangen mich auf und ziehen mich an seine Brust. »Hey. Bitte, du musst nicht weinen.«

»Ich weine nicht«, murmele ich mit tränenerstickter Stimme in sein T-Shirt.

Er hebt mein Kinn und wischt behutsam eine Träne weg. »Nein?«

»Okay, schön. Dann weine ich eben«, presse ich hervor. »Aber du musst mich nicht trösten.« Ich drücke gegen seine Brust, aber ich habe keine Chance gegen seine starken Arme.

»Das weiß ich. Aber ich will es tun.«

»Was?« Ich hebe den Blick und schaue in ostseeblaue Augen.

»Ich will …« Er bricht ab, beißt sich auf die Unterlippe. »Gott, ich muss verrückt sein.«

»Durchaus möglich.«

Ich spüre die Vibration seines Lachens an meinem Brustkorb, und meine Mundwinkel heben sich wie von allein.

»Die Sache ist … du hast echt Scheiße gebaut, Sandra. Vom Feinsten.«

Ich schlucke. »Ja, ich weiß.«

»Du bist einfach über die Türschwelle zur Surfschule getreten und hast mein ganzes Leben durcheinandergewirbelt. Mir Fragen gestellt, die sonst niemand stellt und wirklich zugehört. Mir das Gefühl gegeben, dass ich dir vertrauen kann und mir den verdammten Schlaf geraubt. Alle meine Surfschüler in Gefahr gebracht, denn wenn du in der Nähe warst, hatte ich keine Augen mehr für sie.« Seine Stimme ist rau wie der Ostwind, der unsere Haare zerzaust. »Als ich dann erfahren habe, was du getan hast und wer du wirklich bist … Scheiße, ich wusste nicht, was ich tun sollte. Ich habe mich noch nie so verraten gefühlt.«

»Ich weiß. Und es tut mir unfassbar leid. Es gibt keine Entschuldigung für das, was ich dir angetan habe.«

Er schüttelt langsam den Kopf. »Das habe ich auch gedacht. Aber je länger ich darüber nachgedacht habe, desto eher konnte ich es verstehen. Du hattest ein Ziel und hast alles getan, um es zu erreichen. Deine Methoden? Eine absolute Katastrophe.« Der Anflug eines Grinsens huscht über sein Gesicht.

»Definitiv.« Ich nicke energisch. »Absolut unmoralisch und verwerflich.«

»Exakt. Aber die dahinterliegende Arbeitsmoral? Was soll ich sagen, ich kann sie verstehen.«

»Trotzdem. Das ist keine Entschuldigung. Und ich wollte es dir sagen, wirklich. An dem Tag, als die Flyer kamen, wollte ich gerade bei Herrn Zylinski kündigen und dir alles beichten. Leider ist mir der Postbote zuvorgekommen.«

Phillip hebt die Augenbrauen. »Wow. Franz schuldet mir definitiv ein Bier für diese Aktion.«

»Eher eine ganze Kiste.«

»Aber am Ende spielt es keine Rolle. Du hast einen Fehler gemacht. Du hast ihn eingesehen. Und du tust seitdem alles, um ihn wiedergutzumachen.«

Ich öffne den Mund, um ihm zu widersprechen, aber er gibt mir keine Chance. »Nur, weil man mich nicht sieht, heißt das nicht, dass ich nichts mitbekomme. Das ganze Dorf spricht in den höchsten Tönen von dir. Du arbeitest von morgens bis abends an deinem neuen Plan und der kann nicht nur Altensandes Geschäfte retten, sondern auch unsere Natur schützen.« Er schnaubt. »Dabei habe ich echt versucht, dich zu hassen. Dich aus meinem Kopf zu verbannen und zu vergessen, dass wir uns jemals getroffen haben. Aber ich kann es einfach nicht. Und weißt du was?« Er zieht mich noch ein Stückchen näher an sich. »Ich will es auch nicht.«

»Nein?« Meine Stimme versagt ebenso sehr wie meine Knie. »Und was willst du?«

»Ich bin gerade dabei, es herauszufinden.« Seine Hand wandert in meinen Nacken, und dann sind seine Lippen auf meinen. Sie schmecken nach Salzwasser und Sommerferien und Philipp. Ich schlinge die Arme um seinen Hals und ziehe ihn an mich, ertrage keinen Zentimeter Luft mehr zwischen uns. Starke Hände wandern meinen Rücken entlang, und ich nehme die Einladung an und schlinge meine Beine um seine Hüfte, als wären wir das Liebespaar, das am Ende des Hollywoodfilms endlich zusammenfindet. Aber das hier ist nicht Hollywood und der Sandboden unter uns nicht für derartige Kunststückchen gemacht. Wie in Zeitlupe kippen wir zur Seite, bis wir prustend im Sand landen, die Beine wild ineinander verschlungen. In meinem BH ist Sand, kleine Muschelstückchen graben sich in meine nackten Oberarme und über uns schreit eine Möwe, als wollte sie uns auslachen. Wir lachen mit.

»Und, was denkst du?«, fragt er leise, sobald wir wieder zu Atem gekommen sind. »Ein solider Anfang«, sage ich. Dann vergesse ich die Möwen und die Muscheln und den Sand in meinem BH und küsse ihn.

Kapitel 27

»Du darfst erst gucken, wenn ich es dir sage«, sagt Hannah bestimmt. »Keine Sekunde früher.«

»Alles klar, Große. Du hast das Kommando.«

»Sitzt die Augenbinde auch richtig?« Ninas Hände berühren meine Schläfe, zupfen am rauen Stoff des Schals, den meine Nichte mir um den Kopf gebunden hat.

»Sieht gut aus. Dann mal ab mit euch.«

Hannah greift nach meiner Hand und führt mich behutsam durch den Flur. Ich versuche, mich daran zu erinnern, wo ihre Legosteine lagen, und rechtzeitig die Füße zu heben, aber sie geleitet mich zielsicher um alle Gefahrenstellen herum. »Vorsicht, Stufe«, sagt sie, dann quietscht die Terrassentür leise. Ich steige gehorsam über die Schwelle und betrete den Holzboden, der unter unseren Schritten ächzt. Der Schal lässt kein Licht durch, also konzentriere ich mich ganz auf die Geräusche in meiner Umgebung. Aber außer dem Zwitschern der Vögel im Garten und dem entfernten Brummen von Autos auf der Hauptstraße ist nichts zu hören.

»Sind wir bald da?«, frage ich Hannah.

»Gleich.« Sie kichert. »Nur noch ein paar Schritte.«

Wir steigen die Treppenstufen der Veranda hinunter und

betreten den Rasen. Ich zähle unsere Schritte und bei elf hält Hannah an. Meinen Berechnungen zufolge müssten wir zwischen den beiden Kirschbäumen in der Mitte des Gartens stehen.

»Jetzt darfst du gucken!«

Das lasse ich mir nicht zweimal sagen. Ungeduldig zupfe ich an dem Knoten an meinem Hinterkopf, bis die Augenbinde sich löst.

»Überraschung!«

Vor Schreck stolpere ich einen Schritt zurück. Das halbe Dorf hat sich in unserem Garten versammelt. Die Rasenfläche gleicht einer Partyzone: Bunte Luftballons hängen in den Bäumen, Girlanden sind um die Stämme gewickelt und jemand hat die alten Stehtische aus dem Keller geholt und mit weißen Tischdecken versehen. Bevor ich auch nur ein Wort sagen kann, stimmen sie *Zum Geburtstag viel Glück* an. Es ist ziemlich schief, aber dafür mit umso mehr Gefühl. Sprachlos wandert mein Blick über all die Menschen, die gekommen sind. Markus und seine Frau, Freya, Tim und Dagmar vom Tourismusbüro, Mirco und Carola Schröder, Rosa und Manuela vom *Café Rosa*, die Frau Matthis gerade dabei helfen, die Kaffeetafel auf dem langen Tisch zwischen den Kirschbäumen anzurichten. Auch meine ganze Surfklasse ist da: Deborah und Hans singen voller Inbrunst, während Sybille, Bertram, Barbara und Claudia ein kleines, selbstgebasteltes Surfbrett aus Holz halten, auf das jemand *Pension Meerbach* gepinselt hat. Thommy steht neben ihnen, ein schiefes Grinsen auf dem Gesicht und eine Wunderkerze in der Hand. Und in der Mitte wartet Phillip, der mir einen großen Geburtstagskuchen mit Kerzen entgegenstreckt. Sobald das Ständchen beendet ist, brechen alle in Jubel aus.

»Na los!« Nina taucht hinter mir auf und gibt mir einen sanften Schubs. »Deine Gäste warten.«

Mit wackeligen Knien gehe ich auf Phillip zu und puste dreißig Kerzen aus, während um mich herum geklatscht wird. Die nächsten Minuten fliegen vorbei in einem Wirbel aus Umarmungen, Glückwünschen und Konfetti. Markus und Laura haben mir eine Kiste mit edlem Rotwein aus der Region mitgebracht. »Die erste Flasche ist zum Probieren. Vielleicht ist er ja was für die Bar in der Pension. Alle anderen sind zur Stressbewältigung«, sagt Markus mit einem Augenzwinkern, als er mir das Geschenk überreicht.

»Wenn du die mal nicht selbst brauchst, Herr Bürgermeister to be«, antworte ich lachend.

»Ich habe ja jetzt einen hervorragenden neuen Mitarbeiter gewonnen, der mir viel abnehmen wird.« Er wirft Thommy einen Blick zu, der gerade mit dem Korken einer Sektflasche kämpft. Durch die Förderung des Investors konnte Markus eine Lehrstelle schaffen, auf die Thommy sich sofort beworben hat. Mit seinem ersten Gehalt wird er nächsten Monat in eine eigene kleine Wohnung ziehen.

»Trotzdem«, sage ich. »Wenn du mal einen Trinkgefährten brauchst …«

»In dem Fall werde ich nicht zögern, mich selbst bei dir einzuladen.«

»Das will ich schwer hoffen. Nicht, dass ich dein Gesicht jetzt nur noch auf Wahlplakaten sehe.«

Meine Kollegen vom Tourismusbüro haben mir einen großen Blumenstrauß und eine Kaffeetasse mitgebracht, auf der *Die beste Chefin auf diesem Flur* steht. »Wenn Herr Zylinski immer mit seiner eigenen Tasse herumspaziert ist, kannst du das auch«, verkündet Dagmar, als sie mir mit feierlicher Geste das Paket überreicht. »Auch wenn sie ansonsten bitte nichts von seinen Verhaltensweisen übernehmen sollte«, fügt Freya hinzu.

»Was? Ich darf meine Nase nicht kilometerhoch tragen und weibliche Untergebene mit *Schätzchen* ansprechen?«, frage ich mit gespielter Entrüstung. »Vielleicht sollte ich mir das mit dem Job noch mal überlegen.«

»Untersteh dich.« Dagmar hebt den Zeigefinger. »Der Zylinski ist gestern in seinen Mercedes gestiegen und zurück in den Ruhrpott geflüchtet. Da trinke ich lieber einen Monat Spülwasser in meinem Kaffee, als noch mal für ihn zu arbeiten.«

Als Frau Strathaus mir vor zwei Wochen verkündet hat, dass Herr Zylinski für »Projekte von höchster Wichtigkeit« zurück in seine Heimat Düsseldorf ziehen und eine neue Hauptverantwortliche für die Modernisierung gesucht wird, habe ich erst gezögert. Schließlich hatten Nina und ich gerade damit begonnen, konkrete Pläne für die Wiedereröffnung der *Pension Meerbach* zu schmieden. Sie würde erst mal weiter unterrichten, und Schritt für Schritt ihre Stunden auf eine Halbtagsstelle reduzieren und ich wollte mich um alles andere kümmern. Zumindest, bis wir es uns leisten können, noch zusätzliches Personal anzustellen. Aber die Stadtverwaltung hat mehr als deutlich gemacht, dass sie mit der Organisation der Neuwahlen schon genug zu tun hat und sich dringend jemanden wünscht, der schon in das Modernisierungskonzept eingebunden war.

Als ich ihnen von meinem Dilemma erzählt habe, sind sie mir großzügig entgegengekommen, sodass ich jetzt drei Tage im Büro und zwei an der Renovierung der Pension arbeiten kann. Damit bleiben mir die Abende, um Phillip bei der konkreten Umsetzung seines neuen Surfkurses zu helfen.

Für unser neues, emissionsfreies Feriendomizil überreicht meine Surfklasse mir das selbstgebastelte Surfbrett. »Das könnt ihr über die Tür hängen«, sagt Deborah und zieht mich in eine Umarmung. »Oder hier in den Garten oder über den Hühnerstall, wie ihr mögt. Es ist aus Treibholz gemacht, also absolut nachhaltig und wir haben es selbst gebastelt und bemalt.« Über ihrem Kopf zwinkern Barbara und Claudia mir zu. Ich kann mir vorstellen, wer gebastelt und wer gemalt hat, und muss ein Grinsen unterdrücken, als ich Deborah in den Arm nehme. »Vielen Dank, es ist wirklich wunderschön geworden.«

»Es ist uns eine Freude.« Sie tritt zurück und drückt meine Hände. Manchmal kann ich immer noch nicht glauben, dass sie mir meine Lügen verziehen haben, nachdem ich ihnen reinen Wein eingeschenkt habe. Und danach ein paar Schnapsgläser. Aber sie haben es getan, und ich bin ihnen unfassbar dankbar dafür. »Was soll ich bloß diesen Herbst ohne euch machen?«

»Wir kommen doch wieder.« Sybille tätschelt mir die Schulter. »Mein Mann und die Kinder waren ganz begeistert von Altensande. Wir haben schon für nächstes Jahr gebucht.«

»Wir auch.« Barbara gibt ihrer Frau einen Kuss auf die Wange. »Wir wollen unseren ersten Hochzeitstag schließlich am Strand feiern.«

»Und wir müssen unbedingt diese neue Pension ausprobieren, die im Frühjahr aufmachen soll. Hab da bisher nur Gutes von gehört und die Besitzerin ist ne ganz Feine.« Hans lächelt mir verschwörerisch zu, und ich erwidere sein Grinsen. »Wenn das so ist, kann ich mich ja mal umhören, ob sie noch ein Zimmer für euch frei hat.«

»Was für ein Service.« Er lüpft seine Baseballkappe. »Oh, wo wir gerade von Service sprechen: Wann wird eigentlich das Kuchenbüfett eröffnet?«

Unter dem Gelächter der anderen schneide ich den Geburtstagskuchen an und eröffne die Kaffeetafel. Manuela und Rosa schenken Kaffee aus, bis ich sie dazu verdonnere, sich hinzusetzen und selbst eine Tasse zu trinken. Thommy hat aus irgendeiner Ecke eine Musikbox gezaubert und startet eine Playlist mit sommerlichen Songs, die sich wie der perfekte Soundtrack unter Gespräche und Gelächter legen. Hannah sitzt auf Ninas Schoß und verspeist mit Begeisterung ein Stück Kuchen. Dabei landet mehr Schokolade auf ihrem T-Shirt als in ihrem Mund, aber das scheint sie nicht zu stören. Meine Schwester hat vor zwei Tagen die letzten Fäden gezogen bekommen, und wenn ihr rechter Arm nicht deutlich blasser wäre als der linke, wären keine Spuren ihrer Verletzung mehr zu sehen.

Der Kuchen sieht köstlich aus, und ich freue mich schon darauf, mir gleich ebenfalls ein Stück zu gönnen und mich dazuzusetzen. Aber für einen Moment erlaube ich mir, ein paar Schritte entfernt von der Party stehen zu bleiben und einfach nur zuzusehen. Die Menschen zu betrachten, die zu meiner Familie gehören, und die, die in den letzten zwei Monaten zu Freunden geworden sind. Die heute alle für mich gekommen sind. Der Gedanke erfüllt mich mit einer Wärme, die nichts mit den Strahlen der Sonne zu tun hat.

»Na?« Phillips Stimme ertönt an meinem Ohr. »Ist uns die Überraschung gelungen?«

»Und wie.« Ich lehne mich an seine Brust. »Ich hätte wirklich misstrauisch werden müssen, als du mich zum zweiten Mal an einem Tag in den Supermarkt geschickt hast.«

»Mir gingen die Ausreden aus. Du bist schwer abzulenken, weißt du das?« Er drückt mir einen Kuss auf die Schläfe, und ich schmelze unter seiner Berührung wie Eis in der Sonne. Vielleicht werde ich irgendwann aufhören, ihn anzuhimmeln wie ein frisch verliebter Teenie. Aber es wird wohl nicht in näherer Zukunft sein.

Wir schweigen für einen Moment, betrachten das bunte Treiben um uns herum. »Hast du dir deinen Geburtstag so vorgestellt?«

»Ehrlich gesagt nicht.«

Noch vor einem halben Jahr stand für mich außer Frage, dass ich an meinem dreißigsten Geburtstag in New York sein würde, zielgerichtet auf dem Weg in die Führungsetage des *Ritz-Carlton*. Das wäre ein weiterer Schritt nach oben auf der Karriereleiter, für den ich auch gerne meinen Geburtstag geopfert hätte. Wenn überhaupt, hätte ich den nach einer Zwölf-Stunden-Schicht mit einem einsamen Glas Champagner gefeiert. Und das wäre in Ordnung gewesen. Aber es ist nicht mehr das, was ich will.

Phillip legt den Kopf schief, sucht meinen Blick. »Bist du enttäuscht? Ich weiß, es ist nicht das, was du erwartet hast …«

»Ganz im Gegenteil.« Ich drehe mich in seiner Umarmung und küsse ihn. Seine Lippen schmecken nach Schokoglasur.

»Es ist viel besser.«

Ende

Danksagung

Es heißt immer, Schreiben sei ein einsames Handwerk. Zugegeben, während ich an meinem Laptop sitze und in die Tasten tippe, leistet mir meistens nur eine Tasse (längst abgekühlter) Tee Gesellschaft. Trotzdem könnte diese Aussage nicht weiter von der Wahrheit entfernt sein, denn hinter den Kulissen gibt es viele wunderbare Menschen, die dieses Buch überhaupt erst möglich gemacht haben.

Ein großes Dankeschön geht an meine Lektorinnen Janina Dyballa vom Heyne Verlag und an Michelle Stöger. Ohne sie wärt ihr auf dem Weg zu Sandras Happy End in einige Logiklücken gefallen und über grausige Rechtschreibfehler gestolpert.

Selbst die beste Buch-Idee hat ohne eine engagierte Agentur wenig Chancen auf einen Platz im Bücherregal. Deshalb bedanke ich mich herzlich bei meiner Agentin Diana Itterheim und dem Team der litmedia.agency. Sie haben mich in den letzten Jahren geduldig unterstützt und meinen Ideen Flügel verliehen.

Ein besonderer Dank gebührt Juliane Däweritz, die als Sozialarbeiterin im Jugendamt tätig ist und mir im Verlauf der Geschichte mit ihrem Fachwissen zur Seite gestanden hat. Außerdem bedanke ich mich bei Gabby Zrenner, Patricia Prezigalo und Megan Schneck, die sich schon lange vor der Aussicht auf eine Veröffentlichung mit meinen Texten herumgeschlagen und wundervolles Feedback gegeben haben.

In den Stunden, die ich allein vor einer Tastatur verbringe, machen sich gerne mal Selbstzweifel breit. Oder existenzielle Krisen. Oder die feste Überzeugung, dass ich doch besser auswandern sollte, als mit dem Schreiben weiterzumachen. Zum Glück habe ich wundervolle Freundinnen, deren Stimmen lauter sind als alle Zweifel. Die mich immer wieder aufgebaut und bestärkt haben und denen ich für ihre Unterstützung niemals genug Kuchen ausgeben kann. Juliane, Celine, Melina, ihr seid unbezahlbar.

Altensande mag ein fiktiver Ort sein, aber ich habe viel Inspiration aus meiner Zeit als Rettungsschwimmerin an der Ostsee miteinfließen lassen. Deshalb möchte ich mich an dieser Stelle auch bei der DLRG-Wachcrew aus Damp bedanken, mit der ich viele schöne Sommermomente am Strand verbringen durfte.

Und zu guter Letzt tue ich das, was jeder überwältigte Oscar-Gewinner auch tut, und bedanke mich bei meinen Eltern. Sie sind mein Fels in der Brandung, meine größte Unterstützung und meine Fans der ersten Stunde. Obwohl Worte mein Job sind, gibt es derer nicht genug, um ihnen meine unendliche Dankbarkeit auszudrücken.